LE BESME.

CHRONIQUE LORRAINE.

1644. — 1645.

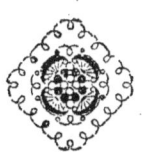

BAR-LE-DUC.

TYPOGRAPHIE DE NUMA ROLIN.

———

1850.

LE BESME.

LE BESME.

CHRONIQUE LORRAINE.

1641. — 1645.

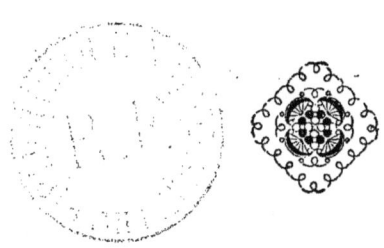

BAR-LE-DUC.

TYPOGRAPHIE DE NUMA ROLIN.

1850.

LE BESME.

CHRONIQUE LORRAINE.

1641. — 1645.

———

CHAPITRE I.er

Le vaillant et infortuné duc de Lorraine Charles IV, après douze ans d'une guerre acharnée contre la France, n'avait pu arracher ses Etats à son puissant ennemi. Ses brillants, mais stériles exploits en Allemagne et en Alsace, n'avaient servi qu'à épuiser ses finances et le sang de ses sujets, et à augmenter leur misère. Les Suédois, déchaînés par Richelieu sur ce malheureux pays, se vengeaient lâchement sur les bourgeois et les paysans des défaites que leur faisaient essuyer les soldats lorrains. Ils promenaient dans les villages ruinés, au milieu des campagnes incultes, parmi les rares populations ravagées par la famine et la peste, le sinistre étendart qu'ils avaient adopté. C'était une figure humaine, fendue du haut en bas, environnée de soldats tenant d'une main une torche, et de l'autre une épée ensanglantée ; au bas on lisait le mot *Lorraine* en lettres rouges. C'était la menace et l'image du traitement qu'ils réservaient à ses habitants.

Au mois de mars 1641, Charles, trahi par l'Espagne et l'Autriche, fit l'insigne folie de s'abandonner à la bonne foi de la France. Il se rendit à Paris, et Richelieu, abusant indignement du droit du plus fort, lui fit, sous les menaces de la prison et de la mort, signer le fatal traité de la petite paix. Le duc de Lorraine, rentré dans ses Etats, se fit restituer les places dont ce traité lui garantissait la possession, et particulièrement La Mothe, qu'il regardait avec raison comme la plus forte et la plus importante. Mais comme il différait de joindre ses troupes à celles du roi de France, qui marchaient sur Sedan, Richelieu envoya secrètement au comte Du Hallier, gouverneur de Nancy, qui fut depuis créé maréchal de France, sous le nom de maréchal de l'Hospital, l'ordre de l'arrêter. La femme du gouverneur lui en fit donner avis par la mère Angélique, supérieure de la congrégation de Nancy. Le duc s'échappa à temps, et se retira avec son armée entre la Sambre et la Meuse. Cependant, le cardinal irrité ordonna à du Hallier de reprendre au duc toutes les places qui lui avaient été rendues, et toutes, à l'exception de La Mothe et de Dieuze, rentrèrent sous l'obéissance des Français.

La haine profonde que la maison de Bourbon portait à l'illustre race, dont le grand crime était d'avoir produit les Guise, imprimait à la guerre un caractère de vengeance et de cruauté réfléchie dont les sanglants démêlés de Charles-Quint et de François I.er n'avaient jamais offert d'exemple dans le siècle précédent. Ainsi Louis-le-Juste avait rançonné indignement Saint-Mihiel, parce qu'un boulet, parti de la place, avait, pendant le siége, brisé une roue de son carrosse, et il avait envoyé aux galères les intrépides soldats qui l'avaient défendue. Tout Lorrain, fidèle à son prince, aussi légitime, aussi indépendant pourtant que le roi de France, était considéré et puni comme un traître infâme, et quiconque était seulement soupçonné d'entretenir des intelligences avec Charles était jugé et exécuté militairement.

La mort de Louis XIII, qui suivit de si près dans la tombe son premier ministre, fit concevoir d'abord au duc l'espoir d'un meilleur avenir. L'affection que lui avait témoignée jadis

Anne d'Autriche, objet, comme lui, de la haine de Richelieu, lui semblait le gage d'une disposition favorable à la paix : mais il s'était bien abusé dans ses calculs. Le caractère dur et inexorable de l'Espagnole se manifesta, dès qu'en sa qualité de régente, elle eut pris les rênes de l'Etat, et son favori Mazarin suivit en tous points, à l'égard de Charles et de ses sujets, la politique inflexible de son prédécesseur. Seulement, à la grandeur d'âme et à la hautaine franchise qu'avait quelquefois montrées l'orgueilleux cardinal, dans les plus grands emportements de ses ressentiments, il substitua la fourberie italienne et les artifices machiavéliques qui formaient le fond de son caractère et de sa politique.

Une année environ avant la mort du roi, quand la conspiration de Cinq-Mars venait d'être découverte, la santé chancelante de Louis XIII donna de sérieuses alarmes à sa cour, et des prières publiques furent ordonnées dans tout le royaume et les provinces conquises pour la guérison de Sa Majesté Très Chrétienne et celle de Son Éminence le premier ministre, attaqué lui-même du mal qui devait bientôt l'emporter.

Au moment où la nouvelle de la maladie du roi venait seulement de parvenir en Lorraine, la ville de Nancy, occupée par une forte garnison française, déployait, par les ordres de du Hallier, son gouverneur, toutes les pompes d'une douleur officielle. Dans les églises resplendissant de la lumière de milliers de cierges, le clergé séculier et les ordres religieux célébraient des services et faisaient incessamment des prières publiques pour les deux tyrans sans entrailles qui avaient si longtemps opprimé leur pauvre pays. Les divertissements étaient défendus, les lieux publics étaient fermés, et les habitants, vêtus de noir, feignaient une affliction qui était bien loin de leur cœur.

C'était dans la collégiale de Saint-George et dans l'église des Cordeliers, où reposaient les cendres des ducs de Lorraine, que la foule se portait avec le plus d'empressement; par une pieuse ruse de la crainte, elle appliquait à ses anciens maîtres ces prières qu'on lui demandait pour le roi.

Dans la Chapelle-Ronde, au milieu des femmes de toutes conditions qui assistaient à l'office du soir, on remarquait une jeune fille dont la rare beauté attirait tous les regards, malgré la simplicité de sa toilette et le soin qu'elle mettait à ramener sur sa figure ses longues coiffes noires. A côté d'elle était agenouillée une femme parvenue à cet âge douteux où les dates ne s'avouent plus, mais fraîche encore et de bonne mine, qui paraissait être ou sa mère ou sa tante. Toutes deux, à cette époque où les différentes classes de la société se distinguaient autant par leurs costumes que par leurs mœurs, étaient vêtues comme des bourgeoises aisées.

A peu de distance derrière leurs chaises se tenait un groupe de jeunes officiers de la garnison auxquels, malgré la sainteté du lieu et le caractère triste de la cérémonie, la plus âgée de ces deux femmes semblait accorder une grande attention. De temps en temps elle se retournait et répondait par de vives œillades et de gracieux sourires à leurs mines et à leurs saluts, tandis que sa jeune compagne, honteuse et embarrassée de la légèreté de celle qui devait lui servir de chaperon, s'efforçait de concentrer toute son attention sur le livre d'heures qu'elle tenait dévotement sous ses yeux.

La Chapelle-Ronde, ouvrage de Stabily, architecte de Charles III, ne présentait point alors cette uniforme magnificence que lui donna depuis l'empereur François I.er, quand il y rassembla les cendres de ses aïeux exhumées par les profanations de Stanislas Leckzinsky, ni cette froide régularité de cénotaphes vides, réparés par les soins de François II. Alors de superbes tombeaux des marbres les plus rares, ciselés par les artistes les plus habiles de la Lorraine et de l'Italie, protégeaient les restes de nos princes.

Derrière le mausolée de Henri-le-Bon, un homme de grande taille, dans l'attitude de la méditation et du chagrin, couvert d'un manteau dont le collet lui cachait le visage, effacé avec soin dans l'ombre, observait depuis le commencement de l'office, avec avidité et une indignation concentrée, ces deux femmes et leurs admirateurs. Quand la cérémonie fut terminée, elles se levèrent et les officiers les suivirent; il quitta alors la place obscure qu'il avait choisie, jeta un coup d'œil défiant autour de lui, et sortit sur leurs pas en se tenant à quelque distance. Lorsqu'elles furent hors de l'église, elles suivirent la rue des Morts, puis tournèrent l'Arsenal.

Une partie de la foule qui s'écoulait du portail des Cordeliers dans toutes les directions, prenait le même chemin, et l'étranger qui les suivait, séparé d'elles par les militaires, pouvait entendre à la fois la conversation de ceux-ci, et les discours des citadins et des matrones qui marchaient derrière lui.

— Sais-tu, disait un des officiers, que si Cinq-Mars se doutait seulement que nous nous permettons d'admirer sa belle, il reviendrait exprès de Toul, où il est allé porter des ordres à la garnison suédoise, pour nous chercher querelle.

— Bah! reprit son voisin, Cinq-Mars n'a pas de droits exclusifs sur mademoiselle, et s'il s'avise d'être jaloux de tous ceux qui rendent hommage à sa beauté, il le sera de toute la terre.

— Pour moi, dit un troisième, je m'inquiète fort peu de ce qu'en pensera votre Cinq-Mars. Malgré son beau nom, il n'est même pas parent du favori du roi, du grand écuyer qui vient d'être arrêté à Narbonne. C'est un être amphibie qui n'est ni lorrain ni français, et si cette jolie demoiselle agrée mes hommages, qu'il vienne y trouver à redire, par la mort-Dieu, nous verrons !

Ici l'attention que leur prêtait l'inconnu fut détournée par le colloque des bourgeoises qui le suivaient.

— Avez-vous vu, commère Ursule, disait une vieille femme au nez effilé, aux lèvres minces, en traînant ses voyelles avec l'inflexion particulière au pur dialecte des bords de la Meurthe, avez-vous vu cette jeune fille que l'hôtesse du *More-qui-Trompe* a conduite tout à l'heure à la Chapelle-Ronde comme une curiosité?

— Dame! je crois bien que je l'ai vue, répondit dame Ursule Robert, épicière considérée de la rue du Moulin, c'est sans doute un nouveau gibier qu'elle va servir aux officiers qui mangent chez elle.

— On dit, maman, ajouta une grande fille droite, raide, sèche et jaune comme un des harengs-saurs de la boutique de sa mère, que c'est une échappée du couvent des Dames-Prêcheresses qui est venue se réfugier dans cette taverne. Il paraît que le capitaine Cinq-Mars, vous savez bien, ce beau gentilhomme blond au pourpoint feuille-morte brodé en or, qui est venu l'autre jour nous acheter trente aunes de ruban incarnat pour des aiguillettes, en est éperdument amoureux.

— Taisez-vous, petite fille, reprit dame Ursule, d'un ton qui n'était rien moins que sévère, il vous appartient bien de parler de militaires et d'amour : vous devriez être honteuse!... Et où as-tu su cela, ma bonne Marion?... Car elle ne sort jamais, commère Gogo, et ce n'est pas pour la flatter que je le dis, mais on ne peut pas lui reprocher l'ombre d'une médisance.

— Maman, répondit d'un air prude l'aimable Marion, ce n'est pas moi, Dieu merci, qui m'entretiens jamais de semblables choses, mais je l'ai appris de la servante de dame de Laveline, en lui pesant hier du gingembre.

— On dit, observa la vieille, que cette jeune personne appartient pourtant à une honnête famille de Lorraine : la preuve, c'est qu'elle était pensionnaire au couvent des dames Prêcheresses, où tout le monde n'est pas admis.

— Elle en a peut-être été chassée, dit la charitable Marion.

— C'est probable, répondit sa mère; elle a trouvé un beau refuge chez cette femme de Laveline. C'est une honte que le Prévôt laisse subsister une semblable maison! c'est un scandale pour le quartier!

— Ah! reprit la commère Gogo, du temps de nos bons princes cela ne se serait pas souffert. Je me souviens encore qu'il y a quelque quarante ans, le grand-duc Charles III mit un fort impôt sur tous les *hôtellains* et cabaretiers de Nancy, et en chassa bon nombre.

— Ce temps-là est bien changé, commère; aujourd'hui les Français, au lieu de suivre les ordonnances et règlements de nos bons ducs, ne cherchent qu'à introduire chez nous la débauche et le libertinage de leur pays.

— Ce n'est pas le gouverneur qui fera fermer l'auberge du *More-qui-Trompe*, reprit Marion, car on dit que l'hôtesse sert d'espion aux Français.

— Chut! petite fillle, interrompit sa mère, voilà un homme de mauvaise mine qui marche devant nous et semble nous écouter.

Et le babil des trois femmes continua sur un ton beaucoup plus bas.

L'inconnu suivit les deux autres jusqu'à une hôtellerie d'assez bonne apparence, au-dessus de la porte d'entrée de laquelle se balançait une enseigne représentant ce qu'on était convenu d'appeler un More, et dont le type est resté dans le blason des auberges; c'est-à-dire, l'image d'une espèce de sauvage nu, orné d'une ceinture et d'une couronne de plumes, sonnant de la trompe. Cette enseigne, alors célèbre, a laissé à la rue son nom avec une légère variation, c'est aujourd'hui *la rue de la Mort-qui-Trompe*. Elles y entrèrent et les officiers prirent congé d'elles. L'étranger s'arrêta comme irrésolu devant l'échoppe d'un savetier qui travaillait en face, en sifflant joyeusement.

— Hé bien! monsieur, dit l'artisan en plein vent, sans lever les yeux de dessus la semelle qu'il réparait, vous ai-je trompé? ·

— Non, elles y étaient.

— Vous n'avez pas pu lui parler?

— Cela m'a été impossible, l'hôtelière ne la quitte pas plus que son ombre.

— Allons, patience! vous allez en avoir l'occasion. Dame Laveline va sortir dans un instant, elle a ses jours et ses heures fixes, je pense qu'elle va chez le gouverneur. Entrez alors hardiment, montez l'escalier du fond de la cour, ouvrez la seconde porte au premier étage, la jeune fille sera seule. Pendant ce temps je me ferai servir une chopine de vin dans la cuisine; s'il y a du danger, je sifflerai trois fois.;. Mais cachez-vous un peu, car l'hôtelière va sortir.

En effet, au bout de peu d'instants, elle parut sur la porte, regarda dans la rue avec quelque précaution, se retourna comme pour donner des ordres dans l'intérieur de sa maison; puis, enveloppée d'un grand mantelet noir, et sa figure couverte d'un loup ou masque en velours, comme une dame de qualité, elle tourna le coin de la rue en marchant à grands pas.

Dès qu'elle eût disparu, le savetier se leva, lava avec une aisance parfaite ses mains dans le baquet où trempait son vieux cuir, les essuya à son tablier et entra dans l'hôtellerie. Il demanda à haute voix une chopine du meilleur vin de Toul et un morceau de fromage de Gérardmer, et, tandis qu'une servante les lui apportait, l'inconnu, ramenant en avant son ceinturon pour mettre ses armes à la portée de sa main, entra dans la cour, monta l'escalier et ouvrit la seconde porte à gauche du premier étage.

CHAPITRE II.

L'étranger était monté avec précipitation, mais sans bruit, et il leva doucement le loquet de la porte. Quoiqu'il fît encore grand jour dans la rue, la petite chambre dans laquelle il entra, ne recevant de lumière que par une fenêtre grillée, haute, étroite et profonde, garnie d'un châssis plombé à très petits carreaux verdâtres, aurait été dans une obscurité complète sans la lueur d'une lampe en cuivre posée sur une petite table. Une sorte de luxe semblait y régner. Une tapisserie de Flandre représentant des personnages grotesquement vêtus, mi-partie en bourguemestres allemands, mi-partie en guerriers romains, les uns chassant l'ours et le sanglier, les autres le faucon sur le poing, volant le héron, décorait les murailles. Les solives du plafond étaient sculptées, les briques du pavé soigneusement cirées; un beau bahut de chêne délicatement ciselé, des fauteuils bas à dos élevé, aux pieds contournés, couverts de tapisseries brodées dans le même style que la tenture, un petit miroir dont les bords étaient taillés à facettes, enfin quelques gravures de Callot encadrées, meublaient l'appartement. Dans un angle était un lit élevé, avec un ciel supporté par des colonnes torses, fermé par des rideaux de serge verte bizarrement galonnés en soie jaune. Près de la table qui supportait la lampe, la jeune fille se tenait assise dans un fauteuil, les mains jointes, dans un attitude d'abattement et de désespoir. Absorbée

dans ses tristes pensées, elle n'avait pas entendu sa porte s'ouvrir, et l'étranger la contempla un instant dans une muette
admiration. Soudain elle l'aperçut, se leva comme pour s'enfuir, et poussa un cri de frayeur qu'elle réprima sur-le-champ,
car, en ôtant son chapeau rabattu et ouvrant son manteau, il
lui avait montré une figure sans doute amie, qu'il était impossible de méconnaître quand on l'avait vue une seule fois.

— Mademoiselle Henriette! dit-il d'une voix respectueuse
dont il s'efforçait d'adoucir la rudesse native.

— Lallement! mon bon ami! avait-elle répondu en lui tendant la main, qu'il baisa avec une profonde vénération, oh!
que je suis heureuse de vous voir! Et comment avez-vous pu
me découvrir ici? et comment avez-vous osé venir m'y trouver?

Et elle jetait sur lui un regard, d'affection enfantine qu'il
semblait savourer avec une vive reconnaissance.

Il y avait entre ces deux personnages un contraste frappant.
Henriette paraissait avoir dix-huit ans à peine, sa taille était
un peu au-dessus de la moyenne, mince, cambrée, souple et
gracieuse. De magnifiques cheveux noirs, séparés en ban-
deaux, emprisonnés dans une coiffe de soie noire, relevaient
merveilleusement la fraîche blancheur de son visage, dont
l'ovale et tous les traits étaient dans les proportions les plus
parfaites. Ses yeux noirs, que bordaient de longs cils soyeux,
brillaient habituellement d'un éclat doux et velouté qui, suivant les sentiments qui l'animaient, pouvait tantôt se fondre
en une molle langueur, tantôt s'allumer d'une flamme passionnée. Ses sourcils fièrement dessinés, son front élevé, annonçaient la vivacité de son intelligence et la noblesse de ses
inclinations; mais aussi son menton, légèrement relevé, le
relief et la mobilité de sa lèvre inférieure, décélaient une âme
impressionnable et un cœur facile à s'enflammer.

Elle était en grand deuil, mise avec une simplicité de bon
goût, à travers laquelle brillait le désir de plaire. Un air de

timidité sauvage et de candeur enfantine, résultant de son
éducation, se mêlait et se confondait en teintes indéfinissables
à une dignité de maintien et une fierté dédaigneuse puisées
dans l'orgueil de sa naissance.

Son interlocuteur avait plus de trente ans. Nous avons dit
qu'il était de grande taille ; elle était droite et bien prise. Son
front élevé, son nez aquilin, ses yeux bleus calmés et expressifs, sa physionomie froide et impassible, son teint hâlé, son
épaisse moustache blonde, lui donnaient un air martial et intrépide, relevé encore par une longue balafre qui, coupant le
front obliquement, s'étendait de la racine du nez sous l'œil
gauche, et allait se perdre dans le milieu de la joue. Cette
cicatrice n'avait rien de repoussant; seulement, quand la colère
ou des passions violentes venaient contracter les muscles de ce
mâle visage, elle devenait d'un rouge pourpre. Son port, son
attitude, ses proportions extérieures, annonçaient la vigueur
et l'adresse; et, sans avoir l'élégance et la grâce un peu mata-
more des *raffinés d'honneur* de l'époque, sa démarche et sa
pose seules indiquaient un homme habitué à manier souvent la
longue rapière à garde évasée, qu'un baudrier en buffle brodé
suspendait à son côté. Des pistolets richement travaillés, in-
crustés d'or et de nacre, étaient passés dans son ceinturon, qui
retenait aussi à droite un poignard de Tolède long et étroit.
Ses vêtements étaient fort simples, mais d'une exquise pro-
preté; sous son manteau gris il portait un justaucorps et des
haut-de-chausses de drap brun uni avec des boutons d'argent.
Des éperons de même métal étaient attachés à ses bottes à
l'espagnole.

— Mademoiselle, dit-il d'un ton de reproche, dans quelle
maison vous trouvé-je? Est-ce une pareille hôtellerie qui de-
vrait servir d'asile à Melle de Beaumont.

— Je suis chez votre belle-sœur, Lallement, répondit la
jeune fille avec hauteur, et j'ai été trop heureuse de la trouver,

quand les Dames-Prêcheresses ont refusé de me conserver dans leur couvent.

— Hélas ! ce sont deux tristes vérités, dit le militaire, cette femme est ma belle-sœur, c'est une grande honte attachée au nom d'un soldat, et ces indignes béguines ont refusé de vous garder, parce qu'elles ne recevaient plus, disaient-elles, l'argent de votre pension ! Et pourtant cette femme était chargée de le leur remettre. Mais n'y a-t-il donc plus dans Nancy un seul gentilhomme lorrain à qui vous puissiez demander aide et protection, au lieu de vous réfugier dans cet égout.

Les yeux d'Henriette brillèrent d'un éclair de fierté et de colère. — Vous vous oubliez étrangement, Lallement, s'écriat-elle, vous abusez de ma position et de mon délaissement pour tenir un pareil langage ! Ah ! continua-t-elle, en changeant subitement de ton et en versant d'abondantes larmes, je suis bien malheureuse ! Mon père a été massacré, ma mère est morte de douleur au milieu de l'incendie de notre château, nos biens ont été confisqués, et je suis réduite à vivre de la charité d'une hôtellière, et à endurer les insultes d'un soldat !

— Mademoiselle ! mademoiselle ! pouvez-vous me parler ainsi ? Y a-t-il sur la terre un homme qui vous respecte plus que moi ? qui désire plus que moi vous éviter jusqu'à l'ombre d'un chagrin ? Mais le temps nous presse, mes moments sont comptés. Vous savez bien que ma tête est à prix, et la misérable chez laquelle vous êtes en ce moment la vendrait sans scrupule. Calmez-vous, dites-moi qui vous a amenée ici. J'ai promis à votre père mourant, j'ai promis à votre marraine de veiller sur vous : il faut que je sache tout.

— Mon bon Lallement, répondit Henriette, en lui prenant familièrement les mains qu'il n'osa retirer, pardonnez-moi mon injustice. Je vous dois déjà la vie, vous étiez jusqu'ici mon seul protecteur au monde... Oui, je le découvre depuis quelques jours, je suis dans une horrible maison... Mais je n'y resterai pas longtemps. Et que serais-je devenue sans un nouvel ami... un ami aussi fidèle que vous-même, que le ciel m'a fait rencontrer ?

— Un ami, dites-vous? un nouvel ami? demanda Lallement dont les traits s'assombrirent.

— Oui, je vais tout vous dire.

Et elle raconta à son interlocuteur les circonstances de sa sortie du couvent et de son séjour chez l'hôtesse du More-qui-Trompe.

Mais pour aider à l'intelligence de son récit, et faire comprendre au lecteur comment Lallement avait ainsi gagné la confiance d'une jeune et noble orpheline, il faut que nous remontions à quelques années en arrière.

Melle de Beaumont, issue de l'une de ces illustres maisons de Lorraine que l'on désignait sous le titre de *l'ancienne chevalerie*, était une victime de ces catastrophes subites qui, pendant la guerre de trente-ans, anéantirent tant de nobles familles.

Son père vivait heureux dans un vieux château caché au fond de l'une des gorges les plus solitaires des Vosges. Pour suivre la mauvaise fortune de Charles IV, un jour il s'arracha aux embrassements de sa femme et de sa fille unique encore enfant. Il tira de leur cachette quelques vieux ducats amassés par son père, vendit son argenterie, engagea ses terres, et du produit leva et équipa une compagnie de cavalerie, à la tête de laquelle il prit une part active et glorieuse aux campagnes de son maître. Pendant sa longue absence, à peine quelques lettres de lui étaient parvenues à sa famille. Quelquefois un colporteur ou un soldat estropié apportait de ses nouvelles au manoir seigneurial que sa situation dans les montagnes avait préservé jusqu'alors des incursions des gens de guerre et des bandes de brigands qui désolaient le pays.

Mme de Beaumont, en proie à une mortelle inquiétude sur le sort de son époux, avait concentré toutes ses pensées et ses affections sur lui et son enfant qu'elle élevait avec une tendresse excessive et souvent aveugle. Sans rapports avec le monde, l'éducation d'Henriette se ressentait nécessairement d'une vie presque sauvage, entre une mère idolâtre, des valets rampants et des paysans grossiers et serviles. L'orgueil, la vanité, l'ignorance le disputaient en elle aux instincts les plus généreux et à une charmante naïveté. Le curé de la paroisse, homme bon et confiant, ne soupçonnant pas même le mal, qui portait à cette famille une affection sincère, lui faisait de fréquentes visites et lui prodiguait ses consolations, les conseils de son expérience peu éclairée et les leçons de la religion.

Un jour, le bruit se répandit dans la vallée qu'un détachement lorrain, battu par les Français, près de Remiremont, s'était jeté dans les montagnes. Bientôt on entendit dans le lointain les détonations de la mousqueterie, puis on vit des cavaliers accourir à toute bride vers le château dont le pont-levis était levé. Des femmes, des enfants, des vieillards s'y étaient réfugiés autour de leur maîtresse; le reste de la population s'était enfui avec ses troupeaux sur les hauteurs et dans les bois. Toute résistance était impossible... Mais bientôt la vue des écharpes jaunes des cavaliers rassura les paysans épouvantés, et un cri d'allégresse s'éleva de toutes parts, quand les fuyards se firent reconnaître : c'étaient les vassaux qui avaient suivi leur seigneur à la guerre; le pont-levis se baissa, et M.me de Beaumont, ivre de joie, tomba sans connaissance dans les bras de l'officier qui marchait le dernier... c'était son mari!

Un instant il oublia tout, et les malheurs de son prince et de son pays, et cinq années de privations et de dangers, et la perte de sa fortune, et la honte de sa récente défaite. Un instant il oublia qu'il amenait à sa suite la dévastation et la mort dans cette paisible retraite... il embrassait sa femme et son enfant.

Les Français approchaient pourtant avec les Suédois, leurs farouches alliés. Une bande de ces pillards, écume de toutes les nations, connus alors sous le nom de Cravates, s'était aussi ralliée à eux au bruit de la mousqueterie, le château était cerné de toutes parts. M. de Beaumont s'y défendit comme un lion : il n'avait ni merci ni capitulation à attendre, et Dieu seul sait à quelles muettes angoisses son cœur était livré en songeant au sort qui attendait sa femme et sa fille.

Pendant que les troupes régulières attaquaient le bâtiment principal, des Cravates mirent le feu aux granges et massacrèrent sans pitié les femmes et les enfants qui y étaient renfermés. Bientôt la flamme gagna une aile du corps-de-logis, en même temps que les assaillants, enfonçant le pont-levis, pénétraient dans l'intérieur. Les soldats de M. de Beaumont s'étaient séparés en plusieurs postes; la plupart, rangés autour de lui, tombaient successivement à ses côtés, et lui, atteint de plusieurs blessures graves, se défendait de chambre en chambre. Il parvint enfin à la tour dans laquelle sa femme s'était réfugiée avec sa fille. Il y avait dans cette tour un passage secret conduisant à l'une de ces cachettes si communes dans les vieux châteaux, à cette époque de guerre et de dévastation. Il s'ouvrait par un mécanisme presqu'impossible à découvrir, derrière la plaque de la cheminée. Quand M. de Beaumont entra dans cette chambre suivi du brave compagnon qui, seul avait survécu à cette fatale journée, il trouva sa femme en proie à une terreur qui avait anéanti toutes ses facultés; elle serrait convulsivement sa fille dans ses bras, sans pouvoir articuler une parole. Cependant la porte solide de la tour s'ébranlait sous les coups de leviers des vainqueurs et allait s'enfoncer. M. de Beaumont se tourna vers son compagnon :

— Lallement, lui dit-il, mon heure est venue. Si vous revoyez jamais Son Altesse, dites-lui que c'est le nombre qui nous a vaincus, mais que je suis mort en faisant mon devoir.

— Notre heure à tous est arrivée, répondit celui auquel il s'adressait, les Cravates ne font point de quartier. Mais ces pauvres créatures, quel sort ! et il jeta un regard de compassion sur les deux femmes.

— Lallement, mon cher Lallement, reprit M. de Beaumont d'une voix profondément émue, il faut les sauver, et vous le pouvez encore.

— Moi ! je le puis ? disposez de moi, parlez.

— Il y a, continua le blessé, un passage que je vais vous ouvrir, il vous conduira à une retraite impénétrable. Elle communique encore avec les caveaux funéraires de la chapelle d'où l'on peut sortir dans le fossé. Il faut que vous y accompagniez ma femme et mon enfant. Il faut que vous me juriez de les protéger, de veiller sur elles. Quand l'ennemi se sera retiré, vous leur chercherez un asile. Vous les recommanderez à leurs parente, à la veuve de votre ancien seigneur, à madame d'Ische, maintenant religieuse dans le couvent des Sœurs-Claires, de Bar.

En ce moment la porte craqua sous les efforts des Français, et une balle fit presque sauter la serrure, les verroux seuls résistaient encore. Lallement passa le canon de son pistolet par la petite ouverture qui venait d'être faite et tira : on entendit au-dehors un cri de mort.

— Et vous, capitaine, demanda-t-il en rechargeant froidement son arme, que deviendrez-vous ? Nous avons tout le temps de parler de cela, mettons-nous de côté, la porte tiendra encore trois minutes, le fer de ces verroux est excellent.

— Je capitulerai, dit M. de Beaumont, avec un sourire amer, je sens bien que je suis mortellement blessé, je ne servirais qu'à vous embarrasser dans la cachette. D'ailleurs, il faut bien que les Français trouvent ici quelqu'un, ils chercheraient trop soigneusement s'il n'y avait ici personne. Et il fit tourner sur son pivot d'acier la massive plaque de fonte aux armes de Lorraine.

— Je vous comprends, dit le soldat, mais je vous sauverai tous malgré vous.

Et il descendit dans le passage, emportant dans ses bras madame de Beaumont sans connaissance, la déposa sur un lit qui se trouvait dans le réduit, vint chercher sa fille qu'il plaça près d'elle, en lui recommandant le silence; puis remontant l'escalier une troisième fois, il se disposait à y amener M. de Beaumont de gré ou de force, quand celui-ci, par un effort suprême, referma la plaque au moment où Lallement allait sortir. Aussitôt un fracas épouvantable se fit entendre : la porte de la tour cédait aux assaillants, un feu de mousqueterie retentit sous la voûte, et M. de Beaumont tomba raide mort contre la plaque que sa chute ébranla, en même temps que des balles la frappaient en s'y applatissant.

CHAPITRE III.

— Diable! se dit Lallement derrière la cheminée, au moment où M. de Beaumont tomba, la porte a cédé plus tôt; je m'étais trompé d'une minute !

Il écouta attentivement, et entendit confusément les imprécations et les discours des soldats et des Cravates; ils étaient étonnés de ne trouver qu'un cadavre, ils sondaient les murs et les pavés avec leurs piques et leurs épées, dans l'espoir de découvrir quelque trape ou quelque porte secrète. Lui restait, comme toujours dans les grands périls, grave, froid, résolu, son épée dans la main droite, un pistolet armé dans la gauche, disposé à vendre chèrement sa vie. Mais le secret du passage échappa aux recherches des pillards qui semblèrent enfin s'éloigner. Une forte odeur de fumée pénétra bientôt à travers les joints de l'ouverture, et il présuma que l'incendie avait gagné l'aile voisine et forcé ses ennemis à la retraite. Ainsi, un nouveau danger le menaçait.

Il s'approcha de Mme de Beaumont : elle était toujours évanouie, des tressaillements convulsifs agitaient ses nerfs, sa respiration pénible devenait de plus en plus faible. Sa fille suffoquait en étouffant ses sanglots. Une faible lumière arrivait à peine par une meurtrière dans ce réduit étroit; aucunes provisions n'y avaient été préparées, et il chercha inutilement un peu d'eau pour les ranimer. Une inquiétude d'un autre genre vint alors l'assaillir. Combien de temps resteraient-ils bloqués dans cette retraite ? L'incendie en détruisant le château ne les ensevelirait-il pas sous ces ruines ? N'étaient-ils pas condamnés à mourir de faim et de soif, quand même ils échapperaient aux soldats et aux Cravates !

Il consolait et rassurait pourtant la jeune fille, il la trompait sur le sort de son père, il lui donnait sur celui de sa mère un espoir qu'il avait entièrement perdu.

Enfin la nuit vint : la pauvre enfant mourait de besoin, et Lallement résolut de s'aventurer à tout prix dans le château. Il lui demanda quelques renseignements sur la distribution intérieure des appartements ; elle les lui donna d'une manière assez confuse, tant le chagrin et la frayeur troublaient ses idées. Mais quoiqu'il y fût entré ce jour même pour la première fois, ce vaillant soldat, au milieu du combat désespéré qu'il venait de livrer, avait assez observé les lieux avec sa sagacité militaire pour compléter les indications imparfaites de la jeune fille. Il lui recommanda de ne pousser aucun cri, de ne proférer aucune parole, lui promit de revenir bientôt avec de l'eau et des aliments, et, après avoir bien écouté, fit jouer le ressort de la plaque de la cheminée. La solidité des murs de la tour avait résisté aux flammes, l'incendie n'avait fait aucun progrès dans cette partie du bâtiment, et la lueur rougeâtre qui l'éclairait à travers les fenêtres brisées venait des granges et d'une aile éloignée. Aucun être vivant ne s'y trouvait, qu'un bel épagneul de grande taille dont la robe blanche et soyeuse était tachée du sang qui coulait d'une plaie ouverte dans son flanc. Il était couché sur les dalles, le museau allongé à terre entre ses deux pattes de devant. Aussitôt que la plaque tourna sur ses gonds, il prit son élan, renversa presque Lallement, et s'élança au fond de la cachette, en faisant entendre un petit cri de joie et d'affection. — Médor ! mon bon Médor ! disait Henriette à voix basse, tu nous a donc retrouvées !

Certain alors d'avoir laissé un ami, et sans doute un défenseur à ses compagnes, le soldat s'avança dans la chambre;
et le premier objet qu'il aperçut fut le cadavre de M. de Beaumont; ses meurtriers l'avaient dépouillé de tous ses vêtements
et avaient enlevé ses armes. Lallement, jetant sur lui un
regard triste et solennel se signa et murmura un *De Profun-*
dis. Il entra ensuite dans un corridor qui devait le conduire
du côté du grand escalier; mais il s'arrêta tout court en voyant
s'y projeter une traînée de lumière à travers la porte ouverte
d'une chambre d'où sortait une odeur de cuisine et où deux personnes s'entretenaient à haute voix. Sa convoitise et son attention étaient ainsi excitées au plus haut degré, quand une forme
humaine venant du bout opposé du corridor, traversa rapidement l'espace lumineux en s'avançant de son côté. Son parti
fut bientôt pris : d'une main il saisit l'inconnu à la gorge au
moment où il passait près de lui, et de l'autre il lui posa la
pointe de sa dague sur la poitrine en lui disant dans l'oreille :
— Si tu bouges, si tu parles, tu es mort.

— Hélas! lui répondit-on d'une voix à peine intelligible,
si vous êtes chrétien, ayez pitié d'un pauvre prêtre; ne com-
mettez pas un sacrilége.

L'explication qui s'en suivit très bas ne fut pas longue; c'était
le curé de la paroisse qui, bravant tous les dangers, avait osé
pénétrer dans le château livré au meurtre et au pillage pour y
recueillir quelques nouvelles du sort de son seigneur et de sa
famille; il avait trouvé la porte de l'escalier barricadée et esca-
ladé une fenêtre. Dès qu'il comprit à qui il avait affaire, il offrit
d'aller à son presbytère chercher quelques aliments. — Les Suédois y sont, dit-il, mais je trouverai bien moyen d'y rentrer.

— Non, dit Lallement, il faut que ces brigands nous en
fournissent, écoutez-les. Et tous deux s'approchèrent de la porte
ouverte. La conversation paraissait animée.

— Je vous assure, mère Lajoie, disait une voix rude que

je n'ai rien trouvé dans cette tour qu'un grand chien blanc qui hurlait sur la carcasse de l'officier, cela m'ennuyait, et je lui ai donné un coup de ma demi-pique.

— Imbécille, reprit la bohémienne qui lui parlait, ne vois-tu pas que ce chien recherchait ses maîtresses. Tu sais bien que cette servante que nous avons forcée de jaser en lui chauffant un peu les ongles, nous a dit que la dame et sa fille n'avaient pas été brûlées dans la grange avec les paysannes. Elles étaient sans doute couvertes de bijoux, elles sont cachées quelque part, et la fortune de celui qui les trouvera sera faite. Conduis-moi où tu a laissé le chien, s'il n'est pas mort, je lui ferai bien vite montrer la cachette de ses maîtresses.

— Ah! mère Lajoie, il n'y a que vous au monde pour ces bonnes idées là! Mais part à nous deux au moins : je vous donne la petite fille, vous la vendrez ce que vous pourrez, mais je veux la dame et la moitié des joyaux et de l'argent. A ça nous en viendrons bien à bout à nous deux ?

— Poltron! ne vas-tu pas appeler tes camarades pour qu'ils prennent la plus grosse part, comme à l'affaire de l'église de Saint-Nicolas-de-Port? Non, non, avec mon grand mouchoir de soie et mon couteau, je me charge de l'enfant si elle crie. A toi la femme! Tous nos gens sont établis dans l'autre aile, j'ai barricadé au-dedans la porte du vestibule, personne ne viendra nous déranger. Voici un bon souper qui nous récon-fortera quand nous aurons fait le coup. Allons, prends tes cordes.

— A notre tour maintenant, dit Lallement au prêtre, à moi le brigand! à vous la bohémienne! Et ils s'effacèrent dans l'ombre.

Aussitôt que la femme parut dans le corridor, une chandelle à la main, le curé avec autant de promptitude que de présence d'esprit lui jeta sur la tête son manteau, et l'en enveloppant étroitement, la mit dans l'impossibilité de fuir ou de se défendre.

Lallement ne donna pas au Cravate le temps de sortir, il se précipita dans la chambre la dague à la main, le saisit à la gorge, le renversa, le garotta et le bâillonna avec une promptitude merveilleuse, au moyen des cordes que le malfaiteur tenait lui-même préparées pour son expédition, puis lui banda les yeux et attacha la femme de la même manière.

— Qu'allons-nous en faire maintenant? demanda-t-il alors. Il y a bien des gens qui, à notre place, n'en seraient pas embarrassés : cinq pouces de ma bonne lame les rendraient tranquilles et muets pour toujours. Mais, voyez-vous, monsieur le curé, quoique cette vieille sorcière ait mérité vingt fois la mort pour ses vols et ses assassinats, quoique ce misérable lâche en ait fait pis, quoi qu'il ait eu l'infamie tout à l'heure de frapper un pauvre chien sur le cadavre de son maître, il y a dans ma nature lorraine et vosgienne quelque chose qui ne me permet pas de verser le sang d'un ennemi sans défense.... Et pourtant ce serait le plus sûr, et nous nous repentirons peut-être un jour de cette funeste pitié.

Mais le bon prêtre l'affermit encore dans ses sentiments miséricordieux. Il connaissait parfaitement tous les recoins du château, et, par son avis, ils enfermèrent leurs deux prisonniers farouches et silencieux comme des animaux de proie pris au piége, dans le fond d'un petit cabinet voisin qu'ils fermèrent avec soin; puis, prenant du vin, du pain et un morceau de volaille parmi les provisions de la vivandière, ils se rendirent à la cachette.

Un triste spectacle les y attendait : M.me de Beaumont venait d'expirer, sa fille était livrée au plus affreux désespoir que ne pouvaient calmer les muettes caresses de son chien. L'intelligent animal, au premier bruit qui s'était fait dans le passage, s'était avancé, les soies hérissées, relevant ses lèvres noires, montrant ses longues dents blanches et grondant sourdement. Mais il avait bien vite compris que c'étaient des amis qui s'approchaient ; il était venu, en remuant la queue, lécher la main du curé, puis avait repris sa place près de sa jeune maîtresse. Vaincue par le besoin, elle se résigna à prendre quelque nourriture ; ses libérateurs tinrent conseil, et ils décidèrent d'abord qu'ils l'emmèneraient dans la montagne, aussitôt que l'ennemi se serait éloigné, mais Lallement tenta une nouvelle reconnaissance, et il découvrit que son cheval était enfermé avec ceux de M. de Beaumont, dans l'église, transformée en écurie par les Suédois, et assez mal gardée. Il forma le dessein téméraire de reprendre son coursier chéri, auquel il tenait, disait-il, plus qu'à sa vie. D'ailleurs, sans un cheval, comment cette faible enfant pourrait-elle supporter les fatigues de la fuite ? Il fallut donc modifier le premier projet, et partir avant le départ des Français du château.

Il leur restait encore à remplir le triste devoir de donner une sépulture chrétienne aux parents d'Henriette. La cachette communiquait avec le caveau funéraire de la chapelle, ils y transportèrent les corps de ces deux époux que la mort réunissait après une si longue séparation, et le vieux prêtre accomplit à la hâte les dernières cérémonies de l'église. Mais au moment où ils allaient soulever, pour fuir, la plaque de la cheminée de la tour, ils entendirent plusieurs voix, parmi lesquelles Lallement reconnut à ne pouvoir s'y méprendre celle de la bohémienne qu'il croyait avoir si bien liée et enfermée. Ils se barricadèrent de leur mieux à l'intérieur, et le curé les ramenant sur leurs pas, les fit, des caveaux de la chapelle, descendre dans le fossé et gagner la campagne. Les étoiles commençaient déjà à pâlir et une bande d'une faible lumière blanchâtre se montrait au levant, ils se tinrent cachés dans une cabane de berger, abandonnée, pendant que Lallement, qu'aucune représentation de son compagnon n'avait pu détourner de son dessein, se dirigeait vers l'église pour enlever son cheval. Après quelques instants d'une anxiété mortelle, l'ecclésiastique et Henriette entendirent deux

coups de feu, puis de grands cris; enfin ils distinguèrent
le bruit du galop de plusieurs chevaux, et Lallement
parut monté sur le sien, et amenant en main celui de M. de
Beaumont.

— Je suis poursuivi, s'écria-t-il, donnez-moi cette enfant et
partons. Il plaça Henriette sur le pommeau de sa selle, le curé
se hissa avec assez de peine sur le second cheval, et ils partirent
avec une rapidité qu'ils ne modérèrent que quand ils parvinrent
aux escarpements de la montagne.

Le prêtre en connaissait tous les détours. Il les conduisit
d'abord dans une grande clairière, au milieu des sapins, où
les habitants de la paroisse avait préparé depuis longtemps un
enclos presqu'impénétrable pour y cacher leurs bestiaux à la
moindre alerte. Ils laissèrent leurs chevaux à la garde de ces
bonnes gens qui accueillirent leur pasteur et la fille de leur
seigneur avec les témoignages d'une profonde compassion et
d'un dévoûment absolu. Ils s'engagèrent ensuite au milieu des
rochers dans un sentier étroit et escarpé où il fallût que l'ecclésiastique et le militaire soutinssent et même portassent alternativement la jeune fille, et, suivant le lit d'un torrent, ils parvinrent à un ermitage abandonné qui dominait toute la contrée.
Le soleil s'était levé et éclairait les sommets de la montagne et
les gigantesques mélèzes qui la couronnaient, quand les profondeurs de la vallée étaient encore plongées dans l'ombre.
Seulement les flammes qui brûlaient encore lentement dans les
granges et les débris du château, et qui parfois se ranimaient
en lançant de brillantes étincelles, jetaient une lueur sinistre et
lointaine sur cette scène de dévastation.

Dans la journée même l'ennemi avait quitté le pays et s'était
dirigé sur Remiremont, ses derniers traînards et les pillards
qui marchaient à sa suite avaient aussi abandonné une contrée
pauvre, et qui ne leur offrait plus aucune proie. Après plusieurs
reconnaissances faites avec prudence par Lallement et les

paysans, le curé, au bout de deux jours, rentra dans son presbytère dévasté et y amena l'orpheline.

Cependant Lallement ne pouvait rester plus longtemps avec eux, il lui tardait de rejoindre l'armée de Lorraine où il avait un grade dans l'artillerie. Il força le curé d'accepter le peu d'argent qu'il possédait, et partit en promettant de revenir bientôt revoir celle qu'il avait si miraculeusement sauvée.

Les mois s'écoulèrent sans qu'il reparut ou donnât de ses nouvelles, et le curé commençait à craindre ou qu'il n'eût été tué, ou qu'il n'eût oublié sa protégée. Il avait appris de lui-même qu'il n'était qu'un soldat de fortune, d'une condition très obscure, que le hasard de la guerre lui avait, dans le désastre de Remiremont, fait rencontrer M. de Beaumont, auquel il s'était attaché tout d'abord, moins encore à cause de la valeur et du mérite de cet officier que parce qu'il était parent du dernier gouverneur de La Mothe, à la mémoire duquel Lallement avait voué une sorte de culte.

Les terres de M. de Beaumont avaient été confisquées et réunies au domaine du roi; le château était ruiné, les serviteurs dispersés. Henriette vivait triste et malheureuse au presbytère, pleurant ses parents, regrettant amèrement sa situation passée et son ancienne opulence, et pourtant traitée en enfant gâté par le bon curé et sa vieille gouvernante Guite, aimée et adulée par les anciens vassaux de sa famille.

Enfin Lallement arriva. Il apportait à la jeune fille une lettre de sa marraine Marie d'Haraucourt, veuve d'Antoine de Choiseul, seigneur d'Ische, gouverneur de La Mothe, maintenant religieuse au couvent des Sœurs-Claires de Bar-le-Duc, sous le nom de sœur Henriette de la Consolation. Elle parlait à sa filleule le langage d'une piété tendre et éclairée, et, en regrettant de ne pouvoir la faire entrer dans son couvent dont la règle austère aurait pu l'effrayer, elle lui promettait de veiller de loin sur elle, et de la placer un jour dans quelque

sainte maison où elle recevrait une éducation digne de sa naissance. Elle lui recommandait d'avoir toute confiance en Lallement qui, disait-elle, lui avait donné en tout temps des preuves
du plus grand dévoûment.

Le canonnier remit en même temps au curé une petite somme
d'argent de la part de la religieuse. Cette circonstance, dont il
n'était pas fait mention dans la lettre, surprit étrangement
l'ecclésiastique, qui ne pouvait concevoir que les supérieurs de
M.me d'Ische lui permissent une telle transgression au vœu de
pauvreté.

Au bout de plusieurs mois Lallement revint de nouveau.
Cette fois il annonça que l'orpheline était admise au pensionnat
célèbre des Dames-Prêcheresses de Nancy. Le curé quitta ses
montagnes pour l'y conduire.

Deux fois Lallement vint les visiter et apporter le prix de
sa pension, mais toujours sous un déguisement. Enfin sa belle-
sœur, ancienne femme de chambre de M.me d'Ische, et possé-
dant toute la confiance de cette dame, quitta, après la mort de son
mari, l'auberge de la *Pomme-d'Or*, qu'elle tenait à Bar derrière
l'enclos des Minimes, et vint occuper à Nancy l'hôtel du *More-
qui-Trompe*. Ce fut par son intermédiaire qu'Henriette reçut
désormais des nouvelles de sa marraine, mais ces communications n'étaient plus que verbales. Elle remettait aussi, mais
avec une exactitude qui diminuait progressivement, les termes
de la pension aux dames Prêcheresses.

Un jour que Lallement était descendu chez elle, avec toutes
les précautions dont il s'environnait sans cesse, à cause de l'arrêt
de mort qui pesait sur sa tête depuis qu'il avait tué à Bar le colonel
écossais Ebron, il vit entrer derrière lui un exempt des archers de la prévôté de Nancy, dont la persistance à le suivre
et à l'observer l'avait frappé. Cet homme se fit servir à
manger, et le canonnier crut remarquer des signes d'intelligences entre sa belle-sœur et lui. Habitué à vivre au milieu

de dangers continuels, il portait la prudence jusqu'à la défiance. Il ne manifesta aucun soupçon et sortit sans affectation,
en annonçant qu'il rentrerait de bonne heure, et recommandant qu'on lui préparàt à souper. L'hôtesse et l'exempt échan-
gèrent un regard de triomphe qui ne lui échappa point ; il
suivit des rues détournées, gagna la maison d'un ami sûr, où
il prit un déguisement nouveau, puis sortit de la ville et retrouva son cheval dans le faubourg Saint-Nicolas où il l'avait
prudemment laissé. Il n'avait plus osé reparaître à Nancy
depuis, mais il avait appris par une voie certaine, que la même
nuit l'hôtel du *More-qui-Trompe* avait été cerné et fouillé
par les archers de la prévôté.

Nous laisserons maintenant parler Melle de Beaumont.

CHAPITRE IV.

— Vous savez, mon bon Lallement, dit Henriette, que la
dernière fois que vous vîntes au couvent, vous m'avertîtes que
votre belle-sœur serait désormais chargée de me donner des
nouvelles de ma marraine. Elle me fit, en effet, de fréquentes
visites ; mais au lieu de m'apporter des consolations, elle me
répétait sans cesse que j'étais abandonnée dans ce monde, que
vous ne reviendriez plus, que M.me d'Ische ne pouvait plus
rien pour moi, et qu'elle seule avait encore la volonté et le
pouvoir de venir à mon aide. Elle me recommanda, dans votre
propre intérêt, de ne jamais prononcer votre nom, de ne parler
de vous à personne.

En même temps, une nouvelle supérieure, M.me Elizabeth
de Bildstein, établit la réforme chez les Dames-Prêcheresses,
et comme la plupart d'entre elles, mécontentes de la rigueur
des nouveaux règlements, s'étaient retirées chez leurs parents,
elle fit venir, pour les remplacer, des religieuses Bourguignonnes. Celles-ci ne parlaient de tout ce qui appartenait à la Lorraine qu'avec mépris ; elles me faisaient durement sentir qu'elles
ne touchaient plus le prix de ma pension et qu'elles ne me gardaient que par charité. Jugez de l'humiliation et du désespoir
où j'étais réduite. J'écrivis à l'excellent curé de Beaumont, je
priai dame de Laveline de lui faire tenir ma lettre. Elle m'assura

qu'elle la lui avait fait parvenir par une voie sûre.... mais elle demeura sans réponse.

Un jour, elle me fit demander au parloir... A mon grand étonnement, elle était accompagnée d'un étranger qui, disait-elle, était parent de ma famille. Il parut prendre un vif intérêt à mon sort, et me fit beaucoup de compliments et de protestations de dévoûment.

Enfin, il y a quelques jours, elle m'offrit, en présence de la supérieure, de me donner chez elle un asile, jusqu'à ce que mon parent qu'elle nommait le vicomte d'Espagny, au service du roi de France, m'en eût préparé un dans sa maison. La supérieure me pressa d'accepter, disant que le couvent, dans son extrême pauvreté, ne pouvait me conserver plus longtemps.

Que pouvais-je faire ? Je me crus trop heureuse de trouver ce refuge, je dis adieu sans regret à ces nouvelles religieuses dont aucune ne me connaissait, qui me voyaient partir avec une joie qu'elles ne se donnaient pas la peine de dissimuler.

Je vins ici ; votre belle-sœur m'installa dans cette chambre où je trouvai une sorte de luxe auquel je n'étais plus accoutumée. Elle m'entoura de soins et de prévenances, et pourtant mon cœur était serré, une invincible tristesse m'accablait ; jamais le sentiment de mon isolement et de mon abandon ne m'avait ainsi oppressée. Au milieu de cette maison si bruyante, dans cet appartement retiré, d'où j'entendais, sans voir personne, ces rires éclatants, ces pas précipités, ce tintement d'éperons et d'épées, ces cris, ces chants, ce tumulte confus, une terreur vague me saisissait, mes yeux se remplissaient de larmes, je me prenais à regretter mes montagnes des Vosges et mes noires forêts de sapin, le pauvre presbytère de Beaumont, et jusqu'aux figures austères des religieuses Bourguignonnes. Et puis, je pensais à ma pauvre mère, à mon père mourant, à vous, ô surtout à vous ! mon bon Lallement. Votre belle-sœur, avec son éternel sourire, ses paroles mielleuses, son regard faux, ses caresses familières, ses compliments sans fin ni mesure sur ce qu'elle appelait mes grâces et ma beauté, m'inspirait un invincible éloignement. Et pourtant je combattais ce sentiment comme une mauvaise pensée, je m'efforçais de l'aimer comme une bienfaitrice, comme mon seul appui, à qui vous et ma marraine m'aviez confiée.

Elle m'avait recommandé de ne jamais sortir sans elle, et je n'avais garde de manquer à cette recommandation. Vous savez qu'elle a pris à Nancy le nom de Laveline, qui, dit-elle, appartient à votre famille ; elle me défendit de jamais lui donner celui de Lallement. Ah ! lui disais-je, il me sera bien facile de vous obéir ; ni ici, ni chez mon parent, je ne veux voir personne. Cependant cette résolution de retraite la contrariait un peu, car plusieurs fois elle m'engagea à descendre dans sa chambre, où se réunissaient, m'assurait-elle, des personnes de qualité, qui auraient pour moi les plus grands égards, et où je trouverais les plaisirs du jeu, de la musique et de la conversation. Je m'y refusai absolument, et elle n'osa insister.

Au bout de deux jours elle m'amena de nouveau le seigneur qui déjà l'avait accompagnée au couvent. Il me promit que sous peu de jours il me conduirait dans une de ses terres, où sa famille s'empresserait de me recevoir. C'était un homme de moyen âge, d'une grande distinction, mais dont les attentions empressées, les prévenances excessives, les regards toujours fixés sur moi, m'embarrassaient malgré moi et me causaient un secret effroi...... Il revint une seconde fois, mais dame Catherine sortit presqu'aussitôt et nous laissa seuls. Alors son langage, sans cesser pourtant d'être respectueux, devint..... mon Dieu ! comment vous dirai-je ?.... devint trop... tendre, trop passionné pour un parent. Il s'aperçut sans doute de ma frayeur, car il m'assura qu'il avait ainsi parlé par forme de plaisanterie. Je feignis de le croire ; mais c'en était fait, j'avais perdu en lui toute confiance. Il m'annonça qu'il allait faire un voyage de quelques jours, et qu'à son retour il me conduirait dans un château à quelques lieues de Nancy près de sa femme, et que dame de Laveline m'y accompagnerait; cette circonstance me rassura médiocrement.

Le lendemain votre belle-sœur me mena avec elle à l'église Saint-Epvre pour y entendre la messe. Nous fûmes suivis par deux officiers de la garnison qui s'entretinrent avec elle. Elle me dit ensuite que l'un d'eux se nommait le capitaine Cinq-Mars et était d'une grande famille. J'étais impatiente et indignée de voir cette femme me donner ainsi en spectacle, et quand je fus rentrée dans ma chambre, je me mis à pleurer amèrement sur ma triste destinée. Jugez de ma frayeur quand ma porte s'ouvrit, et je vis paraître M. de Cinq-Mars, ce jeune officier qui nous avait tout à l'heure suivies. Que vous dirai-je, mon ami? il avait l'air si doux et si honnête, son langage et ses manières paraissaient si respectueux et si sincères, il me fit en termes si convenables de si profondes excuses de son indiscrétion que je me rassurai complètement. Ah! je ne veux pas essayer de vous rendre le charme et le naturel de ses paroles. Il me dit qu'il avait profité de la courte absence de l'hôtesse pour m'avertir du danger qui me menaçait, du piège infâme où l'on voulait m'entraîner. Il me révéla que ce vicomte d'Espagny, colonel au service de France, n'était nullement mon parent, que c'était un grand seigneur fort riche, mais perdu de vices, que rien n'arrêtait pour satisfaire ses coupables passions; il me dit, grand Dieu! j'en rougis de honte et d'indignation, que depuis quelque temps il avait machiné cette intrigue infernale avec l'hôtesse du More-qui-Trompe, que moyennant une somme convenue, elle devait me conduire dans un château aux environs de Nancy, récemment confisqué sur un gentilhomme Lorrain. Lui-même avait découvert toute cette trame par l'indiscrétion du vicomte qui s'en était vanté dans un repas d'officiers. Il se jeta à mes pieds, il me jura de me consacrer le reste de sa vie, de la sacrifier, s'il le fallait, pour me sauver. Il savait bien que j'étais orpheline, il connaissait le nom de ma famille, mais il ignorait ma profonde détresse. J'ai craint de prononcer votre nom, Lallement; ah! croyez-moi, il m'en a bien coûté de lui cacher toute la reconnaissance que je vous dois, mais je ne voulais pas vous exposer à quelque danger. Il ne sait donc qu'une partie de ma triste histoire. Il m'a promis de me tirer de cette horrible maison. Il est lui-même d'une ancienne famille de Lorraine; il aurait voulu pouvoir me conduire chez quelque gentilhomme de mes parents; mais, vous le savez, tous sont proscrits ou dans l'armée du duc Charles. A Nancy, comme il me l'a si bien fait comprendre, je demeurerais exposée à toutes les entreprises d'Espagny, aux machinations de cette femme qui jouit d'un grand crédit près du gouverneur. Mais le capitaine a à Toul une parente, une sainte femme religieuse au couvent des dames du Saint-Sacrement... C'est là qu'il m'a proposé de me conduire.

Ici M.elle de Beaumont s'arrêta : elle attendait que Lallement, par un mot, par un geste, ou au moins par le jeu de sa physionomie, révélât son approbation ou son blâme. Mais le rude soldat, assis vis à vis elle, avait ramené en avant son baudrier, sa longue épée était dressée entre ses genoux, ses deux mains croisées s'appuyaient sur la poignée, et sa tête reposait sur ses deux mains. Son visage était ainsi entièrement caché, et la cicatrice, où ses émotions auraient pu se lire, se dérobait aux regards inquiets d'Henriette.

Elle fut un peu émue de ce silence, elle reprit pourtant : mais avec une certaine hésitation et d'une voix plus caressante.

— Je n'ai pas accepté, Lallement, malgré le trouble et le désespoir où me jetait une pareille révélation. Mais... il faut tout vous dire, oh non, je ne veux rien vous cacher : il est revenu hier, il m'a dit qu'il n'y avait pas un instant à perdre,

3

que la garnison allait quitter Nancy, que lui-même allait remplir une mission à Toul et serait ensuite obligé de la rejoindre
à Neufchâteau, que d'Espagny resterait ici chargé d'un commandement, et que je serais sans défense, abandonnée à mes
ennemis, si je ne consentais à m'enfuir chez sa parente...
Eh bien, alors j'ai presque consenti. Il est parti en toute hâte,
il reviendra demain. N'avais-je pas raison, Lallement, de vous
dire que le ciel m'avait envoyé un second ami aussi... presqu'aussi fidèle que vous-même?

Pendant ce long récit, que Lallement s'était soumis en fré-
missant à ne pas interrompre, mille passions violentes s'é-
taient combattues dans son sein. La honte, l'indignation, la
haine, l'amour ardent et sans espoir, la vengeance, la jalousie,
le dévoraient tour à tour. Il se leva quand elle eut fini de
parler, et par un effort suprême, domptant à la fois les élans
de sa colère et les emportements de sa tendresse, il lui dit avec
un calme apparent :

— Allons, que Dieu soit loué! je suis revenu encore à
temps pour vous sauver de tant de dangers. Oh! Catherine!
Catherine! monstre d'enfer! Oh! les Français! les Français!
Mais je vous sauverai... Et ce capitaine, ce Cinq-Mars, je
crois que c'est le nom que vous lui donnez, vous a dit qu'il
était Lorrain? C'est faux! je ne connais pas ce nom là! D'ailleurs ce serait un renégat; un Lorrain servir la France! Mais
non, c'est une ruse de leur nation, c'est comme la parenté du
vicomte d'Espagny.

— Oh! Lallement, vous ne le connaissez pas; si vous
l'aviez vu une fois, vous l'aimeriez.

— J'en doute, mademoiselle; mais hâtons-nous. Vous comprenez bien que ce jeune officier, « quelle que soit la pureté
de ses sentiments, » et il appuya avec emphase sur ces mots,
ne peut vous offrir qu'un asile temporaire « chez la sainte
femme, sa parente. » Il vous faut une retraite à l'abri des

Français : ainsi, je ne puis vous conduire à Bar, au monastère de votre marraine ; mais il y a encore en Lorraine une ville qui n'est pas souillée par le drapeau blanc et les fleurs de lys, une forteresse impénétrable, où vous trouverez un ami éprouvé, le vieux curé de Beaumont ; La Mothe, mademoiselle, La Mothe, où moi pauvre soldat de fortune, je vous conduirai en sûreté. J'en réponds sur ma vie ; avez-vous confiance en moi ?

— Oh ! Lallement ! cher et généreux ami, pouvez-vous en douter ? c'est le ciel qui vous envoie encore une fois. Oui, je vous suivrai partout ? Mais n'y aurait-t-il pas de l'ingratitude à partir sans avoir revu ce brave officier qui, lui aussi, était venu à mon secours quand tout m'abandonnait ? M. de Cinq-Mars revient demain, il nous aidera lui-même dans notre fuite.

— Mademoiselle Henriette, reprit le soldat avec amertume, c'est un ami bien nouveau pour vous inspirer autant de confiance. Mais je ne puis rester à Nancy jusqu'à demain, les espions des Français m'auraient bientôt découvert. Je suis venu ici pour le service de Son Altesse, ce service veut aussi que je reparte tout de suite. Si ce M. de Cinq-Mars a pour vous une affection sincère, s'il veut, sans calculs personnels, vous sauver des dangers qu'il vous a révélés... eh bien, il sera heureux d'apprendre votre départ.

— Mais, mon ami, il y a bien loin d'ici à La Mothe, le voyage sera bien périlleux.

— Hélas ! oui, il sera long et peut-être périlleux ; mais aucun des dangers qu'il offre n'est comparable à ceux qui vous attendent ici. Oh ! je vous en supplie, n'hésitez pas !

— Mais à Toul !... non, non, ne prenez pas un air sombre, je n'en veux plus parler... mais au moins qui me recevra ?

— Des Lorrains, mademoiselle Henriette ! Des cœurs francs, simples et fidèles, et par-dessus tout le plus ancien de vos amis, le curé de Beaumont, le digne abbé Guyon, que Son Altesse a nommé chanoine de la collégiale de La Mothe.

— Oh! je suis bien décidée. Vous êtes sûr qu'il est cha-noine à La Mothe?

— Si j'en suis sûr? Voudrais-je vous tromper? Cette indi-gne hôtesse aurait pu vous l'apprendre au lieu de garder votre lettre; car elle le savait par moi.

— J'irai, oh j'irai!... C'est singulier, quand j'ai parlé de lui à M. de Cinq-Mars, en lui disant que je lui avais écrit, il m'a dit qu'il le connaissait.

— Ah! M. de Cinq-Mars connaît le curé de Beaumont! C'est singulier, en effet, dit le canonnier avec une froideur affectée.

— Et quand partirons-nous?

— Aujourd'hui! aujourd'hui même, je vais tout préparer. Ecoutez : quand votre hôtesse sera occupée à servir le repas de ses officiers, un homme sûr, un homme dont je vous réponds comme de moi-même, viendra vous chercher. Il ne vous dira qu'un mot : « Lorraine! » en portant la main à son front; vous le suivrez, malgré son humble costume de savetier. Il vous conduira au faubourg où nos chevaux nous attendront. Allons, mademoiselle de Beaumont, montrez le courage de votre noble race. A bientôt!

— Adieu, mon ami! je vous obéirai en tous points. Elle lui tendit sa main qu'il baisa avec respect, et il disparut.

CHAPITRE V.

Quand Lallement descendit, il trouva dans la cour l'honnête savetier qui lui avait servi de védette, ils gagnèrent de compagnie la petite chambre que celui-ci occupait vis à vis l'hôtellerie.

— Eh bien ! dit le savetier.

— Eh bien ! répondit le soldat, mon plan est arrêté : quand vous serez sûr que la femme Lallement présidera à sa table d'hôte, vous entrerez chez la jeune fille, vous ferez ce geste en lui disant : « Lorraine ! » Vous lui porterez cette mante et cette capuche dans votre hotte ; elle les mettra par-dessus ses vêtements et vous suivra, vous sortirez ensemble sans affectation, et vous viendrez au rendez-vous convenu. Vous prendrez garde en passant devant le corps-de-garde de la porte Saint-Nicolas de la Ville-Vieille, parce qu'il y a ordinairement un officier. On ne bat la retraite qu'à huit heures : vous aurez tout le temps... Maintenant, parlons d'autre chose. Vous êtes sûr de ce que vous m'avez dit, que c'est demain que le lieutenant-général du Hallier se met en marche avec sa garnison ?

— Très sûr, répondit l'autre, tous les ordres sont donnés, les troupes ignorent encore leur destination ; mais le rendez-vous est à Neufchâteau ; les Suédois, qui sont à Toul, y arriveront de leur côté. Tout cela est destiné au siége de La Mothe.

— Vous êtes bien sûr de la force des régiments dont vous

m'avez remis l'état ? Ceux de la Meilleraye et de Grand-Pré me paraissent bien nombreux.

— Parfaitement sûr. J'ai voulu d'ailleurs tout vérifier moi-même. Le gouverneur, depuis huit jours, a passé successivement toutes ses troupes en revue : je me suis chaque fois installé avec mon échoppe de savetier ou ma cantine sur la place ou dans la rue, j'ai compté les files pendant les manœuvres et les montres, j'ai visité ensuite les corps-de-garde pour avoir la force totale ; j'ai comparé mon calcul avec les états, ils sont exacts.

— C'est une armée formidable ! dit Lallement ; ce sont de vieilles bandes, des soldats éprouvés ; avec les garnisons que le général doit ramasser en route et le corps suédois, la ville sera complètement investie. Notre brave gouverneur, M. de Cliquot, n'a que de se bien tenir. Il n'y a pas un instant à perdre, il faut qu'il soit averti, il faut aussi que Son Altesse connaisse le danger qui menace la plus importante place qui lui reste... Et cependant, Henriette ! Henriette ! il faut aussi la sauver. Je ne puis l'abandonner à ces misérables Français, à cette infâme Catherine. Allons ! nous allons, avec l'aide de Dieu et de saint Nicolas, entreprendre ce périlleux voyage. Vous reviendrez aussi avec nous, Antoine, votre présence ici n'est plus nécessaire, et il nous faudra des hommes solides pour servir nos canons. Ce ne sera pas trop non plus de nous deux pour défendre M.elle de Beaumont. A propos, avez-vous des renseignements sur cet officier, ce capitaine Cinq-Mars, qui fréquente l'hôtellerie ?

— Je n'ai pu en obtenir, monsieur, répondit Antoine ; il est à Nancy depuis peu de jours, il arrive de la cour de France. On assure qu'il a servi autrefois en Lorraine.

— Ce n'est pas là un nom lorrain, interrompit Lallement avec impatience. Jamais je ne l'ai entendu prononcer, et ces officiers que j'ai suivis tantôt assuraient qu'il n'était pas parent du grand écuyer.

— C'est du moins un charmant cavalier, reprit l'artisan ; il passe pour très brave, et on le cite déjà pour l'éclat de ses aventures galantes. Il y a deux jours, dans la cour de l'hôtellerie, il s'est pris de querelle avec un de ses camarades qui le plaisantait sur ses nouvelles amours avec mademoiselle....

— Taisez-vous, malheureux ! s'écria avec fureur le canonnier. Nous le verrons peut-être un jour, continua-t-il d'un ton plus calme, et nous saurons s'il mérite la réputation qu'on lui fait.

Il sortit, et après quelques courses dans la ville, entra dans le faubourg de Bonsecours, et se rendit dans un petit cabaret où ses chevaux l'attendaient. Il visita avec un soin minutieux leur ferrure et leurs harnais, les fit manger en sa présence, attacha sa valise, renouvela la charge de ses pistolets qu'il amorça et épingla avec attention après avoir fait jouer la batterie. Il fit ensuite apprêter un repas pour ses compagnons. Quand tous ces préparatifs furent terminés, il se promena en long et en large dans sa petite chambre, regardant quelquefois dans la rue, écoutant avec impatience les heures sonner successivement à toutes les églises de la ville, s'alarmant du retard d'Henriette, puis se rassurant, cherchant quelque motif plausible pour l'expliquer. Enfin la cloche de Saint-George s'ébranla et sonna le couvre-feu, puis on entendit dans le lointain les tambours de l'infanterie, les trompettes et les timballes de la cavalerie battre et sonner la retraite. Il vit la sentinelle de l'avancée rentrer, il entendait déjà le cliquetis des chaînes du pont-levis de la porte Saint-Nicolas, quand un savetier et une femme vêtue en paysanne passèrent rapidement en essuyant les quolibets et les grossières plaisanteries des soldats. La lourde machine se releva derrière eux, un instant après ils avaient atteint la porte du cabaret, et Henriette tombait dans les bras de Lallement.

Quand sa première émotion fut un peu dissipée, elle lui raconta en peu de mots les circonstances de sa fuite, qu'aucun obstacle sérieux n'avait entravée, et que dame de Laveline ignorerait sans doute jusqu'au lendemain, puisque Henriette prétextant une légère indisposition l'avait priée de ne pas interrompre son sommeil. Cependant Lallement, quoique sûr de la fidélité de son hôte qui ne le connaissait que sous un nom supposé, ne voulut pas passer la nuit si près de Nancy. Il fit facilement comprendre à M.elle de Beaumont la nécessité de partir, aussitôt que la nuit serait assez obscure. Ils mangèrent à la hâte; Antoine, qui avait quitté son accoutrement de savetier pour vêtir un justaucorps de buffle sous lequel il ne paraissait nullement embarrassé, monta à cheval, armé de pied en cap, et partit le premier pour leur servir d'avant-garde. Un peu après, Lallement amena lui-même son cheval et celui qu'il destinait à sa jeune compagne, car, à cette époque, c'était le seul moyen de transport usité et possible, dans les chemins fangeux de notre pays, que depuis longtemps la corvée ne réparait plus; c'était aussi le seul moyen d'éviter ou de fuir les brigands et les soldats presqu'aussi redoutables qui infestaient les routes. Henriette monta la jument douce, robuste et agile qui avait appartenu à son père et qui déjà, après le sac du château de Beaumont, l'avait amenée dans la montagne. Son éducation l'avait familiarisée avec cette manière de voyager, et elle était en état de diriger et de modérer sa haquenée. Quand elle fut en selle, Lallement monta à son tour le magnifique cheval de bataille qui, depuis tant d'années, avait partagé les périls de sa vie aventureuse. En passant devant la chapelle antique de Notre-Dame de Bonsecours, ils s'arrêtèrent un instant, et sans mettre pied à terre, ils firent une fervente prière pour le succès de leur voyage.

Ils continuèrent ensuite de marcher avec précaution et autant de rapidité que le permettait l'état de la route et l'obscurité, en traversant le bois du Montet, ils descendirent la côte escarpée et dangereuse où la route était alors tracée, pour passer la

Moselle sur un mauvais pont de bois, remplacé en 1752 par le magnifique pont en pierre que l'on y admire aujourd'hui. Sans entrer à Pont-Saint-Vincent, bourg fortifié et occupé par un détachement français, ils tournèrent ses murailles et parvinrent au prieuré de Saint-Bernard, fondé par Catherine de Lorraine. Antoine les y attendait, et avait annoncé leur arrivée au bénédictin qui l'habitait. Une chambre était préparée pour Henriette, elle y dormit d'un profond sommeil, tandis que ses fidèles gardiens veillaient à sa porte.

Après un frugal repas, ils se remirent en route à la pointe du jour, dans le même ordre, Antoine les précédant de deux ou trois cents pas et leur servant d'éclaireur. Ils rencontraient de temps en temps des Bohémiens, des maraudeurs, quelquefois même des soldats; mais la présence d'esprit de Lallement qui répondait avec assurance et à-propos aux questions qu'on leur adressait, son air martial et les armes qu'il portait, imposaient aux passants, et personne ne tenta de les arrêter. Sur cette route qu'il avait tant de fois parcourue, il avait des intelligences dans chaque village où il fallait se reposer, et il savait procurer à sa jeune compagne toutes les ressources qu'il est possible de trouver dans un pays dévasté. Dans la matinée ils firent une halte à Colombey-aux-belles-Femmes, et quand ils reprirent leur voyage, M.elle de Beaumont, rafraîchie par quelques instants de repos, embellie encore par l'animation de la course, tournait ses regards tendres et reconnaissants sur son sauveur, elle lui pressait familièrement la main en l'appelant son ami, son unique appui. Le nom d'un autre ne venait plus alors se mêler à ses entretiens; à mesure qu'elle s'éloignait de Nancy, son sourire devenait plus doux, ses paroles plus affectueuses. Oh! pour lui, c'était un de ces rares et fugitifs instants d'un bonheur pur et sans mélange que Dieu permet à peine à l'homme de goûter une seule fois dans le cours de la vie; sans doute, il n'oubliait pas que mille dangers les environnaient:

mais le danger n'a-t-il pas aussi sa volupté pour un cœur intrépide? Sentir frémir sous sa main, impatient et dompté, un cheval de noble race dont l'allure vive et cadencée vous emporte dans un balancement doux et rapide, et semble doubler la vie; avoir la conscience de sa force et de sa vigueur à toute épreuve, de son adresse à manier les bonnes armes qui vous protégent; se voir le gardien, le défenseur, l'unique secours d'une femme adorée, dont la faiblesse, la timidité, les continuelles alarmes exaltent votre supériorité et chatouillent délicieusement votre orgueil; plonger ses regards dans ces regards reconnaissants, presser quelquefois dans sa main cette main tremblante, et alors oubliant et les préjugés du monde, et les barrières des conditions, espérer son amour, espérance plus enivrante que la réalité même,... n'était-ce pas le bonheur suprême?

D'assez bonne heure, ils arrivèrent à Neufchâteau. Le frère de Lallement y demeurait dans une petite maison du faubourg des Capucins, ils descendirent chez lui, et pendant que M.elle de Beaumont se reposait, que les chevaux rafraîchissaient, il donna à son frère des renseignements sur le chemin qu'il fallait suivre, et sur la situation du pays. Neufchâteau n'avait qu'une faible garnison française qui se renfermait derrière ses murailles et laissait la campagne libre aux partis lorrains qui sortaient de La Mothe. La petite troupe partit donc avec confiance, et au lieu de prendre un sentier à travers les bois de Châtillon et de la Roche, comme elle en avait d'abord eu le projet, elle suivit la route ordinaire. Elle ne traversait pas alors la rivière de Mouzon, près de la chapelle de Notre-Dame-des-Piliers, mais elle côtoyait la rive gauche en remontant la vallée encaissée.

Arrivés à Sommerécourt, ils furent arrêtés par un poste de cavalerie lorraine qui gardait le passage du pont. Le capitaine Saint-Ouen, qui le commandait, serra cordialement la main au brave canonnier qui avait été si longtemps son compagnon d'armes, il accueillit Henriette avec toute la politesse et le respect que commandaient sa naissance et son infortune, et deux de ses cavaliers, par son ordre, les accompagnèrent jusqu'à La Mothe, où ils entrèrent par la porte de Nancy.

A la rive droite du Mouzon, une haute montagne s'avance comme un promontoire escarpé presque de toutes parts, ne tenant au reste du plateau que par un isthme très étroit au sud-ouest, fermé d'ailleurs et couvert sur ce point par le bois de Fréhaut. Dans le reste de sa circonférence, il domine trois vallées profondes qui l'enferment, celles de la Roche au nord et au levant, celle de Soulaucourt au midi, arrosées toutes deux par deux petits ruisseaux qui se jettent dans le Mouzon, et enfin au couchant la vallée plus large où coule cette rivière. A la pointe du promontoire s'élève une seconde montagne qui le commande de toutes parts. C'est sur sa plate-forme, et couronnant les blancs rochers qui formaient une contre-escarpe naturelle de cinquante pieds de hauteur, que s'élevaient les bastions réguliers de la redoutable forteresse, dont les brèches faites par les Français, au dernier siége, avaient été soigneusement réparées. Son aspect éveilla chez les personnes qui composaient la petite cavalcade des sentiments bien différents, à mesure qu'elles gravissaient en tournant la rampe rapide qui y conduisait. Le cœur d'Henriette se serra, en songeant qu'elle n'avait plus d'asile sur la terre que dans ces tristes remparts, où elle allait se trouver enfermée comme dans une prison, exposée à tous les dangers et les privations d'une place assiégée, sans parents, sans autres amis qu'un vieux prêtre et un soldat de fortune. Et ses yeux se mouillèrent de larmes, en même temps que ceux de Lallement brillaient de joie et de fierté, en contemplant sa citadelle chérie où flottait le noble étendard de Lorraine, en y amenant, comme dans un sanctuaire impénétrable, celle qu'il sauvait pour la seconde fois des mains exécrées des Français.

Après la reconnaissance faite à l'avancée, et les minutieuses formalités militaires qu'il fallut remplir à la porte et à la place d'armes, il conduisit sa compagne derrière l'église Notre-Dame, dans une petite rue où demeurait le chanoine Guyon, ancien curé de Beaumont. Il heurta à la porte, la bonne Guite vint ouvrir, et la jeune orpheline retrouva les amis de son enfance, aussi surpris que charmés de son arrivée.

Lallement se présenta ensuite à l'hôtel du gouverneur, le brave baron de Cliquot, colonel de cavalerie et d'infanterie, que le duc de Lorraine avait chargé du commandement de la place aussitôt qu'elle lui avait été remise par les Français. Quelques-uns des officiers qui s'étaient distingués au premier siége servaient sous ses ordres; sa garnison était peu nombreuse, mais composée de vieilles troupes éprouvées; les compagnies de milice bourgeoise étaient réorganisées, mais la ville manquait en partie de canons, de munitions et de vivres, les ouvrages extérieurs des fortifications avaient été négligés, et rien n'était préparé pour soutenir un siége. Aussi la nouvelle que lui apporta le canonnier de la marche de Du Hallier lui causa-t-elle une inquiétude qu'il ne chercha pas à dissimuler.

— Et vous êtes sûr, lui demanda-t-il, quand Lallement, avec sa précision et sa clarté habituelles, lui eut exposé tous ses renseignements, vous êtes sûr que Du Hallier va se mettre en mouvement pour nous attaquer?

— Oui, monsieur le gouverneur. La mère Angélique qui, comme vous le savez, du fond de son couvent, veille avec tant de soin sur les intérêts de Son Altesse, m'en a donné l'avis hier, et un de mes canonniers, Antoine, que j'avais exprès envoyé à Nancy, a obtenu les états des troupes françaises et en a contrôlé l'exactitude; il m'a averti, de son côté, que les régiments de Nancy se mettraient en marche aujourd'hui. J'ai vu moi-même un grand mouvement dans l'arsenal, et sortir la grosse artillerie; j'ai su encore qu'un capitaine, nommé Cinq-

Mars, était à Toul pour en faire partir la garnison suédoise, à laquelle le lieutenant-général a donné rendez-vous à Neufchâteau; à Colombey, j'ai trouvé un officier qui faisait les logements.

— Et quelle résistance, dit le gouverneur en se levant et se promenant avec agitation, pourrai-je opposer à de pareilles forces? Nous n'avons pas pour deux mois de vivres, je n'ai pas assez d'artillerie pour armer la moitié de mes bastions, et je manque de poudre et de boulets!

— Vous avez une garnison brave et dévouée, répondit Lallement, les habitants sont aguerris et fidèles, vous pouvez tenir quelque temps, et si Son Altesse est avertie du danger que vous courez, elle arrivera avec une armée assez nombreuse pour faire lever le siége.

— Oui, si Charles IV pouvait et surtout voulait, La Mothe serait encore sauvée. Mais Lallement, vous êtes un homme sûr et discret; je sais, par MM. de Riocourt, de Germainvilliers et tous nos officiers, votre conduite au dernier siége : je puis bien m'ouvrir à vous. Jamais le duc de Lorraine ne consentira à abandonner le siége de Thann qu'il est sur le point de prendre aux Suédois, pour marcher à notre secours. D'ailleurs, il est séparé de nous par toute la chaîne des Vosges, et en supposant qu'il veuille entreprendre cette expédition, il rencontrera mille obstacles. Une lettre peut se perdre, un officier que j'enverrai peut être pris. Comment lui donner avis de ma situation?

— Monsieur, reprit Lallement, si vous le trouvez bon, si vous me jugez digne d'une si glorieuse mission, j'entreprendrai de la remplir. Je connais les passages des Vosges, j'ai des intelligences dans tout ce pays, et, pardonnez-moi ma présomption, je parlerai à Son Altesse le langage franc et sincère qu'elle aime à entendre, et peut-être, après m'avoir écouté, consentira-t-elle à marcher à notre secours.

— J'accepte, dit M. de Cliquot, vous êtes l'homme qu'il me

faut. Je vous donnerai une lettre de créance, vous expliquerez notre position à Son Altesse. Demain, nous visiterons les ouvrages et les magasins avec le conseil de défense : je suis bien aise d'avoir votre avis sur l'armement de mes remparts, vous pourrez partir après-demain et rendre au duc de Lorraine un compte fidèle.

— Monsieur le gouverneur, dit encore le canonnier avec un peu d'hésitation, je puis être pris ou tué dans ce voyage... J'ai amené de Nancy, ici chez M. le chanoine Guyon, la fille de son ancien seigneur, M.elle de Beaumont... elle n'a, si ce n'est ce digne prêtre et moi, ni parents ni amis dans ce monde... Oserai-je vous la recommander, si je ne reviens pas?

— Sans doute, mon ami, vous pouvez y compter, j'en aurai soin comme de ma propre fille, je vous en donne ma parole.

— Ainsi, monsieur, après-demain matin je me mettrai en route, il faudra bien un jour d'ailleurs pour reposer mon cheval.

Et il prit congé du gouverneur, puis alla faire une visite au chanoine.

CHAPITRE VI.

Guite vint ouvrir, et reçut Lallement comme une vieille connaissance. Elle l'introduisit dans la chambre de son maître où elle reprit sa place sur un escabeau, et se remit à filer le fuseau qu'elle venait de quitter. Quoique le printemps fût déjà avancé, l'air du soir était vif et froid sur ces hauteurs, et un bon feu flamboyait dans la grande cheminée. Le chanoine était assis sous le manteau, à l'un des coins, dans un beau fauteuil couvert en maroquin rouge, et Henriette était établie en face. Un grand épagneul blanc était couché à ses pieds, et levant de temps en temps la tête poussait de son museau noir le genou de sa maîtresse, pour en solliciter un regard ou une caresse.

Un coup-d'œil promené autour de cette chambre suffisait pour faire connaître les goûts et les inclinations du chanoine, homme érudit, patriote et chasseur.

Une bibliothèque disposée sur des rayons en chêne, composée d'ouvrages in-folio et de quelques autres livres d'une dimension moins formidable, sortant des plus célèbres imprimeries de Lyon, de Venise, d'Anvers, d'Amsterdam et de Paris, reliés en parchemin avec des filets et des gaufrures en or, occupait un des côtés de la pièce et faisait face au lit antique à colonnes. Le reste de la muraille était caché par une tapisserie à laquelle étaient suspendus quelques tableaux de piété, le portrait de François de Guise, le défenseur de Metz et le vainqueur de Calais, celui de

Charles IV, et une sorte de carte gravée et enluminée, portant la date de 1609, et représentant un arbre généalogique de la maison de Lorraine, démontrant clairement qu'elle descendait en ligne directe de Charlemagne. C'était alors l'ornement obligé de l'habitation de tout bon Lorrain, au grand scandale de Chantreau-Lefèvre.

Au-dessus du manteau de la cheminée, les andouillers d'un bois de cerf supportaient un fusil à pierre, une sarbacane, une arbalète, une trompe, une gibecière, des chaperons et des sonnettes de faucons. Sous la corniche étaient accrochées des lignes de pêche.

Le chanoine et Melle de Beaumont firent au canonnier l'accueil qu'il avait droit d'attendre, et il fallut qu'il partageât le souper dont un lièvre, tué la veille par le bon abbé, à l'arrêt de Médor, faisait le mets principal. Allons, allons, dit-il, ne faites point de façons, et comme dit la Genèse : *coctosque de venatione cibos comede*, c'est-à-dire, mangez de ce civet de ma chasse. Guite, après l'avoir servi, s'assit au bas bout de la table de son maître, suivant l'usage patriarchal du temps, conservé traditionnellement de nos jours par quelques ecclésiastiques attachés aux vieilles coutumes. Une douce causerie s'établit entre les convives, et chacun d'eux avoua que depuis longtemps il n'avait goûté le bonheur d'une réunion si calme et si intime.

— Oui, monsieur Lallement, disait l'abbé Guyon, oubliant, comme cela lui arrivait fréquemment, que ses auditeurs ne comprenaient pas le latin, et citant à tout propos, dans leur langue originale, ses auteurs favoris, sacrés et profanes, dont il donnait parfois une traduction un peu hasardée, oui, l'arrivée de cette chère enfant va égayer notre solitude, car, il faut vous l'avouer, j'éprouve ici quelquefois des moments d'ennui ; comme dit le saint homme Job, *tædet animam meam vitæ meæ*, et je regrette mon pauvre presbytère.

— Je vous l'avais bien prédit, monsieur le curé, répondit Guite, que la ville n'était pas faite pour nous. N'étions-nous pas plus heureux dans la montagne ?

— Nous étions moins en sûreté, mais nous jouissions d'une plus grande liberté, et je pense, comme le palatin Polonais : *Malo periculosam libertatem quàm quietum servitium.*

— Nous étions plus considérés aussi, dit la gouvernante. Ici les bourgeois sont si fiers, les soldats si hautains ! Quelle différence de nos bons paysans des Vosges !

— D'ailleurs, reprit l'ecclésiastique, je vous avouerai mon grand chagrin ; il y a peu de gibier dans ce pays-ci ; pour le trouver, il faut descendre cette montagne escarpée et s'éloigner à peine de la portée du canon des remparts, pour tuer quoi ? un misérable lièvre, quelques maigres perdrix : *auritos que sequi lepores,* comme dit le poète. J'ai dû renoncer aux coqs de bruyère et aux gélinotes ; mes deux faucons me sont presque inutiles, le vieux Médor se rouille. O mes montagnes ! mes montagnes !

— Nous y retournerons un jour, mon bon père, dit Henriette. Oh ! oui, je sens déjà aussi mon cœur se glacer dans cette forteresse. Si le cardinal de Richelieu, si le roi mouraient, notre bon duc rentrerait dans ses États, il me rendrait les terres de mes ancêtres, nous rebâtirions le vieux château : que je serais heureuse de m'y établir, d'y finir ma vie au milieu de nos bons paysans, avec vous, mon bon père et ma vieille Guite ! et vous Lallement, vous mon sauveur, vous ne me quitteriez plus ! Le bon Dieu vous a toujours envoyé à mon aide à point nommé, dans tous les grands dangers que j'ai courus.

— A commencer par le sac du château, dit le chanoine, sans le courage et le dévoûment de M. Lallement, vous deveniez la proie des Cravates.

— Vous oubliez, monsieur l'abbé, dit le canonnier qui souffrait ces éloges avec embarras, que c'est vous qui avez

4

terrassé l'ennemi le plus dangereux; j'ai toujours admiré la manière dont vous aviez saisi la vieille bohémienne.

— Eh! eh! reprit le chanoine avec quelque complaisance, je lui ai jeté mon manteau sur la tète fort à propos. Son grand couteau ne me faisait pas peur, savez-vous?

Obscurá nocte per umbram
Fudimus insidiis.........

comme dit Virgile.

— Du reste, nous l'avions fort mal attachée et plus mal enfermée, dit Lallement, car c'est elle, à n'en pas douter, que nous avons entendue dans la tour, au moment où nous voulions sortir de la cachette.

— Si c'était elle? s'écria le chanoine, je puis bien en être sûr, elle s'en est vantée depuis à moi-même, et elle en a bien pris sa revanche.

— Comment? interrompirent à la fois Henriette et le canonnier, vous l'avez donc revue?

— Oui, oui, je l'ai revue et je m'en souviendrai longtemps, elle m'a fait voir *furens quid fœmina possit,* ce que peut une femme en furie, comme dit le Cygne de Mantoue. Ne le savez-vous pas? Mais non, mais non! Quelle distraction de ma part! Vous ne pouvez pas le savoir, c'était après mon retour de Nancy; je ne vous ai pas revus depuis, mes bons amis, je n'ai pu vous le raconter.

— Ah! monsieur! dit Guite, ne parlez pas le soir d'une aussi terrible histoire, cela nous effraierait pour toute la nuit.

— Bah! reprit le chanoine, nous n'avons pas tremblé devant la réalité, nous n'aurons pas peur du souvenir.

Deprome quadrimum sabiná
O Thaliarche merum diotá

comme dit le bon Horace; ce qui signifie : Guite, apportez-nous un flacon de mon vieux kirschwaser de Fougerolles, M. Lallement en acceptera un verre; versez à M.elle Henriette un doigt de ma liqueur de brou de noix, et prenez-en vous-même une dose suffisante. Buvons à la santé du duc Charles IV, et je vous raconterai mon histoire.

La santé fut portée avec enthousiasme, et l'abbé Guyon commença son récit.

Vous vous souvenez bien, ma chère demoiselle, qu'après le sac du château, nous vivions dans des craintes perpétuelles, mais que rien pourtant ne vint troubler la tranquillité de notre paroisse; on n'y revit ni un soldat, ni un maraudeur. Il y avait bien, de temps en temps, quelque fausse alerte qui faisait emmener à nos paysans leurs troupeaux dans le fond des bois, mais bientôt on reconnaissait qu'on avait pris l'alarme sans sujet, et chacun retournait à ses travaux. Pendant que vous étiez au presbytère, pour rien au monde je n'aurais voulu m'éloigner, si ce n'est pour les devoirs de mon ministère, et quand j'étais allé visiter un malade ou administrer les sacrements dans quelque cense éloignée, j'avais de continuelles inquiétudes jusqu'à mon retour. Quand je revins de mon grand voyage de Nancy, où j'avais été vous conduire chez les Dames-Prêcheresses, je trouvai que votre absence nous avait laissé un grand vide, et je sentis le besoin de chercher quelques distractions dans mes anciennes habitudes. Je n'avais plus à veiller sur vous, et je pouvais me livrer à ces excursions que j'aimais tant. D'abord, je repris ma ligne, j'allai pêcher des truites dans nos ruisseaux, et je pus dire avec le poète :

Saucius arrepto retinetur piscis ab hamo.

Ce qui veut dire : Le poisson blessé est retenu par l'hameçon qu'il a mordu. Ensuite je m'occupai de l'éducation de ce bon Médor qui nous était resté, et je me remis à chasser comme par le passé. Seulement, je renonçai au grand gibier et aux chiens courants.

Un soir, j'avais été, avec mon magister, tendre aux bécasses à la pantaine, dans une gorge assez éloignée du presbytère. Vous connaissez cette chasse, Monsieur Lallement (je pourrais

vous citer de charmants vers de Nemesianus sur cet oiseau);
elle se fait au moment de la passe du printemps, un peu après
le coucher du soleil. Nous avions fait bonne capture, et il nous
restait un grand trajet pour regagner le logis : je proposai
à mon compagnon de prendre un sentier qui abrégeait beaucoup la distance; il passait près des ruines du château. Le
maître d'école s'excusa d'abord sur la crainte de nous égarer,
il finit par m'avouer sa répugnance à s'approcher d'un lieu
désolé, hanté par les revenants et les sorciers. Je crois certai-
nement, Monsieur Lallement, que Dieu permet aux âmes des
trépassés de revenir sur la terre demander des prières; j'ai
assez lu Delrio, le savant traité de Bodin et tous nos demo-
nologues; on a brûlé trop de sorciers en Lorraine, sous notre
grand duc Charles III, pour que je ne sois pas persuadé que
notre pays renferme encore un grand nombre de ces réprouvés.
Mais j'avais dans ma poche un bréviaire qui a appartenu autrefois à un saint lorrain, au bienheureux Pierre Fourrier de
Mathaincourt. J'avais confiance en la parole de celui qui a dit à
ses apôtres : *dæmones ejicite* « chassez les démons », et je
voulus tenter l'aventure. Depuis le sac de Beaumont, jamais
je ne m'étais approché du théâtre de cette horrible catastrophe,
non par une terreur puérile, mais à cause de l'horreur que
m'inspiraient ces souvenirs. Je chargeai donc le magister de
reporter la pantaine par le chemin ordinaire, et je pris le
sentier. La nuit était superbe : les étoiles brillaient, les bruits
de la forêt s'éteignaient peu à peu, les insectes du bois ne
bourdonnaient déjà plus, les sifflements des merles et le chant
de la grive avaient cessé; seulement on entendait au loin le cri
rauque du butor qui volait d'un étang à l'autre, les clameurs
de la hulotte et du chat-huant, et quelquefois le glapissement
saccadé d'un renard qui poursuivait sa proie dans les ténèbres.
Quand j'arrivai près des ruines, je distinguai confusément les
lignes de décombres qui marquaient l'emplacement de l'édifice;

j'étais au bord du fossé, à côté de la chapelle abîmée, et devant
moi se dressait la grande tour où M. de Beaumont avait péri.
Seule, elle était restée entière, debout sur ses fondements, et sa
masse noire se détachait à l'horison sur le ciel sombre. Cela me
rappela

Turrim in præcipiti stantem summisque sub astra
Eductam tectis....................................

de Virgile. Je m'assis sur une pierre déjà couverte de mousse
et m'abandonnai aux tristes réflexions que ce spectacle éveillait
en moi, quand tout à coup il me sembla qu'une lumière brillait à l'une des étroites meurtrières de cette tour. Je pensai
d'abord que c'était une illusion de mes sens, mais je fus
bientôt convaincu que c'était la lueur d'une lampe ou d'une
chandelle. Etait-elle allumée par un esprit ou par un corps
mortel? je voulus le savoir. Elle était au premier étage, précisément dans la chambre où M. de Beaumont avait péri. Je
fis le signe de la croix, je récitai les prières de l'exorcisme
et les Psaumes de la pénitence, je m'orientai de mon mieux,
je parvins, par le grand escalier à moitié écroulé, à la galerie
dont il ne restait plus que quelques pans de murailles, et
j'arrivai assez facilement à la porte de la tour. Elle était
fermée intérieurement, et à travers les fentes que le temps et
les balles y avaient faites, je vis de nouveau briller la lumière,
sans pouvoir rien distinguer. J'entendis une voix, qu'il me
semblait avoir déjà ouïe, prononcer très distinctement ces
mots : « Allons, c'est un coup manqué, n'en parlons plus...
» personne ne viendra vous chercher ici, vous voyez que je
» vous ai trouvé une cachette à dépister tous les prévôts et les
» archers des deux duchés. » Je n'entendis pas la réponse,
car Médor, qui m'avait suivi, poussa un sourd grondement
suivi d'un aboiement court et étouffé. A l'instant la lumière
s'éteignit, et un silence profond succéda. Je descendis précipitamment, un peu effrayé. Il y a bien un quart de lieue du
château au presbytère, je fis ce trajet fort vite, regardant

souvent derrière moi si j'étais poursuivi, mais j'arrivai chez
moi sans avoir rien vu ni entendu. Je ne voulus pas inquiéter
Guite et fournir un texte inépuisable au magister en avouant
mon aventure; je ne leur parlai de rien; et le lendemain, après
la messe, je résolus d'éclaircir ce mystère. Je joignis à mes
armes spirituelles mon couteau de chasse, et je ne voulus pas
me faire suivre par Médor, qui aurait pu me décéler. J'entrai
dans les ruines avec précaution, et ne découvris rien, mais en
observant attentivement la tour, je vis un peu de fumée s'élever
de la cheminée : ses hôtes de la veille y étaient donc encore.
Pour arriver à eux sans être découvert, je voulus d'abord m'y
rendre par le passage secret des caveaux de la chapelle, mais
l'entrée du côté du fossé était trop élevée pour que je pusse y
atteindre : il fallut y renoncer et reprendre le chemin de la
galerie. Je m'approchai donc de la porte, et j'entendis des
voix parlant une langue inconnue. Comme je voulais regarder
par un des trous, je me sentis saisi par-derrière, et au même
instant la personne qui me tenait poussa un sifflement aigu.
La porte s'ouvrit brusquement à ce signal, et deux hommes
maigres, secs, basanés, aux cheveux noirs et brillants, deux
vrais Bohémiens, en sortirent et se précipitèrent sur moi,
sans que je pusse me défendre. Ils m'entraînèrent dans la tour,
et, sans me maltraiter d'abord, me demandèrent de l'argent.
Je leur répondis que je n'en avais pas, et les priai de me laisser aller, en leur disant qui j'étais. Ils firent les plus affreux
juremens, et me déclarèrent qu'ils ne pouvaient me relâcher
sans l'ordre de la mère ou reine de leur tribu.

Elle ne se fit pas longtemps attendre; mais sa présence ne
me rassura nullement, quand je reconnus en elle la même
femme que nous avions garottée ensemble, Monsieur Lallement,
la nuit du sac du château. Elle me reconnut à son tour, car sa
méchante figure grimaça d'une joie infernale. Elle eut avec
ses compagnons une courte conversation dans leur jargon,

ils lui répondaient en poussant des éclats de rire qui animaient sa fureur. Enfin elle m'adressa la parole :

— Eh bien! vieux sanglier lorrain, dit-elle, tu as voulu nous espionner, te voilà pris, mais tu n'en sortiras pas sans payer une bonne rançon. Si tu ne t'exécutes pas de bonne grâce, si tu ne nous livres pas les vases de ton église et vingt ducats en or, nous allons t'égorger et te griller comme un pourceau. C'est toi et un autre brigand qui, dans ce même château, m'avez liée et m'avez soustrait la femme, la fille et les trésors du capitaine; tu vas me payer tout cela à la fois.

— J'essayai de la fléchir, mais elle me répondit comme la Canidie d'Horace :

Quid obseratis auribus fundis preces?

moins élégamment : « Tu perds ton temps à prêcher des sourds. » Alors je lui déclarai que je mourrais plutôt que de lui livrer mes vases sacrés, que je ne possédais pas la dixième partie de la somme qu'elle me demandait. Elle fut inexorable, et donna ses ordres à ses complices : l'un se mit en faction à la porte, les deux autres me saisirent, me lièrent les mains et les pieds, et m'étendirent sur le dos, les pieds tournés vers la cheminée dont ils ranimèrent le feu. Je m'aperçus aussitôt que la rouille avait rongé les ressorts et les gonds de la plaque du passage, car elle était détachée d'un côté et entrebâillée. Mais probablement les Bohémiens n'avaient pas fait attention à cette circonstance et n'avaient pas encore découvert la cachette. Les misérables me déchaussèrent, pendant que la femme, penchée sur moi, me tenait la pointe de son couteau sur la gorge. J'avais dit mentalement mon *In manus tuas domine*, je sentais déjà une douleur insupportable aux talons ; la souffrance m'arracha un cri, et un aboiement court et précipité y répondit dans le passage. — Bien, me dis-je avec le poëte :

Domus alta molossis
Personuit.........

et l'espoir me revint un peu.

CHAPITRE VII.

A l'instant, continua le chanoine, la plaque céda et tomba sur le foyer en faisant voler les charbons et les cendres, et Médor, bondissant comme un chevreuil, saisit la femme à la gorge et la terrassa. Les trois Bohémiens, lâches comme toute leur race, s'enfuirent épouvantés, par la porte. Je me relevai, je fis un effort violent et je brisai les liens qui retenaient mes mains, comme dit l'Ecriture au livre des Juges, en parlant de Samson : *et sicut solent ad ardorem ignis lina consumi ita vincula quibus ligatus eram dissipata sunt et soluta*, ce qui signifie : « Je rompis en pièces les cordes dont j'étais lié, comme le lin se » consume lorsqu'il est au feu. »

Je ramassai le couteau que l'Egyptienne avait laissé tomber, et je coupai la corde qui liait mes pieds ; puis, tout en disant à Médor, tiens bon ! tiens bon ! mais ne l'étrangle pas ! apporte ! je courus fermer les verroux à l'intérieur. Quand je revins près de cette malheureuse, il était grandement temps. Le chien, accroupi sur sa poitrine, lui serrait la gorge avec tant de furie que le sang en coulait, la langue pendait hors de la bouche, les yeux injectés de sang étaient prêts à sortir de leurs orbites, et la figure était violette ; elle avait presque perdu connaissance. Je fis lâcher prise à Médor qui l'abandonna à regret, tenant toujours sa gueule à portée de la ressaisir au moindre mouvement, et je la garottai sans qu'elle pût m'opposer de résistance. Je caressai affectueusement mon intelligent sauveur, et reprenant mon couteau et celui de l'Egyptienne, je m'engageai dans le passage. Il était moins obstrué que je ne l'avais craint, et j'arrivai dans le caveau comme nous l'avions fait ensemble, mes bons amis, dans une aussi triste circonstance. C'est par là que ce bon Médor était venu si miraculeusement à mon secours. Je me laissai glisser dans le fossé, d'où je n'avais pu monter. *Facilis descensus Averni.* « La descente de l'Averne est aisée », comme dit Virgile. J'enfonçai un peu dans le marécage, mais je m'accrochai aux restes du pont-levis et je gravis le bord. Comme j'entrais dans un petit bosquet de coudriers, Médor s'élança en grondant; je crus que j'allais encore avoir affaire aux Bohémiens, et je criai au secours de toutes mes forces, afin d'être entendu de quelqu'un de mes paroissiens. Mais j'aperçus un jeune homme de bonne mine qui avait tiré son épée pour se défendre contre mon chien; son chapeau était rabattu sur ses yeux, et son manteau cachait le bas de son visage. Il parut rassuré en voyant mon costume ecclésiastique, quoique souillé par la boue et la poussière. Je retins Médor et demandai au jeune homme qui il était? Il me répondit qu'il était officier au service de France, et me fit à son tour plusieurs questions. Je lui racontai en peu de mots le péril que je venais de courir et le priai de m'aider à découvrir et faire saisir ces malfaiteurs.

Il parut un peu embarrassé, mais il montra cependant une grande indignation, en répétant plusieurs fois : Les misérables! quelle confiance avoir en eux? Les imprudents! se compromettre ainsi? Nous entendîmes siffler dans les ruines, il se dirigea de ce côté malgré mes représentations, et je me hâtai de retourner au village pour y chercher main-forte. Quelques personnes avaient ouï mes cris et accouraient déjà. Le magister et Guite sonnèrent le tocsin, et chacun armé de faulx, de fourches et de vieilles arquebuses, se rendit, non sans quelque crainte, au vieux château. J'appelai à haute voix l'officier que j'y avais laissé, point de réponse. Nous marchâmes vers la tour, les uns par le passage, les autres par la galerie, comptant bien y saisir l'Egyptienne et la livrer à la justice... La porte que j'avais pourtant bien verrouillée en dedans était ouverte, et elle avait disparu. Alors la foule commença à murmurer les mots de sorciers, de pacte du démon, l'ardeur des recherches se ralentit tout à coup, et nous ne trouvâmes aucun de ces bandits. L'officier ne reparut pas non plus, et les uns supposèrent qu'il avait été assassiné par les Bohémiens, d'autres, au contraire, soutinrent qu'il devait être leur complice. Les jours suivants on fit, sans résultat, des battues dans le bois et la montagne, on ne trouva que les restes d'un feu et la trace d'un campement tout récent. Le pays fut longtemps dans une grande inquiétude, mais pourtant rien depuis ne décéla la présence des Egyptiens, ni vols de poules et de linges, ni disparition de bestiaux, ni incendie. Je me remis de nouveau à chasser, à faire voler mes faucons, et à pêcher des truites, sans qu'il m'arrivât la moindre aventure.

Quelques mois après, il se présenta chez moi deux jeunes militaires. Le son de voix de l'un d'eux me frappa : je crus reconnaître celle de mon officier du bosquet de coudriers ; il avait la même taille, la même tournure, mais comme je n'avais jamais vu son visage, je ne pouvais dire avec Andromaque :

    « *Sic oculos, sic ille manus, sic ora ferebat.* »

ce qui signifie, mes chers amis, c'étaient ses yeux, ses mains, son visage.

Après les civilités d'usage, il me déclara qu'il se nommait le chevalier de Cinq-Mars...

— De Cinq-Mars ! s'écrièrent à la fois Lallement et Henriette, avec un accent bien différent.

— De Cinq-Mars, reprit le chanoine, capitaine au service de France ; que le roi, car le roi de France dispose de nous comme d'un troupeau de bétail, que le roi lui avait promis l'investiture du fief de Beaumont, réuni au domaine de la couronne par arrêt du Parlement de Metz, et qu'il venait visiter cette terre.

— O mort et damnation! s'écria Lallement, dont la cicatrice devint d'un rouge pourpre.

— O mon Dieu! murmura Henriette, à quelle épreuve m'avez-vous réservée?

— Je lui rappelai notre rencontre, mais il me répondit en badinant d'une manière évasive, qui me confirma dans mes soupçons, sans vouloir m'expliquer ce qu'il était devenu, et s'il avait retrouvé les Bohémiens. Je lui témoignai toute la douleur que me causait la communication qu'il me faisait, puisqu'elle m'ôtait tout espoir de voir un jour rendre cette seigneurie à sa maîtresse légitime. J'osai même lui citer ce vers de Virgile :

> *Impius hœc tam culta novalia miles habebit*
> *Barbarus has segetes...........*

ce qui veut dire, mademoiselle : « Un soldat impie possédera ces champs si bien cultivés, un barbare s'emparera de ces moissons. » Il ne m'en sut pas mauvais gré et me loua même de ma fidélité au malheur. Son compagnon, qui me parut fort léger et inconsidéré, ajouta en plaisantant, ... mon Dieu! mon enfant, je suis honteux de vous répéter un semblable propos; ... que si l'héritière était jolie et de bonne maison, un bon mariage pourrait tout concilier en confondant les droits. Vous pensez bien que je ne relevai pas un discours aussi inconvenant. J'avais le dessein de les retenir à dîner, mais Guite, qui avait entendu cette conversation, me déclara que jamais l'usurpateur du domaine de Beaumont ne partagerait mon pain et mon sel, et ne goûterait de sa cuisine. Elle avait raison au fond, je les congédiai poliment, et ne les revis plus.

Vous comprenez maintenant comment ma paroisse perdit

beaucoup de son mérite à mes yeux, et pourquoi je me déter-
minai à accepter le canonicat que Son Altesse daigna me conférer à la collégiale de La Mothe.

Cette communication fut suivie d'un profond silence. Vainement le chanoine insista pour que Lallement acceptât un
second verre de kirschwaser, le canonnier refusa et fit observer
que M.elle de Beaumont avait besoin de repos, et il se retira.

Le lendemain, le gouverneur avec tous les officiers des
troupes régulières, des volontaires et de la milice, et M. du
Boys de Riocourt, conseiller d'Etat du duc de Lorraine, son
lieutenant-général au bailliage de Bassigny, et intendant de ses
garnisons, visita avec soin les ouvrages du dehors et du corps
de la place, les armes, les munitions et les vivres; on invita
aussi les communautés religieuses et les habitants à donner un
état exact de leurs approvisionnements, et il en résulta la triste
certitude que les Français, en rendant la ville en vertu du
traité de Paris, lui avaient enlevé ses principaux moyens de
défense. Ce qu'il y avait de plus fâcheux dans cette circonstance, c'est que l'ennemi était aussi bien informé que les
assiégés eux-mêmes de la situation critique de la forteresse,
et qu'il ne manquerait pas de conduire ses attaques en consé-
quence.

Dans l'après-midi, un parti de cavalerie que l'on avait envoyé en reconnaissance sur la route de Neufchâteau, rencontra
les batteurs d'estrade de l'avant-garde française, et après avoir
échangé avec eux quelques coups de pistolet, se replia sur le
poste de Sommerécourt et du pont de Grémiot. Avant le coucher du soleil, du haut des bastions de Vaudémont et de Danemarck, on put apercevoir dans le lointain les colonnes des
Français et des Suédois s'avancer avec leur artillerie.

Le danger était proche.

Pendant que Lallement, appuyé sur un canon, considérait
avec une curiosité triste et inquiète ces masses noires qui se

détachaient sur la blancheur des chemins, et dont les armes reflétaient en brillants éclairs les derniers rayons du soleil couchant, une main lui frappa familièrement sur l'épaule ; il se retourna et reconnut le vieux capitaine Jean-Baptiste Sarrazin, seigneur de Germainvilliers, qui, en 1634, avait si vaillamment défendu La Mothe après la mort de M. d'Ische.

— Eh bien, canonnier, dit le vétéran, que dis-tu de ces beaux messieurs qui nous arrivent là-bas ?

— Eh bien, mon capitaine, répondit le soldat en se découvrant et s'inclinant respectueusement, que voulez-vous que j'en dise ? Nous les connaissons de longue date : il y a peut-être parmi eux quelques-uns de ceux que vous avez si bien étrillés sur la brèche du bastion de Saint-Nicolas, la nuit du 25 juillet 1634.

— C'est possible, dit Germainvilliers en souriant avec complaisance à ce souvenir ; il y a peut-être aussi quelques mousquetaires du régiment de Castelmaron, que tu avais si bien fait danser dans la tranchée avec ton feu d'artifice, le soir de la mort de M. d'Ische. Hé ! hé ! mais parlons sérieusement : tu as vu les fortifications, l'artillerie et les magasins avec nous ce matin. Penses-tu que M. de Cliquot puisse tenir plus longtemps que nous ne l'avons fait il y a huit ans ?

— Non, monsieur, répondit Lallement avec un soupir, non. Il ne m'appartient pas de parler devant un supérieur, mais il me semble que nos dehors sont trop négligés, il n'y a pas une palissade. Nous sommes si faibles en artillerie que j'aurais voulu des ouvrages extérieurs plus développés, et m'y défendre longtemps avant de m'enfermer dans le corps de la place.

— Mon camarade, je suis bien de ton avis. J'ai appris tout à l'heure de M. de Cliquot la mission dont il t'a chargé près de Son Altesse, mets-y la plus grande diligence, et que tu nous ramènes du secours ou non, reviens bien vite te jeter ici avec nous. J'ai confiance en toi, et je ne serai tranquille que quand je te verrai pointer nos canons.

— Oh! mon commandant, il me tarde aussi de revenir faire gronder mes bonnes pièces. Je quitte La Mothe avec regret, avec un pressentiment funeste : je l'abandonne comme un ami qui n'aurait plus que peu de temps à vivre, et dont je tremble de ne pas recueillir le dernier soupir.

— N'as-tu pas un motif de plus pour tenir à nos vieux remparts? demanda le capitaine en regardant malicieusement son compagnon. On dit que tu nous as ramené hier une jeune et belle fiancée, M.elle de Beaumont; j'ai connu son père : c'était un brave officier.

— Oh! Monsieur de Germainvilliers, dit le canonnier tout honteux, y songez-vous? Pourquoi vous railler ainsi d'un pauvre soldat de fortune? Un homme de ma condition élever ses pensées jusqu'à une noble orpheline alliée aux meilleures maisons des deux duchés!

— Et quand cela serait, s'écria le vétéran, qui songerait à t'en blâmer? Je sais par l'abbé Guyon ce que tu as fait pour cette pauvre enfant; tu lui as sauvé l'honneur et la vie, et quand elle récompenserait un tel service du don de sa main, où serait la mésalliance? Tu es noble, d'ailleurs !

— Oui, Monsieur, mes ancêtres l'étaient; mais notre pauvre noblesse dort depuis longtemps. Mon père n'a jamais voulu s'en prévaloir depuis qu'il a quitté notre pays natal, et une femme, un monstre, a repris notre nom pour le déshonorer. Non! non! je ne m'abuse pas à ce point... Mais je vous demanderai une grâce que m'a déjà accordée M. de Cliquot... Si je suis pris ou tué, je vous supplie de servir de protecteur à M.elle de Beaumont.

— Volontiers, mon brave camarade, je te promets de veiller sur elle pendant ton absence. Mais courons ensemble chez le chanoine. Il me recevra volontiers; c'est un excellent homme

quand il ne parle pas latin, et je serai charmé de faire la connaissance de cette jeune demoiselle. Ne crains rien, je ne dirai
pas un mot qui puisse te contrarier.

Il fallut bien que le canonnier le suivît, et Guite les introduisit dans la chambre de son maître. M. de Germainvilliers se
présenta avec cette politesse aisée que savaient alors prendre
avec les femmes les plus rudes soldats ; il parla à Melle de Beaumont de son père et des alliances de sa famille ; il causa ensuite
chasse avec l'ecclésiastique qui ne lui épargna pas les citations
latines, puis amena assez adroitement l'orpheline à lui raconter les traits de courage et de fidélité de Lallement. Elle
s'animait visiblement, et le canonnier, malgré son embarras,
écoutait, avec un ravissement qu'il pouvait à peine dissimuler, le plus doux langage qui puisse flatter l'oreille d'un
homme, son éloge dans la bouche de celle qu'il aimait.

— Oui, dit le vétéran, Lallement s'est conduit comme il le
devait, en vrai gentilhomme Lorrain.

— Il ne l'est pas, nous le savons, répliqua le chanoine un
peu surpris, mais je l'estime autant que s'il appartenait à l'ancienne chevalerie, et comme le dit Cicéron : *in oratione pro
Muræna. Nic mihi unquam minus in Q. Pompeio novo et fortis-
simo viro virtutis esse visum est quàm in homine nobilissimo
M. Æmilio.* Ce qui signifie : je n'ai jamais trouvé qu'il y eût
moins de mérite et de vertu dans Quintus-Pompée, homme
sans naissance et très vaillant, que dans Marcus-Emilius,
homme de la plus grande noblesse.

— Oui, Monsieur, reprit Henriette avec chaleur, la noblesse
des sentiments de notre ami vaut bien celle de la naissance.

— Eh ! sans doute, ma charmante demoiselle, il serait
roturier que je ne l'en estimerais pas moins ; mais enfin il est
gentilhomme, ne le savez-vous pas ?

— Il est gentilhomme ! s'écrièrent à la fois le chanoine et
Melle de Beaumont, il ne nous l'a jamais dit.

— Oui, gentilhomme de Laveline.

— Qu'est-ce qu'un gentilhomme de Laveline ? demanda
l'abbé.

— Ah! ah! monsieur l'abbé, vous si savant dans l'histoire
de Lorraine, vous ne savez pas ce que c'est qu'un gentilhomme
de Laveline?

— Non, je l'avoue, dit le chanoine un peu piqué; mais vous
êtes une chronique vivante, Monsieur de Germainvilliers, ra-
contez-nous cela.

— Eh bien! dit le vieil officier, voici le fait :

En 1476, pendant que la Lorraine était au pouvoir de Charles-
le-Téméraire, un brave bourgeois de la petite ville de Bruyères,
dans les Vosges, nommé Vautrin Doron, forma, avec les habitants du village de Laveline, situé à une lieue de cette ville,
au confluent de la Vologne et de la Neuné, le projet de la surprendre avec le château, et de la faire rentrer sous l'obéissance
du duc René. Il se rendit à Strasbourg et alla y trouver ce
prince qui sollicitait des secours de cette ville impériale et ras-
semblait une armée de Suisses pour reconquérir ses Etats. Il
lui exposa son plan avec tant de clarté, lui faisant voir que son
exécution le rendrait maître de tout le pays alentour, que le
duc lui donna cent vingt lansquenets allemands sous le commandement du capitaine Harnackaire, auquel il ordonna de
lui obéir en tous points. Arrivé avec eux près de Bruyères, il
fit cacher son monde dans un bois, leur recommandant de ne
bouger jusqu'à son retour. Il alla secrètement trouver les gens
de Laveline qui depuis longtemps l'attendaient et s'étaient mu-
nis d'armes, et les amena à minuit au rendez-vous. Puis, à
leur tête, montrant le chemin aux lansquenets, il s'approcha
de la ville, qui n'avait ni murailles ni fossés. Ils entrèrent par
derrière dans sa maison, où il les établit dans sa grange, tandis
qu'il recommandait le secret à sa femme et à ses serviteurs. Le
matin, suivant son usage, le capitaine Bourguignon qui

tenait garnison dans le château que l'on jugeait presque
imprenable, en descendit dans une sécurité parfaite pour entendre la messe de l'église paroissiale qui se trouvait précisément
en face de la maison de Doron. C'est sur cette circonstance
que celui-ci avait compté. Dès qu'il fut entré dans l'église,
Doron et les hommes de Laveline, Hernackaire et ses soldats
armés de grosses arquebuses à croc que l'on appelait dans ce
temps-là des couleuvrines, de hallebardes et de grandes épées
à deux mains, sortirent de la maison, entourèrent l'église, tombèrent sur les croix rouges bourguignonnes, tuèrent ceux qui
voulurent se défendre et firent prisonniers les autres avec leur
capitaine. Harnackaire les menaça de les faire tous pendre à
l'instant s'ils ne lui faisaient rendre le château. Ils entrèrent en
pourparlers avec leurs camarades qui y étaient demeurés, et
ceux-ci le livrèrent pour sauver la vie à leur chef et à ses compagnons. Tout le pays voisin, Arche, Saint-Dié, Remiremont, se
soumit à Harnackaire qui, comme tout le monde le sait, fit une
rude guerre aux Bourguignons, les défit sous les murs d'Epinal et
devint un des plus célèbres capitaines de l'armée du duc Réné.
Les gens de Laveline, laissés en garnison au château de Bruyères, le défendirent vaillamment contre les troupes de Charles-le-
Téméraire, et le duc de Lorraine, pour les récompenser, les
anoblit sous le titre de gentilshommes de Laveline, avec de
grands privilèges. Il leur donna pour armes : de gueules à deux
épées d'argent emmanchées d'or en sautoir et un rateau d'argent en pal, le tout lié d'un cordon d'or au chef cousu d'azur,
chargé d'une levrette d'argent coletée d'or, pour cimier une
épée de l'écu. Doron eut pour récompense, à sa demande, la
charge héréditaire de sergent ès-prévôté d'Arche et de Bruyères,
qu'un de ses descendants occupe encore aujourd'hui. C'est d'un de
ces gentilshommes de Laveline que descend Lallement. Son père
est venu s'établir dans les domaines des Choiseuil il y a déjà longtemps, il était fauconnier au service de M. d'Ische, notre brave

gouverneur, à qui Dieu fasse paix, et c'est de ce digne seigneur que je tiens ces détails, car Lallement, notre bon canonnier, ne s'en est jamais vanté, et s'il a laissé dormir sa noblesse, il n'a pas moins droit de se parer d'un titre honorablement acquis.

M. de Germainvilliers, en finissant son récit, put lire facilement dans les regards de ses auditeurs qu'il avait atteint le but qu'il s'était proposé en le commençant. D'abord il avait mis en défaut l'érudition un peu pédantesque que le chanoine se plaisait à étaler malgré sa bonhomie, et il s'était vengé ainsi d'un seul coup des citations latines qu'il lui avait fallu subir tant de fois; d'un autre côté, il avait relevé considérablement Lallement dans l'esprit de M.elle de Beaumont, qui était trop de son siècle et de son pays pour ne pas attacher d'importance à la condition de celui que son cœur commençait à préférer.

— Hélas! se disait intérieurement le canonnier, ce titre a été souillé par la misérable hôtesse du More-qui-Trompe, je ne puis plus l'accoler à mon nom.

Ce fut encore M. de Germainvilliers qui apprit à Henriette et au chanoine que Lallement allait faire un voyage de quelques jours, dont il se garda bien de déclarer le motif. Il leur promit de veiller en son absence à leur sûreté.

Le lendemain, à la pointe du jour, le canonnier, bien armé, muni d'une lettre et des dernières instructions du gouverneur, sortit secrètement de la place, monta son bon cheval et prit le chemin de l'Alsace.

Nous l'abandonnerons aux hasards de ce périlleux voyage, et nous introduisons maintenant sur la scène un nouveau personnage.

CHAPITRE VIII.

De tous les crimes affreux qui ensanglantèrent la nuit de la Saint-Barthélemy, le plus odieux peut-être fut la mort de l'amiral de Coligny : elle a laissé une tache ineffaçable sur le grand nom des Guise. Henri, qui reçut plus tard le surnom de Balafré, depuis l'assassinat de son père au siége de Rouen par Poltrot de Méré, avait toujours hautement accusé l'amiral d'être l'auteur de ce crime, il en avait publiquement demandé vengeance au roi et à la reine-mère, et en toute occasion lui avait exprimé sa haine implacable.

Quand les protestants, attirés à Paris par le mariage du roi de Navarre avec Marguerite de Valois, sœur de Charles IX, vinrent tomber dans le piége que le roi leur tendait depuis deux ans avec une si profonde dissimulation, le duc de Guise prit ses mesures pour que son ennemi ne pût lui échapper. Pour la première fois, il s'abaissa avec lui jusqu'à la ruse, il feignit de se réconcilier sincèrement, et rivalisa d'astuce avec le roi et sa mère.

Tout le monde sait que le 22 août 1572, l'amiral revenant du jeu de paume où il avait accompagné le roi, retournait à son hôtel dans la rue de Béthisy, en marchant lentement, parce qu'il lisait une requête qu'on venait de lui présenter, quand on lui tira d'une fenêtre un coup d'arquebuse dont une balle lui emporta un doigt de la main droite, et l'autre le blessa au bras gauche près du coude. Il s'arrêta en regardant d'où venait le coup, et dit : « Voilà les fruits de ma réconciliation avec le duc » de Guise ! » En même temps les gens de sa suite enfoncèrent la porte de la maison, mais l'assassin Maurevel leur échappa en sautant sur un cheval qui était tout prêt, et s'enfuit par la porte Saint-Antoine... Faut-il attribuer ce crime au duc de Guise ? Il est permis d'en douter : il fit bientôt voir qu'il voulait mettre à sa vengeance plus de raffinement et d'éclat.

Outre les seigneurs et les nobles qui composaient sa maison et lui formaient une espèce de cour, on voyait à sa suite un grand nombre de vieux soldats éprouvés et endurcis dans les guerres civiles, et des aventuriers de toutes les nations, habitués à obéir aveuglément sur un ordre, sur un geste de leur chef, le Siennois Petrucci. Chacun d'eux avait son emploi, et comme on dirait aujourd'hui, sa spécialité. Jamais le duc ne communiquait directement avec ces spadassins ou ces sicaires de bas étage. Si un ennemi osait l'offenser, un mot à Petrucci suffisait : le lendemain il apprenait qu'il était vengé.

Pourtant quand le massacre des huguenots fut résolu dans le conseil privé du roi, et que le duc reçut l'ordre si impatiemment attendu par lui d'en diriger l'exécution, il ne s'en rapporta plus uniquement à Petrucci et à ses bravi pour assouvir sa haine. Après avoir donné ses instructions au prévôt des marchands qui fit mettre sous les armes les compagnies des quartiers, distribué les postes aux principaux chefs, et fait prendre à tous les conjurés les signes de ralliement, une manche blanche au bras et une croix blanche au chapeau, il fit sonner le tocsin du Louvre, et à la tête de trois cents hommes, officiers et soldats d'élite, il marcha droit au logis de l'amiral. Le roi, dans son infernale dissimulation, avait envoyé la veille la compagnie d'infanterie de Cosseins pour protéger son hôtel. Ces braves soldats refusèrent d'ouvrir la porte de la basse-cour ; mais le duc la fit enfoncer sur-le-champ et massacrer sans pitié ceux

qui la défendaient. Il entra dans la cour, accompagné du duc
d'Aumale et du bâtard d'Angoulême, grand-prieur de France :
aucun bruit ne se faisait entendre dans le corps-de-logis, et le
prince cachait sous un calme apparent son impatience et la
crainte que sa victime ne lui échappât. Un silence profond régnait dans les rangs de sa troupe, et le nom seul du grand
capitaine calviniste leur inspirait encore un respect et un effroi
involontaires. Guise jeta un regard de mépris sur ces visages
sombres éclairés par la lueur des torches, il ne s'adressa ni à
Petrucci, ni à ses italiens, il se tourna vers un jeune homme
blond, à la figure rose, belle, régulière, mais froide et impassible, vêtu à la mode d'Allemagne, armé d'un large épieu. Il
était arrivé la veille à Paris, et avait été introduit dans le cabinet du duc; en le voyant, toute la maison avait compris que
quelqu'événement terrible se préparait. Guise ne lui dit que ces
paroles : — « A toi ! maintenant, Besme ! » Et aussitôt le jeune
homme s'élança comme une bête féroce sur la proie qu'on lui
livrait, monta l'escalier, suivi de ses compagnons, et courut à
l'appartement de l'amiral. La porte en était ouverte : Coligny,
averti pourtant par le bruit de l'assaut de la basse-cour, par
Cornasson, gentilhomme de sa suite, qui s'était réfugié dans
sa chambre, n'avait pas voulu fuir; il était encore dans son
lit quand le Besme et les assassins entrèrent. — « Jeune homme,
» dit-il, dès qu'il parut, tu devrais respecter mes cheveux
» blancs, mais fais ce que tu voudras, tu ne m'abrègeras la
» vie que de fort peu de jours. » Le Besme ne répondit rien,
il s'avança vers le lit, brandit son épieu et le plongea dans la
poitrine du vieillard que les autres assassins achevèrent à coups
de poignards. Il prit ensuite le cadavre et le jeta dans la cour,
où il tomba aux pieds du duc de Guise. Celui-ci se baissa et
essuya le sang qui couvrait le visage, afin de bien le reconnaître, puis le considéra sans qu'aucun muscle de son visage se
détendit, sans qu'une parole exprimât la joie profonde qu'il

ressentait, et continua de donner ses ordres clairs et précis pour que le massacre des calvinistes se fît partout avec ordre et régularité. Quand le Besme revint près de son maître, il n'en reçut ni approbation, ni remercîments, et courut à d'autres scènes de carnage, comme un chien de chasse dont une première curée excite l'ardeur.

Personne ne savait précisément son origine, ni à quelle occasion il était entré au service des Guise. On pensait qu'il était l'un des deux pages étrangers qui, à Wassy, avaient commencé le massacre des protestants. On ignorait où il passait la plus grande partie de sa vie, et il n'apparaissait que quand son maître voulait faire frapper un coup prompt et sûr. Il parlait assez mal le français, avec un accent qui ressemblait à l'allemand. Quelques personnes prétendaient qu'il appartenait à la noblesse du Saint-Empire et se nommait de Besmes ; d'autres, et c'étaient les mieux informées, soutenaient qu'il était originaire du royaume de Bohême, que son vrai nom était Dianovitch, et que celui de Besme était la désignation francisée de sa nation. Dans cette maison, d'ailleurs, où tant d'aventuriers d'origine suspecte arrivaient, vivaient, se croisaient sans se connaître, pour servir dans cent voies diverses les secrets desseins de leur maître, la réserve et la discrétion étaient d'une absolue nécessité. Petrucci lui-même avait été averti que cet homme n'était pas soumis à son autorité, il avait compris qu'il n'avait aucun espionnage à exercer à son égard, et que le duc le connaissait suffisamment. Il avait découvert pourtant que cet Allemand, ou plutôt ce Tchetchke mystérieux était marié ; on prétendait même que c'était à une bâtarde du cardinal Jean de Lorraine ; il avait un enfant, et habitait à Joinville une petite tourelle dépendant du magnifique château de ce beau fief de la maison de Guise. Jusqu'alors il n'avait fait que de courtes apparitions à la suite du prince, et sans parler à personne, s'était hâté de retourner dans sa retraite, où il menait,

en apparence, une vie douce et paisible. Mais à la Saint-Barthélemy l'odeur du sang l'enivra : après le meurtre de l'amiral,
il éprouva une sorte de volupté à égorger les calvinistes, et il
acquit, dans cette nuit funeste et les deux jours de massacre
qui la suivirent, une horrible célébrité qui causa même une
sorte de contrariété à son maître.

Au milieu de la guerre civile qui se ralluma partout, le
Besme, dans un combat en Saintonge, tomba un jour entre les
mains des protestants. Ceux de La Rochelle voulurent l'acheter
pour l'écarteler en place publique, mais il s'échappa de la prison où le gardait un gentilhomme calviniste, nommé Bretan-
ville. Celui-ci se mit aussitôt à sa poursuite, et tua le Besme
qui, sur le point d'être repris, venait de le manquer d'un coup
de pistolet.

La maison de Guise n'oublia ni sa femme ni son fils : elle
pourvut libéralement aux besoins de la veuve, et l'enfant, sous
le nom de De Besmes, fut admis au nombre de ses pages. Il
resta ensuite plus spécialement attaché, en qualité d'écuyer, au
service du plus jeune des fils du Balafré, le chevalier de Guise,
si célèbre par ses duels sous la minorité de Louis XIII. Il
s'était marié dans un âge déjà mûr, à une demoiselle de qualité, de la province de Champagne. Très peu de temps après
ce mariage, il fut tué en duel par un officier calviniste qui lui
reprochait la tache du nom de son père.

La veuve du fils du meurtrier de Coligny avait longtemps
souffert en silence de la triste célébrité attachée au nom de son
mari. Elle avait fini par aimer sincèrement cet homme, qu'elle
n'avait épousé que contrainte par la volonté inflexible de ses
parents et de leur seigneur féodal, dont le caractère triste et
sombre l'avait repoussée d'abord et l'effrayait encore quelquefois, mais dont elle admirait involontairement le dévoûment
fanatique héréditaire à ses maîtres. Sa mort la jeta dans un profond chagrin ; elle prit en haine cette illustre maison de Guise,

et jusqu'au nom des princes de Lorraine, et s'efforça de faire sucer avec son lait ces sentiments au seul enfant qui lui restait de cette union, en lui répétant sans cesse qu'ils étaient la cause de la mort de son père. Cependant elle était absolument sans fortune et n'avait pour vivre que la pension que lui faisait le duc Charles de Guise, fils du Balafré.

Son enfant grandissait, et c'était avec un secret orgueil que la mère admirait le profil grec de sa charmante figure rose et fraîche, ses longs cheveux blonds bouclés, son sourire fin, la grâce de sa tournure. Un observateur désintéressé, en reconnaissant la beauté de ce pur type de la race slave, aurait trouvé dans le regard quelque chose de faux et de cruel, et la tenacité de volonté qu'il dissimulait avec tant d'habileté dans un âge aussi tendre l'aurait effrayé. Cette dissimulation était dans sa nature, mais sa mère l'avait développée, en le nourrissant dans des sentiments d'aversion pour ses bienfaiteurs, tout en lui recommandant de feindre pour eux de l'attachement et de la reconnaissance, afin de conserver leurs bonnes grâces.

Née à la limite extrême de la Champagne, elle avait contre les Lorrains les préjugés et les ressentiments que les habitans des pays frontières nourrissent réciproquement contre leurs voisins. Elle appartenait à une province et une famille toutes dévouées à la branche des Bourbons et à la puissance royale, et ces sentiments, refoulés et comprimés si longtemps pendant la vie de son mari, se faisaient maintenant jour avec plus d'énergie, et son projet favori était de dévouer son fils au service du roi de France.

Cet enfant avait environ douze ans quand le duc de Guise vint passer l'été au château de Joinville. Il fit appeler la veuve du Besme, et lui déclara qu'il se chargerait de l'avenir du petit Ladislas, qu'il voulait bien admettre au nombre de ses pages, de même que son aïeul François et son père Henry l'avaient fait pour les deux premiers Dianowitch. Cette proposition et les souvenirs qu'elle rappelait consternèrent la veuve, mais elle comprit qu'un refus perdrait l'avenir de son fils : elle accepta le bienfait en le maudissant intérieurement, et en se séparant de Ladislas lui répéta avec une nouvelle énergie ses enseignements de haine à la maison de Lorraine, et lui traça la conduite qu'il devait tenir.

Ladislas n'observa que trop bien ses recommandations. Il profita plus qu'aucun autre de ses camarades des leçons de ses maîtres, et devint en même temps habile et adroit dans tous les exercices du corps; mais ni l'éducation qu'il recevait, ni les attentions dont il était l'objet, ni les présents dont on le comblait, n'excitèrent sa reconnaissance.

Un jour que le duc Charles IV de Lorraine était venu à Joinville visiter son parent, le jeune de Besme fut désigné pour le service de sa personne pendant son séjour au château. Le duc de Lorraine ne put s'empêcher d'admirer la figure et l'agilité de son nouveau serviteur, mais il fut frappé de l'expression de son regard furtif et inquiet. Le lendemain on montait à cheval pour une grande chasse à courre, il aperçut Ladislas armé d'un large épieu et portant au côté une vieille dague. — « Eh mon enfant, dit-il d'un ton railleur, tu as là un épieu et un poignard bien antiques, tu en as sans doute hérité de ton grand-père : ce devait être un rude veneur dans son temps! » Cette plaisanterie fut accueillie avec de grands éclats de rire par les autres pages. Ladislas se mordit les lèvres, il lança un regard vif et oblique au prince, mais ne répondit pas un mot. Le duc de Guise se pencha vers Charles et lui dit à demi-voix : « Monseigneur, c'est le petit-fils de Dianowitch, du Besme, vous savez! épargnez-le! — Du Besme! reprit le prince à haute voix, du Besme de la Saint-Barthélemy? Oh! mon cousin, vous choisissez singulièrement vos pages; je ne veux pas être servi par un enfant de si bonne maison, veuillez m'en donner quelqu'autre. » Cet affront sanglant se grava profondément dans le cœur de l'offensé qui n'en manifesta aucun ressentiment. De ce moment, cette haine contre nature que sa mère lui enseignait avec tant de persévérance trouva un prétexte et un objet fixe, il la reporta tout entière sur le duc de Lorraine. Entré quelques années après au service du roi de France, comme officier d'infanterie, il venait d'être, malgré son extrême jeunesse, par le crédit du duc de Guise, nommé gouverneur de la petite ville de Saint-Dizier, quand le mariage clandestin de Gaston d'Orléans avec la sœur du duc de Lorraine fit éclater la guerre entre les deux Etats. Le cardinal de Richelieu ne voulut pas laisser le commandement d'une place que sa situation sur cette frontière rendait tout à coup importante, à un jeune homme sans expérience, que son seul titre d'ancien serviteur de la maison de Guise rendait suspect à la royale famille des Bourbons, et faisait soupçonner d'intelligence avec le duc de Lorraine. Il lui retira brusquement sa charge, et le Besme, arrêté au début de sa carrière, déçu dans les brillantes espérances qu'il avait rêvées, au lieu de s'en prendre au ministre auteur de sa disgrâce, sentit redoubler sa fureur concentrée contre Charles IV, cause bien involontaire de ce revers. Sa mère l'excita au dernier degré. Dans cette disposition d'esprit, il se rendit à Paris pour y solliciter un emploi dans l'armée : il s'adressa à un Lorrain, Guebenhouse qui, élevé comme lui chez les Guise, les avait abandonnés pour entrer au service du premier ministre dont il était un des agents secrets les plus actifs et les plus dévoués.

Celui-ci, en entendant exhaler l'amertume de ses plaintes, comprit à quelles extrémités pouvait se porter un caractère de cette trempe, ainsi irrité. Il l'anima encore, s'empara de son esprit en flattant sa passion, et un soir, dans une réunion intime d'affidés, au milieu de l'abandon d'un souper, il lui fit entrevoir d'un air mystérieux que le seul moyen, non seulement de reconquérir les bonnes grâces du cardinal, mais encore d'arriver à la plus haute fortune, était de le débarrasser de Charles IV dont la couronne ducale était depuis si longtemps l'objet de la convoitise de la France.

Cette insinuation éveilla tout à coup dans l'âme du capitaine de Besmes les instincts féroces de son ancêtre. Dans ses vagues rêves de vengeance, jamais l'idée d'un assassinat ne s'était nettement dessinée à son esprit : elle y entra subitement et s'en empara. Alors, ivre de joie d'avoir reçu cette révélation, il oublia un instant sa réserve et sa dissimulation habituelles, il fit jouer dans sa gaîne la vieille dague de son grand-père, ses yeux lancèrent des éclairs, et il dit avec un sourire satanique : « — Ah! Son Altesse le glorieux duc Charles de Lorraine s'est raillé de mon vieux poignard, il saura bientôt s'il a perdu sa trempe! » Il fit quelques questions avec un air d'indifférence assez bien jouée, sur le séjour actuel du duc et ses habitudes. Les convives y répondirent avec les plus minutieux détails, sans paraître y attacher d'importance. Ils se séparèrent assez avant dans la nuit. Guebenhouse invita de Besmes à partager sa chambre, et mandant aussitôt deux étrangers basanés, leur donna ses instructions secrètes, et leur recommanda de s'attacher à ses pas. Un autre des convives, qui avait paru faire à peine attention à la conversation du souper, ne rentra pas dans son logis, il alla trouver un de ses affidés dans le plus grand secret, et l'expédia en courrier au duc de Lorraine.

Peu de jours après, comme ce prince était à Besançon, écrivant dans sa chambre où se trouvait Clinchamp, l'un de ses gentilshommes ordinaires, on entendit un grand bruit dans l'antichambre, l'huissier semblait faire de vains efforts pour en disputer l'entrée à quelqu'un. — Allez voir ce que c'est, Clinchamp, dit le duc, sans lever la tête. Le gentilhomme sortit, et trouva l'huissier aux prises avec un jeune homme dans un violent état d'exaltation : il voulait entrer malgré les efforts de l'huissier qu'il avait saisi par la barbe. — Tête-Dieu! s'écria-

t-il, quel est ce furieux ? que demandez-vous ? — Je veux
parler au duc de Lorraine, répondit l'inconnu, il le faut, à
l'instant. — On n'entre pas chez Son Altesse comme dans une
hôtellerie, vous ne passerez pas ! — Laissez entrer ! cria le
duc qui s'était levé et se tenait debout, les bras croisés sur la
poitrine. Et comme l'huissier et Clinchamp suivaient l'étranger, Charles leur ordonna d'un ton impératif de se retirer. —
Fermez la porte, dit-il, et laissez-moi seul avec ce compagnon.

Le Besme s'avança d'un pas irrésolu, sa main passée dans
son pourpoint tenait son poignard, mais le regard froid, calme
et majestueux du duc de Lorraine le fit hésiter.

— Eh bien ! dit le prince avec cet air de grandeur souveraine et d'intrépidité chevaleresque qui distinguait sa noble
race parmi toutes les races couronnées, c'est vous, de Besmes !
vous avez pris beaucoup de peine pour vous voir au lieu où
vous êtes : je vous ai voulu donner ce contentement, pour voir
si vous auriez la résolution de commettre l'attentat pour lequel
vous portez ce poignard. Allez ! retirez-vous, je vous pardonne,
à condition que vous ne paraissiez jamais devant moi. Allez !

Le Besme, malgré son audace, consterné, tremblant sous ce
regard d'aigle, ne put balbutier une parole, il s'enfuit hors de
lui, rencontra dans la rue ses deux compagnons basanés, et
montant le cheval qu'ils lui tenaient préparé, se croyant partout poursuivi par les gens du duc de Lorraine qui daigna à
peine raconter cette scène à ses officiers, courut se cacher au
fond de la retraite inaccessible qu'on lui avait ménagée dans les
montagnes.

Bientôt il obtint une compagnie dans un des régiments qui
tenaient garnison en Lorraine. Son ami Guebenhouse le rejoignit, le plaisanta un peu sur son manque de résolution au
moment décisif, puis, avec un art infernal, rallumant sa haine,
réchauffant ses mauvaises passions, raillant la générosité du
duc de Lorraine, il lui promit, au nom du cardinal, le don d'un

fief considérable, s'il voulait recommencer une nouvelle tentative sur les jours de Charles IV.

Le Besme en chercha longtemps l'occasion sans pouvoir la saisir; il y avait presque renoncé, mais au moment où le prince était occupé au siége de Thann, quand le comte Du Hallier reçut l'ordre de s'emparer de La Mothe à tout prix, le jour même que Lallement y conduisait M.elle de Beaumont, l'agent du cardinal apparut de nouveau au Besme comme son mauvais génie. Il lui rappela la promesse qu'il avait faite de tuer le duc, lui exagéra la magnificence de la récompense qui l'attendait, lui montra le danger de se jouer du puissant cardinal qui pouvait le priver de son grade et le faire enfermer dans une prison d'Etat pour le reste de ses jours. Le Besme se décida, il partit accompagné de son fatal conseiller et arriva au camp de Charles IV. Une espèce de vivandier les attendait, et leur donna des détails fort précis sur le logement du prince. Il avait établi son quartier-général dans une petite maison presqu'à la portée du canon des remparts de Thann. La cour était remplie de chevaux tout sellés, d'officiers qui se croisaient en tous sens. Un piquet de quelques dragons composait toute sa garde, et comme toujours, le dernier soldat de son armée pouvait l'aborder sans aucune précaution. Une seule pièce s'ouvrant dans cette cour précédait la chambre où il se tenait quand il n'était pas à la tranchée. Cette chambre prenait, par une fenêtre peu élevée, jour sur un jardin dévasté où ne se trouvait pas une seule sentinelle. Sur ces données les conjurés concertèrent leur plan. Ils étaient vêtus d'uniformes de houzards hongrois, dont un régiment faisait partie de l'armée Lorraine. Guebenhouse et le vivandier menèrent les chevaux dans le jardin, sous la fenêtre, et le Besme entra à pied dans la cour, tenant une lettre à la main. Ses cheveux blonds étaient cachés sous une perruque noire, et il portait de longues moustaches noires. Il prit un accent allemand, et demanda à l'officier

de service à parler seul au duc. — Attendez un instant,
répondit le dragon, il donne audience à un courrier, vous entrerez tout à l'heure. Et le Besme resta debout près d'un lit de
camp où se tenait assis le colonel de Saint-Balmont. La porte
de la chambre du prince s'ouvrit presqu'aussitôt pour en laisser
sortir un militaire dont les vêtements en désordre et les bottes
couvertes de boue annonçaient qu'il venait de faire une longue
course. On apercevait le duc debout dans le milieu de la pièce,
devant une table couverte de plans et de papiers, il tenait à la
main une lettre dont il allait briser le cachet.— C'est bien, dit-il
au soldat, je vais prendre communication de tes dépêches,
attends là-dedans jusqu'à ce que je te rappelle. — Et qu'y a-t-il
encore, lieutenant? — Monseigneur, répondit l'officier, c'est
un houzard hongrois qui demande à parler en particulier à
Votre Altesse. — Bon, dit Charles, c'est sans doute de la part
de Varloski, et il lui dit en allemand d'entrer. Le Besme franchit le seuil d'un pas résolu, et l'huissier refermant la porte
derrière lui, il se trouva seul avec Charles IV.

M. de Saint Balmont regarda le militaire à qui le prince
avait dit de l'attendre, et aussitôt lui tendit amicalement la
main. — C'est toi, mon brave Lallement, lui dit-il, et
quelles nouvelles nous apportes-tu de La Mothe, et de ce
cher baron de Cliquot?

Lallement avait à peine commencé sa réponse qu'ils entendirent un grand cri dans l'appartement du duc; l'huissier, le
colonel, le canonnier, l'officier de dragons s'y élancèrent à
la fois.

CHAPITRE IX.

Quand le Besme était entré, il avait d'un coup-d'œil observé l'intérieur de la chambre, et reconnu qu'il était bien seul en face de celui dont il avait juré la mort. Le duc portait un pourpoint de buffle, et Ladislas calcula qu'il ne pouvait le frapper qu'au cou et qu'il fallait le surprendre : il tenait de la main droite la lettre préparée pour occuper son attention et allait la lui présenter; mais Charles lisait en ce moment l'une de celles que lui avait apportées Lallement, son regard vif en la parcourant quittait à chaque instant le papier pour examiner le prétendu hongrois.

Celui-ci se voyant observé ne voulut se trahir par aucun mouvement précipité, il attendit patiemment, immobile dans l'attitude respectueuse d'un soldat, le moment de l'attaquer à l'improviste. Tout à coup, Charles fronça le sourcil, il recula de deux ou trois pas en posant la main gauche sur la garde de son épée : — C'est encore toi, le Besme ! dit-il d'une voix forte, tu viens sans doute pour m'assassiner : tu as bien pu cacher tes cheveux et teindre tes moustaches, mais tu n'as pu déguiser ton regard. Je te reconnais !

En même temps il sortit à demi son épée du fourreau.

L'assassin surpris aussi inopinément ne voulut pas tenter une attaque dont le succès lui paraissait douteux, il affecta le plus grand calme :

6

— Moi, Monseigneur! moi, dit-il, avec son accent feint, vous vous trompez! lisez, lisez!

— Non, s'écria le duc d'une voix plus haute, je ne me trompe pas, et par une permission du ciel, cette lettre que je lisais m'avertit de tes desseins. A moi, Saint-Balmont!

Ce fut ce cri qui fit entrer le colonel et les personnes qui se trouvaient dans l'anti-chambre. Lallement saisit brusquement le Besme et lui étreignit les poignets dans ses mains vigoureuses comme dans un étau.

— Qu'y a-t-il donc, monseigneur? demanda M. de Saint-Balmont, qui se tenait l'épée nue à la main avec l'officier de dragons.

— C'est le Besme, dit le prince, c'est l'ancien page de M. de Guise, qui a déjà voulu m'assassiner à Besançon, il y a quelques années; il était venu ici dans le dessein de recommencer; mais cette lettre de la bonne mère Angélique, que Lallement m'apporte, et que je lisais à l'instant, m'avertit du danger; je l'ai reconnu à temps. Allons, misérable! réponds, oses-tu bien nier ton crime?

— Si j'avais voulu vous tuer, Monseigneur, répondit le Besme qui avait conservé tout son sang-froid, mon sabre serait-il dans son fourreau?

— Oh! dit le duc, tu m'as trouvé sur mes gardes. Mais voyons quel est ce papier qu'il tenait? Et il allait ramasser celui qui était tombé de la main du malfaiteur.

— Non, Monseigneur, dit vivement M. de Saint-Balmont, n'y touchez pas, ce billet est peut-être empoisonné: ce ne serait pas la première fois que vos ennemis auraient recours à ce moyen. Il faut remettre cet homme aux mains du grand-prevôt, il approfondira toute cette affaire.

— Il est vrai, dit Charles avec un sourire amer, que ces messieurs de la cour de Saint-Germain paraissent décidés à en finir avec moi à tout prix: tu as peut-être raison, St-Balmont;

qu'on mande le grand-prevôt, qu'il fasse examiner cette
lettre par mon médecin Forjet et qu'il instruise le procès de ce
misérable. — Ce n'est rien, Messieurs, continua-t-il en s'adres-
sant à un groupe d'officiers qui étaient entrés, aussitôt que la
nouvelle de l'attentat s'était répandue, c'est un homme à qui le
cœur a manqué pour la seconde fois à l'instant décisif, il n'y a
aucun danger. Si nos ennemis ont des assassins à leur solde,
Dieu, Notre-Dame-de-Bon-Secours et saint Nicolas protègent
encore la maison de Lorraine ; nous avons des amis fidèles,
mon frère, le prince François, m'a envoyé de Florence, il y a
longtemps, son écuyer Gelhay pour m'avertir de me tenir sur
mes gardes ; ce brave canonnier, en montrant Lallement, m'apporte une lettre semblable de la mère Angélique.

— Monseigneur, s'écria le comte Erard du Châtelet qui
entrait, c'est tenter le ciel que de ne prendre aucune précaution
contre des dangers qui se renouvellent tous les jours, ne souffrez pas qu'on vous aborde ainsi, et qu'à l'avenir un de nous
veille sur une vie si précieuse... Mais je viens avertir votre
Altesse que les Suédois vont faire une sortie, ils veulent reprendre l'ouvrage à cornes que votre régiment de Barrois a si
vaillamment enlevé cette nuit.

— A la tranchée ! à la tranchée ! mes amis, s'écria joyeusement Charles. N'admirez-vous pas M. du Châtelet qui a peur
que je meure d'un coup de poignard, et qui vient m'inviter à
recevoir un boulet de canon ou une balle de mousquet de ces
damnés huguenots. Allons, canonnier, tu nous suivras. M. de
Saint-Balmont, veillez sur le prisonnier.

— Votre Altesse me pardonnera, dit le colonel, mais c'est
l'affaire du grand-prevôt ; je l'ai envoyé quérir, il ne peut beaucoup tarder : il faisait une ronde ; les dragons le garderont
jusqu'à l'arrivée des archers. Mon poste est à la tranchée.

Il donna ses ordres à l'officier de service, et sortit sur les
pas du prince avec tout le cortége. On entendait au-dehors le

bruit du canon et de la mousqueterie, et les tambours battaient la générale dans tout le camp.

Dans la première confusion, personne n'avait songé à désarmer le Besme : il s'était rapproché insensiblement de la croisée en prêtant attentivement l'oreille, il lui avait semblé entendre le piétinement des chevaux dans le jardin. Il n'osait espérer pourtant que ses compagnons l'eussent attendu dans un moment si périlleux ; tout à coup il reconnut le coup de sifflet aigu du vivandier. Ce son tira l'officier de dragons de sa rêverie :

— Au diable le prevôt et ses archers ! s'écria-t-il, ils n'arriveront jamais. Eh bien ! vous autres, à quoi songez-vous de laisser son sabre à cet enragé Cravate ?

— Le voilà ! dit paisiblement le Besme en détachant son ceinturon, et il le remit aux soldats.

— Allons, Besme, puisque c'est votre nom, vous savez vous exécuter de bonne grâce, mais je ne puis vous laisser ainsi les mains libres.

— Comme vous le voudrez, répondit Ladislas de sa même voix douce et soumise. Il y a ici une fatale méprise, mais je suis innocent.

— Après tout, c'est la besogne du prevôt... Mais puisque vous ne faites pas le mutin, j'y mettrai des égards. Holà ! apportez une courroie, et liez-lui seulement les bras le long du corps.

Comme l'un des soldats se disposait à obéir, le même sifflement retentit dans le petit jardin.

— Par le diable ! il y a quelque mystère là-dessous, dit l'officier. Pourquoi Son Altesse a-t-elle défendu de poser des sentinelles de jour sous cette fenêtre ? et il l'ouvrit et se pencha pour regarder.

Le Besme, qui observait tous ses mouvements, le frappa à la nuque d'un coup de poignard qui le fit tomber à ses pieds, et sautant sur l'appui de la croisée, il s'élança dans le jardin avec une agilité merveilleuse. Guebenhouse et le vivandier s'y trouvaient encore, il monta à cheval et s'enfuit au grand galop avec ses deux complices. Les dragons qui étaient dans la chambre perdirent du temps à relever leur lieutenant et à lui porter d'inutiles secours; quand ils se montrèrent à la fenêtre, l'assassin était déjà loin, et ils tirèrent vainement sur lui avec leurs carabines. Aux coups de feu, aux cris de la garde, l'alarme se répandit dans toute cette partie du camp; mais comme les troupes étaient occupées en ce moment même à repousser la sortie des Suédois, les fuyards, parfaitement montés, gagnèrent du terrain, et prenant des sentiers détournés et se dirigeant vers la montagne, ils atteignirent bientôt un petit bois où ils se trouvèrent à l'abri de toutes poursuites.

Cependant la sortie des Suédois avait eu un plein succès : après un sanglant combat, ils avaient repris l'ouvrage à cornes, et il avait été impossible de les en déloger de nouveau. Le duc de Lorraine, avare du sang de ses soldats, ne voulut pas permettre une seconde attaque; malgré les prières instantes de ses généraux et l'élan de ses troupes, il fit sonner la retraite et rentra dans son quartier, bien résolu de prendre le lendemain même une éclatante revanche. Malgré la grandeur d'âme dans les revers, dont il donna tant de preuves dans le cours de sa vie aventureuse, il éprouvait un dépit concentré de cet échec inattendu de ses armes, et la nouvelle de l'évasion du Besme, qu'il apprit en rentrant, n'était pas faite pour le calmer. La mort du lieutenant de dragons le mettait à l'abri de tous les reproches, et le ressentiment du prince se tourna tout entier sur la négligence du grand-prevôt, auquel il fit commander de se rendre sur-le-champ en sa présence. Mais cet officier s'était mis en personne, avec ses archers, à la poursuite du malfaiteur, et avait juré qu'il le ramènerait mort ou vif. L'âme de Charles ne pouvait s'abandonner longtemps à des pensées de vengeance contre un misérable assassin: il congédia son cortége

en ne retenant près de lui que quelques seigneurs qui possé-
daient sa plus intime confiance, il fit à Lallement l'honneur de
l'y comprendre, et ne s'occupa plus que de la sortie des Suédois
et de ses projets pour leur reprendre le lendemain l'ouvrage à
cornes. Il provoqua et écouta avec bienveillance les observations et les avis de ceux qui l'entouraient, et voulut connaître
ensuite l'opinion du canonnier de La Mothe. Celui-ci, aussi modeste et réservé en présence de ses supérieurs qu'il était intrépide devant l'ennemi, se défendit vainement, il fallut qu'il
parlât.

— Monseigneur, dit-il enfin, puisque vous voulez absolument
savoir la façon de penser d'un pauvre ignorant, il me semble
que les Suédois sont encore trop forts en artillerie pour que vous
leur repreniez, sans une perte énorme, cet ouvrage que leurs
feux commandent. Si vous établissiez une bonne batterie sur un
point que je remarquais tout à l'heure, vous ruineriez leurs
défenses et vous auriez bientôt fait taire leurs canons; il serait
temps alors d'attaquer ce petit retranchement à l'arme blanche,
et il n'y a pas de soldats de Gustave-Adolphe qui puissent tenir
devant les piques et les pertuisanes Lorraines.

— Eh bien! Lallement, dit le prince, puisque tu ouvres un
aussi bon avis, je m'y conformerai, et c'est toi que je charge
de le mettre à exécution. Tu as fait tes preuves en défendant
La Mothe, je t'ai vu à l'œuvre à la bataille de Soligny et au
secours de Brisack; tu placeras tes canons comme tu l'enten-
dras, tu dirigeras leur feu, et si tu me fais entrer par la brèche
dans Thann, tu fixeras toi-même ta récompense, devrais-tu me
demander la main de la plus noble héritière des deux duchés.

Le cœur du canonnier battit violemment. Monseigneur, répondit-il d'une voix que l'émotion rendait tremblante, vous
avez dans votre armée de meilleurs canonniers que moi, et je ne
suis pas digne de leur commander; mais en supposant que je
parvienne à faire tout ce qu'il est permis d'espérer de la justesse

du coup-d'œil, de la bonté des pièces et de la force de la poudre, il me serait impossible de vous rendre la brèche praticable avant huit jours.

-- Avant huit jours! s'écrie Charles, mais je n'y comptais pas avant douze ou quinze! Avant huit jours! Ainsi, tu me ferais entrer dans Thann le neuvième? Allons, tu es un brave, et tu vas te mettre à l'œuvre; si tu tiens ta parole, je tiendrai la mienne.

Un frémissement d'enthousiasme agita tous les officiers. A huit jours l'assaut donc! s'écria le colonel de Saint-Balmont, et point de quartier aux Suédois!

A huit jours l'assaut, et vive la Lorraine! répétèrent en chœur Du Châtelet, Beauvau, Bornival, Beaulieu, Mercy et tous leurs braves compagnons.

— Mais, monseigneur, répondit Lallement d'une voix ferme et respectueuse, vous ne pouvez pas rester huit jours devant une ville d'Alsace, quand La Mothe est assiégée par les Français.

Les courtisans se regardèrent avec embarras et surprise, le duc fronça le sourcil, lança un coup-d'œil fier au soldat, et lui dit d'une voix impérieuse : — Prétendriez-vous bien diriger ma conduite et m'imposer vos conseils? ma condescendance a-t-elle à ce point égaré votre esprit? Je ne quitterai pas le siége que je n'aie pris la place; vous commanderez l'artillerie puisque je vous l'ordonne, et quand nous aurons planté sur les tours la double croix et les alérions, nous marcherons au secours de La Mothe.

Le marquis de Beauvau se pencha vers Lallement, et lui dit à l'oreille : « N'insistez pas davantage, mon ami, et ne bravez pas la colère du lion. »

Mais le canonnier se croisa les bras, et soutenant, sans bravade, mais d'un œil calme et respectueux, le regard hautain et irrité de son maître, il répondit : — Il vous faudra encore six jours de marche, avec un convoi de ravitaillement et votre artillerie, pour y arriver, cela fait quatorze ou quinze jours, et dans dix, les Français auront repris La Mothe, si Du Hallier a seulement la moitié de la résolution du vieux maréchal de La Force.

— Le penses-tu? demanda le duc, d'une voix un peu radoucie.

— La Mothe n'a pas assez d'artillerie, mais surtout elle manque de munitions et de vivres, Monseigneur; il faut qu'elle succombe. Puisque vous ne voulez pas la secourir, permettez-moi donc d'aller me faire tuer sur sa brèche; d'autres, mieux que moi, vous ouvriront celle de Thann. O Monseigneur! laissez-vous attendrir sur le sort d'une pauvre ville si fidèle. Que Votre Altesse songe que dans tous ses Etats héréditaires, il n'y a plus que ce rocher où flotte l'étendard de Lorraine. Comme cela réjouit le cœur de voir sur cette montagne escarpée une si belle forteresse avec ses sept charmants bastions: ceux de Saint-George et de Saint-Nicolas, les deux grands protecteurs du pays, de Sainte-Barbe, la vaillante patronne des canonniers, du duc, ainsi nommé en l'honneur du grand Charles III, de Saint-Antoine, en mémoire de votre digne ancêtre, de Danemarck, qui rappelle la glorieuse duchesse Christine, de Vaudémont, la noble branche de votre auguste race, et la pointe d'Ische, construite par notre gouverneur, à qui Dieu fasse miséricorde, et la flèche de la collégiale Notre-Dame qui s'élève au-dessus de tous les édifices, même des quatre tourelles et des pavillons du château. Oh! c'est une admiration! Et quand on songe que dans ces murs il y a une garnison qui a fait toutes vos guerres, dont les enseignes jaunes font trembler toute la frontière de Champagne et de Bourgogne, et des habitants si dévoués à Votre Altesse, tous prêts à verser pour elle la dernière goutte de leur sang, depuis les gens d'église jusqu'aux francs-bourgeois, depuis les dames de qualité jusqu'aux filles des plus pauvres artisans, que les horreurs du dernier siége n'ont pu épouvanter et détourner de leur devoir, n'est-ce pas, permettez-moi de vous le dire, n'est-ce pas un devoir saint et sacré pour un prince de conserver un tel trésor ? La Lorraine est comme un soldat qui tombe criblé de blessures sur le champ de bataille : le peu de sang et de vie qui lui restent se sont réfugiés au cœur, il palpite encore, mais il n'y a pas un instant à perdre pour le ranimer ; si le médecin tarde à le réchauffer, à soutenir ses battements, ils vont cesser, le blessé va exhaler son dernier soupir. La Mothe, c'est le cœur de la Lorraine, c'est là seulement qu'il y a du sang et de la vie ; ne la laissez pas mourir ! Que nous fera la conquête d'une bicoque en Alsace auprès de la perte de la clé de vos Etats ? Monseigneur, Monseigneur, je vous le demande à genoux, je ne m'y mettrais pas pour me sauver de mille morts, je m'y prosterne pour vous supplier de sauver La Mothe.

Ces paroles naïves et hardies avaient trouvé le chemin du cœur de Charles ; il voulut pourtant, suivant sa coutume, dissimuler son émotion sous une ironie apparente, et se tournant vers ses officiers : — Eh bien, Messieurs ! qu'en pensez-vous ? Ne trouvez-vous pas plaisant que ce canonnier ose nous proposer d'abandonner une gloire assurée pour une entreprise aussi hasardeuse ? et cependant, il faut l'avouer, il m'a remis tantôt une lettre de Clicquot qui semble réduit à une fàcheuse extrémité.

Ce fut M. de Beauvau qui répondit : — Monseigneur, la harangue de ce brave soldat nous a touchés profondément, et nous connaissons trop bien le cœur de Votre Altesse et son amour pour ses sujets, pour savoir qu'elle n'hésitera pas à marcher à leur secours.

— Oui, dit le prince, cet homme m'a parlé un langage franc et sincère que j'aime à entendre. Quelque prochain, quelqu'assuré que serait le succès qui couronnerait l'effort de mes armes sur les Suédois, mon cœur saigne en songeant que la meilleure, la plus fidèle de mes villes est aux abois. Lève-toi, Lallement, lève-toi! tu as gagné la cause que tu as plaidée peut-être avec un peu trop de hardiesse. Lève-toi! demain nous marcherons au secours de La Mothe.

Un cri de vive le duc de Lorraine! poussé par toute l'assemblée, accueillit cette déclaration, tandis que le canonnier se relevait après avoir baisé respectueusement la main de Charles, sur laquelle il avait laissé couler deux grosses larmes.

CHAPITRE X.

Le lendemain, l'armée lorraine, au grand étonnement de la garnison suédoise, leva le siége de Thann. Elle s'enfonça dans les Vosges, en remontant la vallée de la Thur, puis, tournant à gauche, gravit la chaîne de Bussang, et suivit le cours de l'une des branches de la Moselle. Elle traînait à sa suite un immense convoi de vivres et de munitions avec son parc de siége, ce qui rendait sa marche extrêmement lente et pénible. Mais, de toutes les hauteurs, de toutes les vallées, les paysans accouraient au-devant de leurs compatriotes, leur apportaient des provisions de toute nature, et fournissaient leurs attelages de bœufs pour traîner les canons et les charettes. Ce long et périlleux passage dans les défilés des montagnes, qui eût été impossible à une armée ennemie, à une époque où les mauvaises voies de communication existantes étaient ruinées par tant d'années de guerre, s'effectua avec ordre et sans accident. Le petit détachement français qui tenait garnison à Remiremont n'osa disputer la possession de cette ville aux Lorrains, et se retira à Epinal. Le duc, obligé de tourner cette dernière place qu'il n'aurait pu emporter que par un siége régulier, se jeta à gauche, et continua sa marche sur La Mothe à travers les bois, les torrents et les accidents du terrain, ne laissant en arrière que sa grosse artillerie.

Du Hallier pourtant avait resserré étroitement la place qu'il tenait bloquée de tous côtés : il avait formé ses lignes de circonvallation, et commencé ses premiers travaux pour ouvrir la tranchée, quand il reçut la nouvelle de l'approche de Charles. Il prit aussitôt le parti de lever le blocus, et d'aller attendre les Lorrains dans une position plus favorable au déploiement de ses forces que le pays montueux et boisé qu'il occupait. Il envoya sa grosse artillerie et la plus grande partie de ses bagages à Chaumont-en-Bassigny, afin d'être plus libre dans ses manœuvres, et n'avoir point de troupes à détacher pour les défendre, et prit position dans la plaine de Liffol-le-Grand, déjà célèbre dans les annales de la monarchie Franke, par la sanglante bataille que Frédégonde y gagna sur sa rivale Brunehault en 596, et la victoire qu'Ebroïn, maire du palais de Neustrie, y remporta en 680 sur les Leudes du royaume d'Austrasie. Il espérait y terminer la guerre d'un seul coup, en détruisant cette armée lorraine qui, suppléant au nombre par le génie de son général, l'audace et la promptitude de ses manœuvres, tenait depuis tant d'années en échec les forces du roi très-chrétien. Il établit son camp en avant du bourg de Liffol, couvert sur son front par la Meuse, et sur les côtés par les bois, et ayant sa retraite assurée sur la Champagne.

Charles, de son côté, informé par ses éclaireurs des dispositions prises par l'ennemi, résolut de l'attaquer sur-le-champ. Il tourna l'obstacle que lui offrait la Meuse en la remontant et passant à Bazoilles. En effet, cette rivière qui descend du plateau de Langres, coule vers le nord sur un lit pierreux, en se grossissant à chaque instant de nombreux ruisseaux. Tout à coup elle s'enfonce en terre, disparaît complétement, et, continuant son cours souterrain sous une voûte naturelle de rochers pendant une lieue et demie, ne remonte à la surface du sol qu'auprès de Neufchâteau. Tous les avant-postes français s'étaient successivement repliés, de sorte que le duc n'éprouva aucune résistance. Mais quand son avant-garde eut franchi le petit bois qui bordait la vallée, chassant devant elle les dernières védettes ennemies, elle découvrit à une demi-lieue l'armée française en bataille devant son camp. Ces vieux régiments, tant de fois vainqueurs des Piémontais, des Impériaux, des Espagnols, attendaient les Lorrains avec leur audace ordinaire, insouciante et railleuse; leur artillerie, bien moins nombreuse alors que dans nos armées modernes, servie par des maîtres canonniers de leur nation, mais gardée par des compagnies suisses qui jouissaient de ce privilége depuis Charles VIII et le conservèrent jusqu'à Louis XIV, était placée au centre, en avant de la chapelle Sainte-Anne. Un corps de Suédois, ces terribles soldats élevés à l'école de Gustave-Adolphe, l'effroi de l'Allemagne et de la Lorraine, formait la gauche en s'appuyant à des ouvrages de campagne. Une telle armée paraissait invincible.... Mais alors il y avait encore une petite nation dont la France a maintenant rayé le nom de la carte du monde, il y avait des Lorrains !

Charles s'avança, monté sur un cheval barbe, entouré de ses principaux officiers, et reconnut en personne la position de l'ennemi, pendant que quelques-uns de ses cavaliers, dispersés en tirailleurs, faisaient le coup de pistolet avec les Français. — Allons, Messieurs, dit-il, quand il eut bien examiné toute la ligne, le ciel nous accorde aujourd'hui ce que nous lui demandons depuis si longtemps : nous allons enfin nous mesurer en bataille rangée avec les oppresseurs de notre pays. Que chacun fasse son devoir, et avant le soir la victoire est à nous. Faites former les régiments dans l'ordre que j'ai prescrit ; vous, Monsieur de Beauvau, vous allez, avec la cavalerie, conduire le convoi sur la route de La Mothe, vous suivrez la rive droite de la Meuse jusqu'à Haréville, vous le laisserez alors sous l'escorte d'un seul escadron, et vous reviendrez prendre l'ennemi en flanc pendant que je l'attaquerai de front. Ne perdez pas un instant. Toi, Lallement, tu feras entrer le secours dans La Mothe, tu diras à M. de Clicquot que je compte sur lui, que j'irai le voir si je le puis, qu'en tous cas je lui enverrai mes instructions. Tu lui amèneras les quatre pièces de campagne que j'ai déjà désignées en attendant que le parc nous ait rejoints.

Chacun courut exécuter ses ordres ; toute l'armée s'ébranla et vint prendre position dans la plaine.

M. de Beauvau était parti avec le convoi à la tête d'une nombreuse et brillante cavalerie qui maudissait la lenteur des charriots. Lallement marchait à côté de lui, tous deux prêtaient attentivement l'oreille, et, quand le bruit de la mousqueterie et de la canonnade se fit entendre et annonça que l'action était engagée, ils entraient dans le village de Haréville. Ils y trouvèrent M. de Clicquot qui venait, avec une partie de sa garnison, faire une reconnaissance : il avait laissé le commandement de la forteresse au baron d'Urbache, son lieutenant ; le vieux capitaine Germainvilliers avait voulu l'accompagner. M. de Beauvau leur expliqua en peu de mots les intentions du duc de Lorraine, et ne leur laissa pas ignorer que c'était aux instances de Lallement qu'ils devaient la promptitude de ce secours. « Et maintenant, continua-t-il, je vous laisse le soin de conduire ce convoi à La Mothe, je retourne sur mes pas pour tomber sur les Français. »

— Avec votre permission et celle de M. le gouverneur, je serai des vôtres, dit M. de Germainvilliers, à qui le bruit lointain du canon rendait toute l'ardeur de sa jeunesse.

— Attendez un instant, mon colonel, dit Lallement, il y a à travers les bois un chemin bien plus court, qui vous fera gagner une demi-heure, il est très praticable ; et si M. de Clicquot voulait nous prêter seulement deux des canons que je lui amène, nous ferions avant peu une bonne diversion.

— Va, va, mon brave, répondit M. de Clicquot, si M. de Beauvau veut me croire il acceptera tes services, je puis bien m'en passer encore pour quelques jours.

M. de Beauvau s'empressa d'accueillir ces offres, et guidé par le canonnier, il prit le chemin du bois avec sa cavalerie et les deux pièces d'artillerie.

Nous laissons à l'histoire le soin de décrire dans ses détails la bataille sanglante qui se livrait dans la plaine de Liffol. Après d'incroyables efforts de valeur, les piquiers Suédois reculaient devant les régiments lorrains, et Du Hallier voyait avec une profonde anxiété que son centre commençait aussi à plier, quand un officier accourut vers lui à toute bride. — Qu'y a-t-il, capitaine Cinq-Mars? demanda le général. — Nous sommes tournés, mon général, répondit l'officier, la cavalerie lorraine débouche à travers le bois sur notre droite; mon colonel m'envoie demander du renfort. — Mais je puis à peine me maintenir ici, s'écria Du Hallier, il m'est impossible de me dégarnir d'un seul bataillon. Au même moment on entendit le canon de Lallement vers le moulin à vent, et les escadrons de Beauvau, lancés au grand galop, débordèrent l'aile droite des Français. A cette vue, l'armée de Charles s'ébranla sur toute la ligne avec une nouvelle ardeur, lui-même chargea à la tête de sa réserve, tout céda devant ce choc: Liffol fut emporté et les Français en pleine déroute s'enfuirent avec tant de précipitation, qu'ils laissèrent au pouvoir des vainqueurs leurs bagages, leur caisse militaire, et jusqu'au cordon bleu de l'ordre du Saint-Esprit de Du Hallier.

Quinze cents de leurs morts couvraient le champ de bataille, mille prisonniers, plusieurs drapeaux, des canons étaient les trophées de cette glorieuse journée. Pendant que sa cavalerie poursuivait les fuyards qui se dirigeaient vers le bourg de Grand, Charles fit arrêter ses bataillons, les trompettes sonnèrent, les tambours battirent un ban, il descendit de cheval, et la tête découverte, appuyé sur le pommeau de son épée nue, il entonna ce chant de victoire qui célèbre si magnifiquement le nom du Dieu des armées; les voix martiales de ses soldats répétèrent en chœur les versets du *Te Deum*, comme autrefois leurs aïeux, campés en vainqueurs sur les hauteurs de Montmartre, les avaient fait retentir jusque dans les murs de Paris.

Le lendemain matin il passa en revue les braves troupes qui l'avaient si bien secondé. Il eut ensuite avec M. de Germainvilliers une longue conversation secrète, dans laquelle il le chargea de ses ordres particuliers pour le gouverneur de La Mothe. Toutefois, il paraît que le vétéran trouva dans cette entrevue l'occasion d'entretenir le prince d'autres affaires que celles de l'Etat, car un peu après Lallement fut mandé, et Charles, après lui avoir témoigné en quelques mots sa satifaction de sa conduite à l'affaire de Liffol, ajouta : Tu te souviens sans doute que je t'avais promis une récompense si tu me faisais entrer par la brèche dans Thann ; tu m'as toi-même fait renoncer à ce projet, mais je ne me tiens pas quitte envers toi. La résolution que j'ai prise sur tes instances m'a procuré un ample dédommagement : tu m'as, en réalité, amené l'occasion de battre les Français; tes canons sont arrivés hier fort à propos au moulin à vent. Voyons, parle-moi franchement, que désires-tu que je t'accorde ?

— Monseigneur, répondit Lallement, Votre Altesse ne me récompense-t-elle pas au-delà de ce que je mérite, en me parlant avec tant de bonté ? Vous avez sauvé La Mothe, pouvais-je désirer quelque chose de plus ?

— Allons, reprit le duc d'un ton enjoué, tu es trop modeste ou tu n'as pas assez de confiance en moi. Sans doute, je te rends cette justice de croire que tu aimes par-dessus tout les charmants bastions de ma bonne forteresse; mais, dis-moi, n'y a-t-il pas derrière ses remparts une jeune fille dont les beaux yeux ont aussi leurs charmes, dont j'ai la tutelle et la garde-noble, puisqu'elle est orpheline et de l'ancienne chevalerie?

— Oh! Monsieur de Germainvilliers! dit Lallement en se tournant vers le capitaine d'un air de reproche.

— Eh bien oui, dit Germainvilliers, j'ai raconté à Son Altesse ce qu'elle savait déjà en partie, ce que tu as fait pour M.elle de Beaumont, et la délicatesse avec laquelle tu as caché tes derniers bienfaits sous le nom de M.me d'Ische.

— Aussi veux-je t'en récompenser, reprit le prince en souriant ; j'ai chargé M. de Germainvilliers de lui dire que je désirais qu'elle épousât son libérateur ; d'après ce que j'apprends, elle est trop fidèle sujette pour avoir la moindre répugnance à cet égard. Tu as des titres de noblesse aussi beaux que ceux que je pourrais te conférer, je me contenterai de les confirmer : je te donnerai en dot un petit fief qui ne soit pas trop éloigné de Beaumont, et nous puiserons dans la caisse que M. Du Hallier nous a abandonnée une somme suffisante pour réparer et meubler le vieux château de ta femme. Cela te convient-il ?

— O Monseigneur ! Monseigneur ! qu'ai-je fait pour mériter un pareil bonheur ? et il était sur le point de se précipiter à ses genoux.

— Attends encore un instant, mon ami ! Je veux, comme Laban, te faire acheter ta fiancée. Ne crains rien, je ne te demande pas une servitude de sept années ; mais avant que je te laisse retourner à La Mothe, il faut que tu me suives dans la nouvelle campagne que je vais entreprendre. C'est un engagement d'un an que tu vas prendre avec moi. Pendant ton absence, M. de Germainvilliers veillera sur tes intérêts et ceux de M.elle de Beaumont. Allons, capitaine, vous êtes un peu vieux pour vous charger de messages d'amour, mais raillerie à part, je vous recommande spécialement cette affaire ; je vais donner des ordres à mon trésorier, vous mettrez en sûreté, à La Mothe, le cadeau de noces qu'il vous délivrera pour mon bon canonnier ; nous avons trouvé ici un renfort d'artillerie et de munitions, mes dragons ont pris ce matin, dans les bois de Grand, plusieurs charriots de blés et de farines ; nous formerons de tout

7

cela un second convoi que vous conduirez encore à M. de Clicquot.

Il fallut se soumettre à ces ordres, et Lallement, confiant dans l'avenir, chargea M. de Germainvilliers de ses hommages pour Henriette, de ses compliments pour le chanoine, et le vit, non sans regret, monter à cheval et à la tête de son escorte, et de ses canons et ses voitures, reprendre le chemin de La Mothe.

CHAPITRE XI.

Nous ne voulons pas que le lecteur trouve aussi long qu'il le parut à Lallement, le temps que celui-ci passa à l'armée du duc de Lorraine, et nous nous garderons bien d'entrer dans le minutieux détail des marches, des campements, des siéges et des combats qui le remplirent. Tout le monde sait, d'ailleurs, qu'après la victoire de Liffol, Charles tenta sans succès d'enlever Neufchâteau que le colonel français Batilly défendit avec une grande résolution. Il se retira alors en Flandre, puis porta la guerre dans la Bavière et la Souabe, où il fit sa jonction avec Mercy et Jean de Wert, et battit devant Zutelinge l'armée française et suédoise combinée, commandée par Rose et Rantzau, les prit tous deux avec quatre maréchaux de camp, huit cents officiers, neuf mille hommes de troupes, leurs canons et leurs bagages. Le butin fut immense, à cause du luxe et de la magnificence que déployaient à l'envi les seigneurs et les gentilshommes de l'armée française. Il permit généreusement à deux de ses prisonniers, le maréchal de Rantzau et le comte de Maugiron, de se rendre sur parole à la cour de la reine-mère, il les chargea en même temps de propositions de paix. En attendant une réponse à ces ouvertures, il reprit Rottweil, rentra avec une partie de son armée dans les Pays-Bas, et envoya le reste en Lorraine, sous le commandement du comte de Ligniville qui se rendit maître de la plupart des places fortes du duché. Lallement avait en vain demandé de faire partie de cette expédition, le prince avait voulu le garder près de sa personne.

Au commencement du printemps de 1645, il fit tout à coup mander le canonnier dans le palais qu'il habitait à Bruxelles : quand Lallement entra dans son cabinet, il trouva Charles entouré de ses principaux officiers, étudiant avec soin une grande carte déployée devant lui, à mesure qu'il lisait des lettres étalées sur la table. Un homme vêtu en courrier se tenait respectueusement près de son fauteuil : c'était Antoine, le fidèle compagnon de Lallement, quand il était sorti de Nancy avec Melle de Beaumont.

— Voilà de fâcheuses nouvelles, messieurs, dit le prince après un assez long silence; Mme la régente et le Mazarin ont donné un méchant gouverneur à nos pauvres provinces; le marquis de Laferté-Senneterre rançonne et pressure indignement mes sujets; il a repris quelques-unes des villes dont Ligniville s'était emparé, et il a fait mettre le siége devant La Mothe.

— Devant La Mothe? s'écria Lallement.

— Oui, répéta Charles, devant La Mothe; mais il n'a pu obtenir le commandement de l'armée qui l'assiége. Le Mazarin l'a donné à un de ses aventuriers Italiens, il signor Magalotti, à qui il a promis le bâton de maréchal; il paraît, d'ailleurs, que c'est un ingénieur qui ne manque pas de mérite, et qui donnera de l'occupation au gouverneur. M. de Clicquot est un brave soldat; il a maintenant deux bons régiments, d'intrépides habitants, ses fortifications sont bien réparées, il ne manque ni de munitions ni de vivres, il se trouve dans de meilleures conditions que M. d'Ische, je compte donc qu'il se défendra aussi bien. Tu vas partir, Lallement, tu lui diras ce que j'attends de lui, tu l'assureras que je marcherai à son secours incessamment, tu resteras avec lui; et je compte aussi sur toi.

— Monseigneur, répondit le canonnier vivement ému, Votre Altesse peut y compter, à la vie et à la mort.

— Va, reprit Charles, je te promets que j'irai sous ses remparts donner à l'Italien une aussi rude leçon qu'à Du Hallier, et, le jour de la délivrance de la ville, nous danserons tous à tes noces avec Mlle de Beaumont.

Un peu après cet entretien, Lallement, porteur des lettres du duc pour M. de Clicquot, partit pour La Mothe, accompagné d'Antoine. Aucun événement extraordinaire, ne signala d'abord leur long voyage; mais, en s'approchant des lignes de l'armée française, ils redoublèrent de précautions, prenant les chemins les plus détournés, choisissant les villages les plus écartés pour y séjourner. Tout le pays aux alentours était rempli de troupes; cependant l'immense circonvallation qui enveloppa plus tard la forteresse n'était pas. encore achevée, et comme la principale attaque était dirigée contre le bastion Sainte-Barbe, le côté opposé, la partie de l'enceinte qui regardait vers le bois de la Roche était moins étroitement serré, et Lallement marcha dans cette direction. Il connaissait un petit ermitage si bien caché au milieu des bois qu'il pouvait espérer qu'il aurait échappé aux recherches de l'ennemi. La nuit était déjà fort sombre quand ils s'en approchèrent, et son intention était de s'y reposer jusqu'au point du jour, en attendant le moment favorable pour se faire reconnaître des sentinelles lorraines, et s'introduire dans la place.

Ils firent le tour du petit enclos qui entourait l'ermitage sans entendre aucun bruit, et, trouvant les portes barricadées, ils entrèrent dans la chapelle par une fenêtre brisée dont les barreaux avaient été enlevés. Il n'y a personne, dit tout haut Antoine en pénétrant dans le bâtiment plongé dans une obscurité profonde. — Il y a quelqu'un, maudits chiens de maraudeurs! répondit une voix aigre, et une vieille femme soulevant une couverture qui fermait hermétiquement l'entrée de l'ancienne cellule, qu'éclairait un grand feu et la lumière d'une lampe, parut sur le seuil, un grand couteau à la main : que cherchez-vous ici?

— A souper, la mère, répondit Antoine sans se déconcerter, et vous allez nous en servir, car votre marmite a une bonne odeur de volaille et de jambon qui donnerait de l'appétit à un mort.

— Ma cuisine n'est pas faite pour vous : pas de violence, car avec un coup de sifflet j'aurais bientôt mis dix hommes de ma tribu à vos trousses.

Pendant ce colloque, Lallement se tenait à l'écart et s'était enveloppé la figure d'un mouchoir pour cacher sa cicatrice si remarquable, car il avait reconnu celle que les Cravates nommaient la mère Lajoie, l'Egyptienne du château de Beaumont.

— Etes-vous Français, demanda-t-elle à Antoine, toi et ton camarade muet?

— Oui, oui, répondit-il hardiment, je suis Français et il est Suédois. Allons, voilà un beau ducat de Hollande tout neuf, faites-nous manger un morceau.

La Bohémienne saisit avidement la pièce d'or, et ses yeux brillèrent comme deux escarboucles.

— Vous aurez à souper, dit-elle, et elle se mit en devoir de le servir sur la vieille table rustique de l'ermite, qu'elle couvrit d'un haillon en guise de nappe.

— Vous nous donnerez bien une botte de paille et une couverture pour dormir dans un coin, dit encore Antoine, car nous sommes bien fatigués, et nous ne retournerons au camp que le matin.

— Oui, oui, dit la Bohémienne dont l'humeur acariâtre paraissait tout à fait radoucie. Vous aurez un lit de peaux de moutons, où vous dormirez jusqu'au matin, mais à condition que vous me donnerez un autre ducat.

— Votre hôtellerie, pour n'avoir pas d'enseigne, est un peu chère, la mère !

— C'est possible, mais on y est aussi bien servi qu'au *More-qui-Trompe*, à Nancy, et deux bons compagnons au service du Roi ne voudraient pas marchander comme deux chiens de Lorrains, traîtres à Dieu et à leur prochain. Au surplus, que vous soyez Français ou Lorrains, huguenots ou catholiques, peu m'importe, pourvu que vous me payiez bien.

Antoine donna le ducat.

Elle les servit avec empressement, mais sans leur adresser la moindre question, circonstance qni ne les rassurait nullement. A chaque instant elle prêtait l'oreille au moindre bruit qui venait du dehors, puis donnait des signes involontaires d'impatience, comme si elle attendait quelqu'un. — Allons, la mère, dit enfin Lallement pour détourner ses soupçons, et prenant un accent étranger afin de se conformer à l'esprit de son rôle : vous dire nous le bonne aventure ?

— Volontiers mon garçon, dit la vieille, donne-moi ta main; mais tu me donneras encore une pièce d'or, car vous en êtes tout cousus, vous avez fait quelque bonne expédition ; je flaire les quadruples et les ducats sous vos manteaux.

— Vous vous trompez grandement, la mère Satan; mais tenez, dit Antoine, voici encore un ducat pour lui, c'est le dernier de ma bourse.

Elle prit la main du canonnier, la considéra avec une profonde attention, examina d'abord sa forme générale, ses proportions et ses rapports avec les membres vigoureux du soldat, puis suivit du doigt les lignes qui sillonnaient l'intérieur, compara les sept éminences qui correspondaient aux sept planètes, les sept lettres divines dont les chiromanciens prétendent reconnaître la figure, les étoiles et les signes particuliers qui se trouvaient dans la paume et les doigts, visita scrupuleusement la couleur et les taches naturelles des ongles, se recueillit un instant, et lui dit d'un air de conviction profonde et d'une voix

sépulcrale : Vous mourrez de mort violente. — C'est la mort
d'un soldat ! répondit Lallement sans s'émouvoir. Vous mourrez
bientôt, continua l'Egyptienne, et sans avoir réussi dans vos
desseins : il y a une influence d'un ennemi puissant, plus forte
que celle de votre planète, qui l'emportera sur tous vos efforts.
Et d'un mouvement brusque elle rejeta la main qu'elle tenait
dans les siennes.

A cette époque, la croyance à la chiromancie, cette divina-
tion mystérieuse dont les Bohémiens passaient pour posséder
la connaissance exclusive, était générale ; l'Eglise même, si
sévère pour ceux qui pratiquaient les arts magiques et les
sciences occultes, en tolérait l'exercice ; aussi les deux Lorrains
ne purent se défendre d'une certaine émotion en entendant cette
sinistre prophétie. Mais quelqu'inquiétude qu'elle leur inspirât
pour l'avenir, ils avaient à s'occuper d'un danger présent, car
ils comprenaient parfaitement dans quel guêpier ils étaient
venus se jeter.

— Eh bien ! dit Antoine d'un air insouciant, pour chasser
ces noires prédictions, ne pourriez-vous pas nous donner un
verre d'eau-de-vie qui réchaufferait un peu la mauvaise piquette
que vous nous avez fait boire. Allez nous en chercher, nous
la paierons raisonnablement.

— J'en ai là de l'admirable, répondit la Bohémienne, elle
vient d'un couvent de Bernardins dont nous avons vidé la cave
il n'y a pas longtemps. Ma provision s'épuise, mais nous la
renouvellerons bientôt quand nous entrerons à La Mothe. M. de
Magalotti a promis le pillage ; j'espère, mes amis, que nous
nous en donnerons à cœur joie ; toutes les richesses des mangeurs de lard y sont renfermées. Et des femmes ! Nous n'aurons pas eu pareille aubaine depuis Saint-Nicolas-de-Port. Et
elle leur apporta une bouteille déjà entamée. Tenez, dit-elle,
buvez, vous ne paierez pas une obole de plus.

— Au diable ! pensa Antoine, moi qui croyais l'obliger à

sortir.... Mais, reprit-il tout haut, avant de boire notre coup de l'oreiller, il faut mettre nos chevaux en sûreté.

— Vos chevaux? demanda vivement la mère Lajoie, où sont-ils vos chevaux?

— Nos chevaux, je les ai laissés à la belle étoile, attachés à la vieille croix du carrefour, à trois cents pas d'ici, tout sellés et bridés, avec nos valises sur le dos, et l'argent et les hardes qu'elles contiennent; si quelque rôdeur allait les enlever! je cours les chercher, je ne bois pas avant.

— Ne bougez pas, ne bougez pas! dit l'Egyptienne avec insistance, je vais les amener ici, il y a un petit hangard où ils seront à l'abri, et quand nos gens rentreront, ils en auront soin, je leur donnerai moi-même une bonne mesure d'avoine. J'y cours, de peur que quelque maraudeur sans foi ni loi ne mette la main dessus. Buvez de ma bonne eau-de-vie, je serai bientôt de retour.

— Allez donc la mère, dépêchez-vous, ou vous trouverez la bouteille vide.

La vieille prit une petite lanterne et sortit par la chapelle dont elle referma à clé la porte derrière elle. Antoine se leva doucement, et par la fenêtre brisée put voir la lumière qu'elle portait s'enfoncer dans le bois, par le sentier conduisant au carrefour qu'il lui avait indiqué; il revint près de Lallement.

— La maudite sorcière! dit tout bas celui-ci, elle a cru faire sa prédiction à coup sûr; flairez cette eau-de-vie, pouah! je suis sûr qu'elle l'a assaisonnée de quelque drogue qui nous aurait endormis pour nous livrer au couteau de ses bandits. Mais nous la ferons mentir, je l'espère. Vous avez bien fait de sacrifier nos chevaux pour sauver nos vies... Mon pauvre alezan! je le regretterai longtemps : quels nerfs, quelle allure!... il me venait d'un si bon maître!... Mais n'en parlons plus, car la bande sera ici dans un quart-d'heure; les entendez-vous siffler là-bas vers le carrefour des Biches?

— Oui, oui! dit Antoine; ils trouveront bien les chevaux,
ils visiteront les valises, ils y voleront quelques bonnes nippes,
mais notre argent est en sûreté dans nos ceintures, avec la
belle bague que Son Altesse envoie à Melle Henriette.

— Sortons par la porte de la cellule qui donne dans la forêt,
dit Lallement; elle est cachée comme la fenêtre par une couverture et masquée par ce tas de bois mort. Cette Bohémienne
avait pris ses précautions pour n'être pas surprise; mais, Dieu
merci! nous connaissions l'ermitage.

Ils déplacèrent quelques fagots, ouvrirent la porte et prirent
un sentier opposé à celui qu'avait suivi la vieille. Ils entendaient
déjà dans le lointain les pas de leurs chevaux.

— Si nous les attendions au coin d'un arbre, dit Antoine,
nous viendrions bien à bout de toute cette canaille de voleurs
de poules et de diseurs de bonne aventure.

— Non! répondit résolument Lallement, c'est à La Mothe
qu'il faut entrer, et l'entreprise est déjà assez difficile, sans
que nous mettions les Français à notre poursuite. Ils continuèrent donc leur marche jusqu'au bord du bois; là ils se cachèrent dans les broussailles jusqu'au matin, et dès que l'horizon s'éclaira des premières lueurs de l'aube, ils s'avancèrent
jusqu'au ravelin qui couvrait la poterne de Nancy. Ils firent le
signal convenu : un officier avec quelques hommes sortit pour
les recevoir; un avant-poste français accourut et échangea avec
les Lorrains une fusillade sans résultat, et Lallement et son
compagnon purent enfin rentrer dans la forteresse.

CHAPITRE XII.

En entrant dans La Mothe, cette ville qu'il aimait d'une affection si passionnée, au moment de revoir sa fiancée, Lallement n'éprouva pas cette joie sans mélange qu'il avait souvent ressentie après une longue absence : un sombre pressentiment le poursuivait. L'officier de garde à la poterne l'avertit que le gouverneur était souffrant d'une attaque de goutte et ne pourrait lui donner audience aussi matin ; il chargea Antoine de lui porter ses dépêches et de l'avertir quand il pourrait être reçu. Il se rendit alors dans le petit logement qu'il occupait dans la Grande-rue, changea de vêtements, puis courut au logis du chanoine Guyon. Il rencontra sur le seuil Guite, portant d'une main un papier couvert rempli de provisions, et de l'autre la grande canardière de son maître.

— Bonjour, Mademoiselle Guite, dit le canonnier, et où allez-vous si matin ?

— Sainte Vierge, c'est vous, Monsieur Lallement ! s'écria la gouvernante, vous avez été bien longtemps absent, vous revenez à point nommé, vous allez apprendre d'étranges nouvelles : M.elle Henriette ne vous attend guère. Mais entrez dans la salle basse, vous l'y trouverez travaillant déjà à sa broderie. M. l'abbé vient de dire sa messe, et comme il est de garde aujourd'hui, au bastion Saint-Antoine, je vais lui porter à la sacristie son déjeuner et son fusil ; je me hâte, car il n'aime pas d'attendre et me gronderait en latin ; mais je reviens dans un instant, j'ai tant de choses à vous raconter.

Le canonnier, un peu inquiet, frappa doucement à la porte de la salle, et la douce voix de Melle de Beaumont 'l'invita à entrer. Dès qu'elle l'aperçut, la joie, mais aussi la surprise mêlée d'un embarras qui ne put échapper au regard de son amant, se peignirent sur ses traits mobiles. Elle se leva un peu troublée, et l'accueillit avec une réserve inaccoutumée qui se dissipa dans le cours de leur entretien.

— Vous voilà donc de retour, Monsieur Lallement ! comment avez vous pu vous déterminer à revenir sitôt à La Mothe ? On pensait que vous ne quitteriez plus la cour de son Altesse, et que vous nous aviez tous oubliés.

— Avez-vous pu le croire, mademoiselle Henriette ? ne savez-vous pas qu'ici est tout ce que j'aime, et qu'il fallait un ordre formel du duc de Lorraine pour me retenir loin de vous... Mais vous vous plaisez à me tourmenter, n'est-ce pas ? M. de Germainvilliers vous a tout expliqué.

— M. de Germainvilliers ne m'a rien dit du tout... Allons, allons, mon bon ami, ne prenez pas cet air sombre, soyez tranquille, il m'a apporté l'ordre souverain de Charles IV, d'aimer mon sauveur; il faudra bien m'y soumettre.

— Est-il bien vrai, chère Henriette ? Ah ! si je pensais que votre volonté fût seulement influencée par le désir de votre prince, si je n'osais espérer que c'est en toute liberté et.... un peu pour moi-même.... que vous consentez à faire le bonheur d'un homme qui sent combien il est loin de mériter un tel trésor... dussé-je en mourir, je n'accepterais pas ce sacrifice.

— Mon Dieu ! que vos scrupules vont m'embarrasser ! À quel aveu voulez-vous me contraindre ? Cela n'est pas généreux. Mais tenez, comme j'ai à vous apprendre une nouvelle qui va vous alarmer, sans raison pourtant, il faut que je vous rassure tout de suite sur mes sentiments. Oui, mon ami, et elle cacha de ses deux mains la rougeur qui couvrait son visage charmant, oui, les désirs du duc de Lorraine sont d'accord avec les penchants de mon cœur.

L'heureux Lallement tomba à ses genoux et couvrit de baisers la main qu'elle lui abandonnait.

— Relevez-vous, Monsieur, relevez-vous... Mon Dieu! quel changement s'est opéré en vous! Que vous êtes maintenant galant et empressé! et pourtant, continua-t-elle d'un ton qu'elle s'efforçait de rendre railleur et léger, mais où perçait un peu de crainte, et pourtant vous avez un rival.

— Ah! fit le canonnier, dissimulant à son tour son trouble, ah! j'ai un rival! Mais vous voulez m'éprouver, et que m'importe, après tout, si c'est moi que vous préférez.

— Vous avez un rival qui aspire à ma main; beau, jeune, riche, brave, de bonne maison, qui, pour m'obtenir, renonce à son pays, à son avenir, qui, pour me voir, a bravé mille dangers.

— Quel est ce rival? Dites, dites, Mademoiselle! ne plaisantez pas, ne vous jouez pas d'un amour comme le mien.

— C'est M. de Cinq-Mars.

— Cinq-Mars! répéta Lallement avec un accent de mépris. Cinq-Mars, votre protecteur si désintéressé de Nancy. Croyez-moi, mademoiselle; sa passion n'a pas su résister à l'absence; depuis un an bientôt qu'il ne vous a vue, ses sentiments ont pu changer.

— Détrompez-vous, Monsieur, ses sentiments n'ont pas changé; hier soir encore j'en ai reçu de lui l'assurance.

— Il a osé vous écrire?

— Il me l'a dit lui-même, car il est ici.

— Ici? à La Mothe? lui? Cinq-Mars? un Français? Il est donc prisonnier?

— Non, il n'est pas prisonnier, il est venu offrir au gouverneur de prendre ici du service comme volontaire, il abandonne pour me revoir celui de France. Vous, Lallement, vous qui me parlez tant de votre amour, qui vous raillez du sien, seriez-vous capable d'un pareil sacrifice ?

— Non, Mademoiselle, répondit brusquement le canonnier, non ; je vous sacrifierais mille fois ma vie, mais mon honneur, jamais ! Vous ne voudriez pas de l'amour d'un infâme déserteur.

Henriette rougit, et une vive repartie allait jaillir de ses lèvres, mais la droiture et la bonté de sa nature firent taire le petit mouvement de coquetterie qui l'avait portée à exciter la jalousie de son amant ; elle lui tendit la main en lui disant : — Non, mon ami, je ne veux pas un autre amour que celui du cœur franc et loyal à qui j'ai donné le mien.

Guite rentra, assez mal à propos, pour mettre fin à l'abandon de cette conversation. Elle apprit à son tour à Lallement que deux officiers français s'étaient rendus depuis quelques jours dans la place ; que l'un d'eux était venu faire une visite au chanoine, qui avait reconnu en lui l'hôte mystérieux des ruines du château de Beaumont. C'est un gentilhomme fort poli et fort adroit, continua la gouvernante, il a fait beaucoup de compliments à M. l'abbé, qui a été enchanté de lui, parce qu'il a parlé latin comme un prêtre et causé chasse et faucons. Il a voulu caresser Médor ; mais notre chien, qui a plus de prudence et de bon sens que beaucoup de chrétiens, soit dit sans offenser Dieu, a reçu ses avances en grondant, et l'a même mordu à la main qu'il voulait lui passer familièrement sur le dos. Quant à moi, Monsieur Lallement, malgré les mines de Mademoiselle et les avertissements indirects, et la petite toux sèche de M. l'abbé, j'ai voulu user de mon droit d'être présente à toute la conversation. J'ai bien vu ses œillades à Mademoiselle, et j'ai bien entendu ses propos galants, et quand mon pauvre maître a eu la faiblesse de l'inviter à souper, j'ai répondu haut et net que je n'avais pas trop le temps de m'occuper de cuisine, et que quand le fiancé de notre jeune demoiselle était absent, et peut-être en danger de mort, nous ne pouvions pas fêter des étrangers. Il a fait une vilaine moue, mais cela m'est égal. Hier soir j'étais sortie pour voir nos enfants de chœur arracher la mèche d'une bombe qui était tombée derrière l'église; M. l'abbé était à l'office, en rentrant, j'entends aboyer notre chien, et je trouve dans cette salle l'aventurier Français qui gesticulait fort et était furieux que Médor l'empêchait d'entretenir Mademoiselle. Je l'ai engagé à sortir, et l'ai prévenu que, s'il reparaissait ici, j'avertirais M. de Germainvilliers, et qu'à votre retour, Monsieur Lallement, vous le mettriez à la raison. Il m'a répondu insolemment que lui-même n'avait pas de plus grand désir que de vous rencontrer et de vous ôter à jamais l'envie de rechercher la main d'une noble demoiselle.

— Ah! le gentilhomme français a dit cela! répéta Lallement, en caressant affectueusement Médor. Ah! mademoiselle Guite, ce jeune seigneur s'abaisserait jusqu'à me donner une leçon! Que je vous remercie d'avoir, *vous*, songé au pauvre canonnier absent !

— Et croyez-vous?.... dit Henriette; mais il serait au-dessous de moi de me justifier, et elle lui lança un regard fier et dédaigneux, où brillait une larme.

Aucune explication ne put avoir lieu, car en ce moment Antoine entra précipitamment et apporta au canonnier l'ordre de se rendre à l'instant chez le gouverneur qui voulait l'entretenir en particulier.

Il obéit aussitôt, et fut introduit dans la chambre de M. de Clicquot, qu'une attaque de goutte retenait au lit; il y avait près de lui les deux colonels Le Poivre et Remyon, commandants des deux régiments de la garnison. Le gouverneur questionna d'abord longuement le canonnier sur la situation des

armées lorraines et les dispositions du duc, puis lui dit : les
dépêches que vous m'avez apportées témoignent suffisamment
de l'état que Son Altesse fait de vous; je suis charmé de votre
retour, j'ai confiance en vous, et je vais vous en donner une
preuve éclatante ; j'ai prié ces deux Messieurs de se rendre ici
pour que je leur apprenne une chose surprenante, ils trouveront
bon que je vous confie ce secret comme à eux. Voici ce dont il
s'agit :

Vous savez, Messieurs, qu'il y a cinq jours, deux officiers
français de l'armée de M. de Magalotti se sont présentés devant
le ravelin de la poterne de Nancy, et ont demandé à être conduits
près de moi. Ils m'ont déclaré qu'ils avaient été autrefois au
service de la maison de Lorraine, qu'ils ne pouvaient se déterminer à porter les armes contre elle, et me suppliaient de les
admettre comme volontaires dans la garnison pour défendre
la place. Ils me donnèrent même des renseignements précieux
et dont j'ai vérifié l'exactitude sur les positions et les forces de
l'ennemi. Je les accueillis avec toute la défiance que doivent
inspirer des déserteurs à tout commandant d'une place assiégée,
je leur assignai deux logements différents : à l'un, chez M. de
Germainvilliers, à l'autre, chez M. le baron d'Urbache, mon
lieutenant; je recommandai à ces Messieurs d'avoir l'œil sur eux
et de surveiller strictement et sans affectation leurs moindres
mouvements, mais jusqu'ici rien de suspect n'avait paru dans
leur conduite. Hier j'étais alité par cette maudite goutte, quand
je reçus la visite de l'un d'eux, du capitaine Cinq-Mars. C'est
un joli cavalier, qui a de fort bonnes manières, beaucoup de
politesse, la parole douce, facile, insinuante. Nous étions tout
à fait seuls ; il commença par me plaindre des douleurs que
j'éprouvais, en disant qu'elles devaient m'être bien plus insup-
portables quand j'étais chargé de veiller nuit et jour à la
conservation d'une place si vivement attaquée; et pourtant,
ajouta-t-il, combien cette défense est inutile, contre une puis-

sance aussi formidable que la France, résolue de s'en emparer à tout prix ! Je voulus le voir venir, et je répondis qu'en effet je ne me dissimulais pas que nous n'avions aucune chance de succès. — Et pourquoi, demanda-t-il, verser tant de sang en vain, quand il vous serait si facile de terminer cette lutte inégale ? Ce serait rendre un signalé service au duc de Lorraine lui-même quede remettre la place à la régente.

— C'est un peu fort ! m'écriai-je, et voilà un paradoxe auquel je ne m'attendais pas.

— C'est cependant bien simple, répliqua-t-il, et vous allez en tomber d'accord avec moi. Il est impossible au duc votre maître de vous secourir; vous sauverez son honneur, ou, si vous l'aimez mieux, son amour-propre, en lui évitant une tentative dans laquelle il échouerait : d'un autre côté la reine-mère, je puis vous le garantir, est toute disposée à indemniser largement Son Altesse de la perte de cette ville, et, croyez-moi, Charles IV acceptera volontiers ce dédommagement; et vous, pour un si grand service, quelle récompense n'auriez-vous pas le droit d'attendre? Le bâton de maréchal de France n'en serait pas un prix trop élevé, et en outre les bienfaits de Son Eminence le cardinal se répandraient sur toute votre famille.

— Allez, lui dis-je, esprit tentateur, je ne veux pas vous entendre davantage... Et quand même j'oublierais à ce point le devoir de ma charge, ne faudrait-il pas sonder les dispositions de ma garnison ? Il faudrait encore, malade comme je le suis, me concerter avec M. d'Urbache, mon lieutenant; mais les douleurs du corps m'ôtent toute la liberté de mon esprit.

— Eh bien, Monsieur le gouverneur, reprit-il, méditez un peu mes propositions, et si vous devez vous en ouvrir à quelqu'un, que ce soit avec réserve.

— Hélas ! dis-je, j'y songerai malgré moi, mais je ne puis vous répondre en ce moment.

8

— Demain, reprit-il, je viendrai, si vous le permettez, m'informer du résultat de vos réflexions.

— Venez demain, répondis-je, je ne sais quel parti je prendrai, mais je serai bien aise de m'entretenir encore avec vous, le baron d'Urbache y sera; venez à onze heures du matin, je le ferai prévenir.

Il sortit, et je vis bien à son air de triomphe, qu'il ne doutait pas de m'avoir gagné. Qu'en dites-vous, Messieurs, n'ai-je pas bien joué la comédie?

— Parfaitement, dit le colonel Remyon : à trompeur, trompeur et demi; mais il va bientôt venir, quel rôle nous destinez-vous dans cette seconde entrevue?

— Je veux, répondit M. de Clicquot, que vous entendiez notre nouvel entretien, que sans être vus, vous soyez témoins de ses propositions; il nous faut des preuves palpables de sa trahison, avant de lui faire son procès.

— Il ne serait pas long si vous m'en vouliez croire, je le ferais pendre à la pointe d'Ische ou aux créneaux de la tour du retranchement.

— Vous oubliez que nous avons ici M. Du Boys de Riocour, lieutenant-général du bailliage, qui ne l'entendrait pas ainsi; c'est un magistrat intraitable sur les droits de sa robe, et avec les pleins pouvoirs qu'il tient de Son Altesse, il faut en ce point me soumettre à son autorité.

— M. le gouverneur a raison, dit le canonnier; il faut d'ailleurs que personne, que personne au monde ne puisse douter du crime de ce Français et du motif qui l'a fait s'introduire dans la ville.

— Ainsi, Messieurs, vous allez passer dans ce cabinet, derrière cette tapisserie : vous ne pourrez voir, mais vous entendrez tout.

Les deux colonels et Lallement se cachèrent dans ce réduit; un instant après, un domestique annonça M. le baron d'Urbache et le capitaine Cinq-Mars. M. de Clicquot ordonna qu'on les fît entrer, et les engagea à s'asseoir au chevet de son lit.

Après les premiers compliments, l'officier français aborda le sujet de leur conversation de la veille.

Vous avez sans doute réfléchi à mes propositions, Monsieur le gouverneur ? Je vais au fait sans détour : Monsieur votre lieutenant m'a donné à entendre que vous lui en aviez parlé.

— Vos propositions, capitaine, étaient-elles sérieuses ? N'était-ce pas un pur jeu d'esprit ? ou peut-être une manière agréable de vous railler de moi ? Et, en admettant que vous ayez parlé sincèrement, était-ce en votre nom seulement, ou bien y étiez-vous autorisé par quelqu'un d'assez puissant pour tenir vos promesses ?

— Monsieur, vous ne me supposez pas capable, je l'espère, de me jouer d'une personne de votre rang et de votre qualité. Je tiens mes pouvoirs de quelqu'un assez haut placé pour que M. de Magalotti lui-même s'empresse de m'avouer et de confirmer mes paroles. Si vous me permettez de retourner au camp, je vous en apporterai l'assurance écrite.

— Je vous crois, Monsieur, et demain vous aurez ma réponse définitive.

— Je vous prie de ne pas la faire attendre : Madame la régente et Monseigneur le cardinal de Mazarin sont fort offensés et irrités des pasquinades et des vers infâmes que se permettent vos officiers et jusqu'à vos soldats contre leurs personnes augustes, qu'ils chantent du haut des remparts et ont même l'audace de jeter dans nos tranchées, et vous auriez pu en porter la peine.

— Comment, dit Clicquot, évidemment troublé, Sa Majesté et Son Eminence se trouvent outragés de quelques plaisanteries peut-être un peu libres et voudraient m'en rendre responsable ? Cela ne serait pas possible !

— La reine est Espagnole, Monsieur le gouverneur : elle ne

sait ni punir, ni récompenser à demi... Vous vous souvenez de mes propositions formelles : rendez la place aux armes de Sa Majesté, vous aurez le bâton de maréchal, un gouvernement pour votre fils, et des marques solides, sonnantes de la munificence de la cour ; votre lieutenant, les officiers que vous désignerez ne seront pas oubliés dans la distribution des pensions et des honneurs.

— Et le duc de Lorraine ?

— Ah ! oui, le duc de Lorraine aura une indemnité. Mais si vous refusiez, la reine se souviendrait des chansons. Maintenant que nous sommes bien près de nous entendre, je vous demanderai une grâce, c'est de me laisser un peu communiquer avec mon compagnon que vous avez logé chez M. de Germainvilliers. Nos hôtes nous ont tenu si fidèle compagnie, qu'il nous a été impossible de nous voir jusqu'à présent.

— Vous le verrez aujourd'hui même, Monsieur, répondit M. de Clicquot en riant, et d'Urbache en parlera à M. de Germainvilliers.

— A demain donc ! Monsieur, dit Cinq-Mars, et il sortit avec d'Urbache.

Quand la porte se fût refermée derrière eux, les trois témoins invisibles de cette scène sortirent de leur cachette.

— Vous allez sans doute le faire arrêter, dit le colonel Remyon.

— Je vais d'abord faire mander M. Du Boys de Riocour ; il agira pour le mieux : vous conterez cela à M. de Germainvilliers seulement, Lallement, en le priant de passer le soir chez moi ; je vous recommande à tous le secret. Mais ne trouvez-vous pas singulier, Messieurs, que la reine-mère prétende me rendre responsable des chansons et des vers satiriques des beaux esprits de la garnison ?

— Ah ! ah ! c'est plaisant ! s'écria le colonel Le Poivre ; quand elle connaîtra les nouveaux couplets que nos soldats chantaient

ce matin sur ses amours avec maître Gonin, comme ils appel-
lent le Mazarin, elle sera furieuse. Voulez-vous que je vous
en régale? Ils ne sont pas mauvais; c'est sur l'air : *Lon, lon,
la! laissez-les passer, les Français dans la Lorraine.*

— Non, Messieurs, dit le gouverneur d'un ton sévère, et
désormais ne souffrez pas que vos soldats se permettent de ces
grossières plaisanteries, nous pourrions bien les payer cher;
je donnerai des ordres rigoureux à cet égard.

— Oh! oh! dit le colonel Remyon en descendant l'escalier,
le Français a trouvé le défaut de la cuirasse du gouverneur.
C'est sans doute la goutte qui le rend si courtois et si scrupu-
leux à l'endroit de l'Homme-Rouge et de sa royale maîtresse;
à sa place j'aurais fait arrêter et pendre leur émissaire à la
garde-montante.

— Laissez faire M. de Riocour, répondit Le Poivre, le Cinq-
Mars sera pendu dans les formes, mais il ne sera pas moins
pendu.

— Oui, se dit à lui-même Lallement qui sortait derrière
eux, oui, l'espion mourra de la mort des traîtres. M. de Clicquot a faibli, mais M. de Riocour fera son devoir, sans ména-
gement... Et pourtant Henriette l'a aimé!... Non! non! chas-
sons cette pensée qui me rendrait fou... elle a cru à
son amour, à son dévoûment; mais je suis arrivé à temps
à Nancy une fois, à La Mothe une autre... O les femmes! les
femmes!... Pourtant cet impudent aventurier peut prononcer
son nom, il peut la compromettre dans un interrogatoire; elle-
même, que dira-t-elle d'ailleurs en le voyant condamner au
supplice? Il ne mérite pas ma pitié! mais puisqu'elle a éprouvé
pour lui... de... l'intérêt, je ne veux pas qu'il meure sur un gibet, je veux le sauver du déshonneur. Je vais trouver M. de
Germainvilliers : il ne me refusera pas le service que j'attends
de lui.

CHAPITRE XIII.

M. de Germainvilliers revit avec plaisir son compagnon d'armes ; ils parlèrent d'abord des événements qui s'étaient passés depuis leur séparation, des campagnes du duc Charles, du siége actuel de La Mothe, puis de l'arrivée de Cinq-Mars. Lallement raconta la scène dont il avait été témoin chez le gouverneur, ce qui porta au dernier degré l'indignation du vieil officier ; enfin, il put aborder le sujet principal de sa visite. Oui, dit-il, avant que M. de Riocour ne s'en mêle, j'ai résolu de le sauver du gibet ; et je compte sur vous, Monsieur, pour m'aider à lui rendre ce service, dont il n'est pas digne, je le sais bien.

— Et comment espères-tu t'y prendre pour accomplir cette œuvre de miséricorde, et en quoi veux-tu m'y associer ?

— Ecoutez-moi, Monsieur, répondit Lallement, en s'animant peu à peu, cet homme, à Nancy, s'est permis de poursuivre de ses hommages Melle Henriette, cet homme s'est vanté près de l'abbé Guyon qu'il obtiendrait du roi de France l'investiture du fief de Beaumont ; depuis qu'il est à La Mothe, il a osé pénétrer chez elle, et quand on l'a averti qu'elle était ma fiancée, il a dit ces téméraires paroles : « Qu'il n'avait pas de plus grand désir que celui de me rencontrer et de me donner une leçon qui me dégoûterait à jamais de rechercher en mariage une noble demoiselle.»

— Malheur à lui, s'il a dit cela! interrompit M. de Germainvilliers : j'ai vu un temps où tu n'aurais pas laissé une heure une pareille menace impunie, et maintenant je comprends moins que jamais cette singulière pitié qui vient te saisir pour lui. Laisse faire M. de Riocour, tu seras bientôt vengé.

— D'abord je ne veux pas que les robes rouges me vengent, ensuite je ne veux pas que le nom de M.elle de Beaumont soit mêlé à toutes ces procédures et écrit par un greffier, enfin je ne veux pas qu'un homme qui, après tout, l'aimait peut-être, subisse un supplice infamant sous ses yeux.

— Hé bien ?

— Eh bien ! Monsieur, vous savez que je me suis battu quelquefois ; mais jamais dans un combat singulier je n'ai tiré l'épée que quand il fallait punir un outrage à mon honneur, à celui de la maison de M. d'Ische ou à mon pays. Pourtant, quand j'ai tué à Bar le colonel écossais Ebron, je m'étais promis que ce serait mon dernier duel : il y a dix ans de cela, et j'ai tenu parole. L'année dernière encore, à Bruxelles, pendant le grand carrousel donné par le duc de Lorraine, j'ai résisté à la tentation de corriger un Espagnol qui se permettait de parler mal de Son Altesse. Aujourd'hui j'y ai bien réfléchi, c'est le seul parti que j'aie à prendre, et pour punir ce Français, en lui évitant la corde ou la hache du bourreau, c'est un cartel à mort que je vous prie de lui porter de ma part.

— Eh ! eh ! ton idée n'est pas mauvaise, morbleu ! Il a tout à gagner à ta proposition : si tu le tues, et tu le tueras, car tu es la meilleure lame que je connaisse, si tu le tues, il mourra fort honorablement ; s'il te tue, il aura eu cette compensation avant de subir son jugement, et comme, après tout, il ne peut échapper à la mort qu'il mérite comme traître et félon, je ne vois aucun inconvénient à me mêler de cette affaire, et je vais le trouver et lui exposer clairement tous les avantages de ta proposition.

— N'oubliez pas, Monsieur, reprit vivement le canonnier, qu'il faut seulement le défier de ma part, à cause de M.elle de Beaumont : gardez-vous de lui parler du danger qu'il court pour son complot de trahison. M. de Clicquot veut qu'il reste à cet égard dans une entière sécurité ; je crains toujours que M. de Riocour ne le fasse arrêter.

— Sois tranquille ! je m'acquitterai convenablement de ta commission. Ton homme est en ce moment chez moi : tu sais que M. de Clicquot m'a fait la grâce de me charger de loger et de surveiller son compagnon, M. Louis de... de..., ma foi un nom baroque que le diable emporte ! M. d'Urbache avait le même emploi près de ton Cinq-Mars ; on'nous avait défendu de les laisser communiquer ensemble, mais depuis un instant la consigne est levée, et ton rival est dans la chambre de son ami ; attends-moi, je vais lui porter ton message.

Et il monta à l'appartement où les deux Français avaient en ce moment une conversation mystérieuse.

En sortant avec Cinq-Mars de l'hôtel du gouverneur, M. d'Urbache l'avait lui-même conduit au logis de son compagnon et les avait laissés en tête-à-tête, pour la première fois depuis leur entrée à La Mothe.

Cinq-Mars serra affectueusement la main de son ami, et, avant de prononcer une seule parole, fit le tour de la chambre, furetant dans tous les coins, soulevant la tapisserie, pour s'assurer que personne ne pouvait les entendre.

— Je crois qu'il n'y a aucun danger qu'on nous écoute, lui dit l'autre à demi-voix ; mais parle bas, c'est plus sûr. Eh bien ?

— Eh bien ! répondit Cinq-Mars, victoire complète, la ville est à nous !

— Impossible ! la jeune fille, je ne dis pas : mais la ville ?

— Oui, la ville est à nous ! le gouverneur est un homme sans énergie, affaibli par la maladie, qui, malgré son prétendu courage, tremble à la seule idée des vengeances de la reine-mère. J'ai manœuvré admirablement : il nous livrera La Mothe.

— Viens que je t'embrasse ! Oh ! si le cardinal de Richelieu vivait encore, de quel prix il paierait une pareille conquête ! Son Eminence, Monseigneur Mazarin est moins magnifique ; mais tu peux compter sur une brillante récompense.

— Tu n'as pas oublié ce qui m'a été promis : la terre de Beaumont arrondie de quelques centaines d'arpents de bois, le titre de vicomte, une pension sur l'Etat...

— Sans compter la main de la jeune fille. Y tiens-tu toujours ? tu n'en parles pas.

— La main de la jeune fille n'est pas à la disposition de la régente ni de son ministre. C'est d'Henriette seule que je veux l'obtenir.

— Admirable ! sur ma parole ! Amadis de Gaule n'aurait pas mieux parlé !

— Ecoute, Louis, tu n'es pas fait pour comprendre, pour apprécier l'amour que cette femme m'inspire. Au milieu de ce tourbillon d'égarements, de passions violentes, qui emporte mon existence, cette jeune fille m'est apparue à Nancy comme un ange de grâce et de bonté...

— L'ange du More-qui-Trompe ! un ange que tu aurais pu acheter de Catherine, en enchérissant sur les offres de d'Espagny ! C'est trop plaisant, de par Dieu !

— Ne blasphème pas, Louis ! tes froides railleries, qui ont tant de fois glacé les sentiments généreux qui voulaient s'éveiller en moi, ne peuvent rien contre cet amour.

— Et cet amour platonique, digne de Céladon, est-il partagé par Astrée ?

Cinq-Mars se mordit les lèvres : il l'était, dit-il, il l'était ! Tu sais bien qu'elle avait consenti à me suivre à Toul, que j'allais tout préparer pour l'y recevoir et la soustraire aux poursuites du marquis d'Espagny, quand cette infernale expédition a fait échouer tous mes desseins. Après la bataille de Liffol, j'accourus à Nancy, elle avait disparu, et la Laveline me jura ses grands dieux qu'elle ignorait ce qu'elle était devenue. Je l'ai cherchée à Bar au couvent des Sœurs-Claires, où Catherine supposait qu'elle avait pu s'enfuir près de Mme d'Ische, sa marraine : elle n'y était pas. Je suis allé à Beaumont, on n'en avait pas de nouvelles, et enfin j'ai conjecturé qu'elle était ici, réfugiée chez le vieux curé de son village, qui nous avait tant divertis par ses citations latines, et qui est maintenant chanoine à La Mothe. C'est ce motif, c'est l'espoir de la retrouver qui m'ont déterminé si promptement à accepter la mission périlleuse de venir tenter la fidélité du gouverneur. Je ne m'étais pas trompé, Henriette habite chez ce vieux chanoine, sous la garde d'un dragon en jupons, d'une servante acariâtre qui veille sur elle avec un soin jaloux. J'ai pu cependant la revoir, l'entretenir seule. Oh ! Louis, c'est toujours la plus ravissante créature que j'aie rencontrée. Je n'en doute pas, j'aurai bientôt repris sur elle tout mon empire ; mais le croiras-tu ? j'ai honte de te le dire, elle est fiancée à un autre.

— De son consentement ?

— De son consentement ; arraché, je le suppose bien, quoiqu'elle refuse vertueusement d'en convenir, par l'ordre de Charles IV.

— Diable ! cela devient bien plus piquant. Son Altesse, le prince sans-terres, a donc récompensé ainsi économiquement les prouesses d'un des grands seigneurs de sa maigre cour ?

— Non, Louis, aie pitié de moi ; il la donne, avec *mon* fief de Beaumont, à un canonnier de la garnison, sans aveu, sans naissance.

— C'est très flatteur pour toi. Mais quant au fief, l'investiture du roi de France est un peu plus sérieuse que celle de ce pauvre duc ; tu sais bien qu'elle suivra immédiatement l'entrée de Magalotti à La Mothe. Si tu tiens encore à l'héritière, ce

qui sera très généreux de ta part, crois-moi, presse-la un peu,
elle sera la première à engager son chanoine à célébrer votre
mariage ; et à l'égard du fiancé malencontreux, après le service
que tu rends à l'Etat, on ne peut te refuser de loger dans une
de ses meilleures prisons, pour le reste de ses jours, un rebelle
qui a l'audace de disputer à un fidèle serviteur de Sa Majesté
très chrétienne, sa maîtresse et son domaine.

— Malheureusement il n'est pas ici, il est à l'armée du duc
Charles, mais on l'attend au premier jour.

— Eh bien ! il faut le recommander d'une manière particulière aux honnnêtes Bohêmiens de la mère Lajoie, qui nous
ont si adroitement introduits ici. Ils se tiennent là-bas, à notre
disposition, dans le bois de La Roche, attendant le pillage de
la ville. Puisque nous y entrerons sans combats, nous les
dédommagerons en leur abandonnant ce malôtru, ils s'en dé-
barrasseront d'une manière ou d'une autre. Nous le ferons
aussi consigner aux portes, s'il leur échappe, et j'obtiendrai
facilement de M. de Magalotti un ordre de le loger dans un des
cachots les plus sûrs de la Bastille ou du château de Bicêtre,
afin que rien ne vienne troubler ta douce vie de châtelain de
Beaumont.

— Tu es un ami parfait, Louis, et je me conformerai en
tous points à tes conseils. Je t'avouerai cependant ma faiblesse :
j'aurais voulu rencontrer ce misérable canonnier et lui passer
mon épée au travers du corps.

— Fantaisie chevaleresque ! dit Louis, en haussant les
épaules, le vilain n'est pas digne de ta colère. Tu aurais trop
bon marché du pauvre diable, toi le meilleur élève du meilleur maître d'escrime de France et de Navarre, du signor Lo-
renzo Spadella... Mais parlons sérieusement : nous ne sommes
pas venus ici, rappelle-toi-le bien, jouer nos têtes pour des
amourettes de roman, ou des duels ridicules, nous sommes venus
pour livrer la ville à la France : tu t'y es engagé, et dans ta

position il n'y a pas à reculer. Tu vas m'expliquer clairement ce que tu as arrêté avec ton gouverneur, et tu obtiendras de lui que ce soir nous nous promenions sur les remparts, afin que je fasse le signal convenu, ensuite que demain il me laisse retourner au camp de M. de Magalotti, sinon je croirai que toi ou lui vous me trompez, et tu sais bien qu'on ne se joue pas de moi.

— Cinq-Mars lança à son ami un regard sombre et presque féroce ; mais celui-ci le soutint fixement sans sourciller, tout en portant la main sur un riche poignard posé sur la table près de laquelle ils étaient assis.

En ce moment on frappa à la porte, et les deux Français composèrent leurs physionomies. M. de Germainvilliers se présenta.

— Pardon si je vous dérange, Messieurs, dit le vétéran ; mais j'ai deux mots à dire à M. de Cinq-Mars.

— Vous pouvez parler devant mon ami, Monsieur.

— Voici le fait : il y a ici un brave soldat de la garnison, notre maître canonnier, à qui je porte un intérêt tout particulier. Il se trouve offensé de vos attentions pour M.lle de Beaumont, sa fiancée, et de propos injurieux que vous auriez tenus sur son compte, et il m'a chargé de vous demander la satifaction qu'en pareille circonstance se doivent des militaires. Voici la mesure de la longueur exacte de son épée.

— Monsieur, soyez le bien-venu ! Je suis ravi d'apprendre le retour de votre protégé, et je n'ai qu'un regret, c'est qu'il m'ait prévenu et ne m'ait pas laissé le temps à moi-même de lui demander raison de son impertinence d'aspirer à la main d'une demoiselle sur laquelle j'ai des droits mieux fondés que les siens.

— Monsieur, reprit M. de Germainvilliers avec hauteur, nous ne discuterons pas cette question, parce que je ne veux pas sortir de mon rôle pacifique : je vous dirai seulement que les droits de M. Lallement sont fondés sur la préférence de sa fiancée, le consentement et l'approbation de Son Altesse.

— Titres très respectables, mon cher hôte ! répliqua Louis avec impertinence, mais avant que mon ami ait la condescendance de se mesurer avec votre intéressant protégé, je me permettrai une simple question : Est-il gentilhomme ?

— Mon protégé, Monsieur, vous pouvez dire mon ami, est gentilhomme, gentilhomme lorrain ! je vous en donne ma parole.

Les deux Français s'inclinèrent.

— Maintenant, continua-t-il, comme dans une ville assiégée nous avons peu de temps à perdre, nous allons régler au plus tôt cette petite affaire. Je suppose, Monsieur de Cinq-Mars, que votre ami ici présent vous sert de second ; veuillez prendre vos épées et descendre dans mon jardin. M. Lallement nous y attend, et je serai son témoin ; personne ne viendra nous y interrompre.

— Vous êtes un homme précieux ! Monsieur de Germain-villiers, et nous sommes à vos ordres.

Les deux Français prirent leurs épées et descendirent derrière lui ; il ouvrit la porte d'un très petit jardin entouré de hautes murailles, et ils trouvèrent Lallement se promenant dans l'étroit espace.

— Tout est-il convenu, Messieurs ? demanda-t-il de sa voix brusque. Hâtons-nous, c'est un duel à mort ! Et il ôta son pour-point et se plaça au milieu de l'allée, pendant que Louis, suivant l'usage, lui passait les mains sur la poitrine et les bras pour s'assurer qu'il ne portait point d'armes défensives cachées. Pendant ce temps, M. de Germainvilliers accomplissait le même cérémonial à l'égard de Cinq-Mars, de sorte que les deux rivaux, qui se rencontraient pour la première fois, n'avaient pu encore s'examiner réciproquement. Leurs deux témoins se mirent à leurs côtés l'épée à la main, ils sortirent aussi les leurs

du fourreau, se saluèrent, se mirent en garde chacun avec une
égale aisance et un aplomb aussi parfait, et tous deux, à la
fois, en considérant la pose, les mouvements souples, la fermeté des muscles des bras et du jarret de leur adversaire, pen-
sèrent qu'ils avaient trouvé un ennemi digne d'eux. Les témoins
de ce duel, qui promettait des deux parts un si terrible achar-
nement, une si égale adresse, avaient aussi chacun perdu un
peu de sa confiance dans la supériorité éprouvée de son tenant,
et en attendait l'issue avec anxiété, quand tout à coup Lallement, qui venait de fixer enfin pour la première fois ses regards
clairs et perçants sur ceux de Cinq-Mars, baissa la pointe de
son épée, rompit de deux pas, et d'une voix empreinte d'un
indicible dédain, dit : — « Je ne me bats pas avec cet homme ! »

Cinq-Mars, livide de fureur, voulut se précipiter sur lui,
mais leurs témoins, quoique saisis d'un égal étonnement,
s'avancèrent promptement et croisèrent leurs épées devant eux,
en demandant à Lallement la cause de son étrange conduite.

— Je vais vous la dire, répondit-il avec un calme parfait,
mais à une condition, c'est que M. de Germainvilliers me pro-
mettra, sur sa parole d'honneur, de n'en parler à personne
et d'en garder, avec tout le monde sans exception, le secret
le plus absolu.

— Je te la donne, dit le vétéran, tu n'es pas homme à en
abuser, mais parle vite.

— Je ne me bats pas avec un assassin ! Cet homme, ce capitaine au service de France, ce chevalier de Cinq-Mars, c'est
l'ancien page du duc de Guise, c'est le Besme !

— Le Besme ! s'écria avec horreur Germainvilliers, le
Besme, qui deux fois a attenté aux jours de Son Altesse ! O
monstre d'enfer, as-tu bien osé pénétrer dans La Mothe et
souiller ma maison de ta présence ? Ta punition ne se fera pas
attendre.

— J'ai votre parole, Monsieur de Germainvilliers, interrompit le canonnier, vous ne pouvez profiter de la révélation que je vous ai faite. Oh! ajouta-t-il tout bas, d'une voix suppliante, voulez-vous tuer M.elle de Beaumont en lui apprenant quel misérable osait lever les yeux sur elle?

— Tu m'as surpris cette promesse, c'est une indignité, répondit tout haut le vieux gentilhomme, tu me rends complice de ta haute trahison, en m'empêchant de livrer à la justice un criminel de lèse-majesté.

— N'en croyez pas un mot, Monsieur, reprit le Besme avec une froide audace, c'est un moyen ingénieux, inventé par votre protégé, pour éviter un combat qu'il avait provoqué. Mais nous nous reverrons. J'espère pourtant que vous garderez la parole que vous lui avez donnée, que vous ne répéterez pas une calomnie qui peut me perdre. Je me charge de vous fournir, d'ici à demain, des preuves convaincantes de la fausseté de cette indigne accusation. Voici mon ami, M. Louis de Guebenhouse, qui vous attestera que je suis bien le capitaine Cinq-Mars, et n'ai rien de commun avec l'homme dont on vous parle.

— Je puis l'affirmer, dit M. de Guebenhouse avec une impudence aussi imperturbable, je connais M. de Cinq-Mars depuis longtemps, sous les rapports les plus honorables, et je ne comprends rien à cette fable absurde.

Un langage aussi net aurait fait douter M. de Germainvilliers s'il n'avait connu le dessein dans lequel Cinq-Mars s'était introduit à La Mothe. Il regarda Lallement; mais celui-ci, heureux au fond de l'âme de l'indignité de son rival, ne daigna pas répondre, et se contenta de le toiser d'un regard méprisant.

— Vous pouvez rentrer chez vous, Messieurs, dit Germainvilliers après un long silence.

Guebenhouse se pencha vers le Besme : — Nous sommes à leur merci, dit-il tout bas; s'ils parlent nous sommes perdus, et si Clicquot t'a trompé nous le sommes encore. Il faut qu'ils ne sortent pas vivants d'ici. Charge-toi de Lallement, je n'en aurai pas pour une minute avec l'autre, et je t'aiderai après s'il le faut.

— Et que ferions-nous ensuite ? Comment sortir nous-mêmes ? répondit aussi bas Cinq-Mars. Ils ne parleront pas ; j'ai peut-être tort, mais j'ai foi en la parole de ces deux mangeurs de lard. Et Clicquot est à nous, je cours chez lui brusquer le dénoûment.

Mais comme ils sortaient du petit jardin et rentraient dans le vestibule, suivis des deux Lorrains, on heurta avec force à la porte d'entrée de la rue ; un domestique ouvrit, et M. Du Boys de Riocour, lieutenant-général du bailliage de Bassigny, parut escorté d'un détachement de soldats.

— Au nom de Son Altesse le duc de Lorraine, dit-il d'une voix solennelle, en se tournant vers l'officier qui l'accompagnait, Monsieur de Saint-Ouen, nous vous ordonnons d'arrêter et de conduire à la prison du bailliage ces deux déserteurs français, les capitaines Cinq-Mars et Guebenhouse, accusés du crime de haute trahison, d'avoir voulu livrer la place à l'ennemi.

La garde emmena les deux coupables, malgré leurs protestations ; mais le Besme eut le temps de dire très bas à Guebenhouse, en lui serrant la main : « Sois tranquille, je te sauverai, mais songe à me délivrer quand tu seras libre. »

CHAPITRE XIV.

Louis XIII, en s'emparant de la Lorraine en 1634, avait, par un édit du 16 septembre, établi le conseil souverain de Nancy, chargé de rendre la justice en son nom, et avait supprimé, avec les tribunaux supérieurs des deux duchés, l'institution célèbre des Assises de l'ancienne chevalerie. Charles IV, dépouillé de la plus grande partie de ses Etats, ne voulut pas que le peu de pays qui lui restaient soumis fussent privés des bienfaits d'une justice régulière, et l'année suivante il créa une cour souveraine ambulatoire qui, suivant les vicissitudes de la guerre, tenait ses séances alternativement à Sierck, à Longwy, à Vaudevrange, et même à Luxembourg. A la petite paix, malgré les murmures de sa noblesse, il ne rétablit pas le tribunal des Assises, mais donna une forme définitive à cette cour souveraine, qu'il substitua aux anciennes juridictions, et chargea, par son édit du 7 mai 1641, « de connaître, juger et décider souverainement, sans longueurs et involutions de procès, de toutes appellations et plaintes, tant en matières civiles que criminelles, dans les duchés de Lorraine et de Bar, et autres terres de son obéissance. » Mais à peine était-elle installée, que la conquête française vint la chasser de la capitale, et bientôt de tout son ressort, et la rendre errante à la suite du prince, comme autrefois le parlement de Paris à la suite du roi Charles VII. Deux des conseillers, messire Nicolas

Rouyer et messire Nicolas Du Boys de Riocour étaient en ce
moment à La Mothe, le premier comme intendant du duc, le
second comme lieutenant-général du bailliage, et c'est à eux
qu'il appartenait d'instruire concurremment le procès de Cinq-
Mars et de Guebenhouse, dont les pièces devaient être ensuite
transmises à la cour, seule compétente pour prononcer leur
arrêt.

Cette information ne fut pas bien longue. Les deux magistrats, après avoir reçu la déclaration du gouverneur, interro-
gèrent séparément les deux accusés que l'on avait eu soin de
placer dans des cachots différents, en y mettant ces formes froides, sévères, et même menaçantes qu'employaient alors les
organes de la loi. Tous deux nièrent d'abord avec audace tout
projet, toute tentative de corruption de M. de Clicquot ; ils soutinrent ce système avec une égale persistance, quand ils
furent mis en sa présence et celle du baron d'Urbache.
Mais confronté avec les témoins invisibles de son entrevue, les colonels Remyon et Le Poivre, le Besme perdit un peu de son assurance, il comprit qu'il ne pouvait continuer à se renfermer dans ces dénégations abso-
lues, il avoua à demi, soutenant qu'entré à La Mothe avec l'intention bien arrêtée de se dévouer au service de Lorraine, il
avait vu, aux discours décourageants du gouverneur, que
c'était une cause perdue, que les ouvertures que celui-ci lui
avaient faites lui avaient fait concevoir le dessein de ménager
un accommodement favorable autant au duc qu'à la France ;
avec une astuce infernale, il chercha à le compromettre autant
qu'il le pouvait dans ses réponses, trouvant en même temps
moyen de l'inquiéter encore en insistant toujours, sans affectation, sur la colère de la reine-mère et la haine personnelle
qu'elle lui portait, à cause des railleries de ses soldats. Il eut
la satisfaction de voir, à la contenance de Clicquot, que le trait
avait porté.

L'épreuve décisive pour lui était sa confrontation avec Lallement, qui, d'un seul mot, pouvait le confondre. Mais il n'avait
pas trop présumé de la générosité exagérée de son rival, dont
il devinait les motifs secrets : le canonnier le traita avec un
froid mépris, il ne prononça pas ce mot fatal, ce nom de
Besme, qui renfermait à lui seul une accusation si terrible, il
ne parla que de la visite au gouverneur, dont il avait été
témoin, et rapporta la conversation qu'il avait entendue, sans
exagération et sans commentaires. Le Besme respira plus librement, et fit à peine, et sans la moindre apparence d'aigreur,
quelques observations sur cette déposition. Dans tous ses inter-
rogatoires il soutint d'ailleurs que Guebenhouse était venu
avec lui pour servir, de bonne foi et sans arrière-pensée,
comme volontaire dans la garnison ; que depuis leur entrée
dans la ville ils n'avaient eu ensemble aucune communication,
et que par conséquent il n'avait pu lui faire part du changement survenu dans ses dispositions, par suite des suggestions
de M. de Clicquot.

Guebenhouse, à son tour, tint le même langage ; son complice seul aurait pu le charger, mais les autres témoins n'avaient
rien à dire qui lui fût défavorable, et lui, le mauvais génie
qui avait poussé le Besme dans cette carrière des crimes,
paraissait évidemment innocent de toute participation au
complot.

Quand l'instruction fut formalisée, il fallut la soumettre à
la cour souveraine actuellement à Longwy, car tel était le respect pour les lois et les coutumes antiques, que, quelqu'évident
que semblât le crime imputé à Cinq-Mars, quelque fût l'horreur
qu'il inspirait à cette population et à cette garnison fidèles,
quelque urgent qu'en parût le châtiment, ni le gouverneur,
ni les magistrats ne songèrent à se prévaloir de la presqu'impossibilité des communications avec la cour, et des circonstances extraordinaires dans lesquelles les plaçait le siége

de la ville, pour se mettre au-dessus des formes judiciaires consacrées, et prononcer sur le sort des accusés.

Il s'agissait pourtant de trouver un messager assez intelligent et assez courageux pour porter cette procédure à Longwy, et en rapporter l'arrêt de la cour souveraine. M. de Clicquot aurait voulu y envoyer Lallement, habitué à ces missions périlleuses, dont il s'était acquitté jusqu'alors avec autant de bonheur que d'adresse; mais heureusement pour le canonnier qui, sans doute, aurait énergiquement décliné un honneur qui l'aurait encore une fois éloigné des objets de ses plus chères affections, ses canons et sa fiancée, M. de Riocour insista pour que cette charge essentiellement judiciaire fût confiée à un vieil huissier du bailliage, borgne, un peu ivrogne, mais alerte, rusé, bon marcheur, hardi, et qui aurait signifié un exploit à Lucifer lui-même, parlant à sa personne, s'il en avait reçu l'ordre du lieutenant-général.

Le praticien accepta sans difficulté, et après avoir caché et cousu ses parchemins dans son haut-de-chausse et pris le déguisement d'un mendiant, sortit dans la nuit par la poterne de de Nancy, se glissa à travers les halliers et les rochers jusqu'au bas de la montagne, évitant les corps-de-garde français, il gagna les bois, et de là poursuivit sa route vers Longwy.

Le lendemain matin, un tambour de la garnison sortit aussi par la porte de France, et porta à M. Magalotti une lettre de M. de Clicquot, qui le raillait spirituellement du peu de succès qu'avait eu son espion, et l'avertissait qu'il pourrait le voir incessamment suspendu à un gibet sur le haut des remparts.

Cependant, depuis la rentrée de Lallement à La Motte, sa position était assez désagréable. Germainvilliers ne lui pardonnait pas le secret auquel il l'avait condamné, en lui demandant sa parole, et il le traitait avec une froideur marquée toutes les fois qu'ils se rencontraient. D'un autre côté, le canonnier redoutait une entrevue avec Henriette, et n'avait encore osé se présenter une seconde fois chez le chanoine. Comme il avait repris le commandement de l'artillerie, tous ses moments étaient employés à l'armement des Latteries, et dans ce service il éprouvait souvent de vives contrariétés, car M. de Clicquot, jaloux à l'excès de ses prérogatives, lui faisait souvent changer de bonnes dispositions, sans motifs bien plausibles, et quelquefois Lallement, qui exécutait sans observations les ordres qu'il recevait, se prenait à douter de l'aptitude du gouverneur à défendre une place assiégée. Un matin, comme il était d'assez mauvaise humeur en faisant travailler à un plate-forme dont il désapprouvait intérieurement la position, il fut fort surpris de voir venir à lui la gouvernante de l'abbé Guyon, la digne Guite, qui s'était aventurée au milieu des soldats, des canons et des gabions, sous la protection d'Antoine : elle avait une double dose de gravité, en raison de la démarche extraordinaire qu'elle hasardait.

Il s'empressa d'aller à sa rencontre. — Comment, c'est vous, Mademoiselle Guite! lui dit-il, et qui s'attendait à vous voir ici ?

— Il faut bien venir vous y trouver, Monsieur Lallement, répondit-elle, puisque vous n'abordez plus la maison.

— Vous le voyez, je suis sans cesse occupé de mon service.

— On a toujours le temps de faire, en passant, une visite à ses amis. M. l'abbé se plaint bien de ce que vous le négligez, et l'a dit plusieurs fois en latin. Et votre fiancée, croyez-vous qu'elle soit contente de se voir ainsi abandonnée? Soyez franc, vous lui gardez rancune de la visite que ce chef d'Egyptiens de Cinq-Mars lui a faite, et j'en suis un peu cause, puisque c'est moi qui vous l'ai dit; mais, croyez-moi, la pauvre enfant a tant de chagrin de votre absence, qu'il ne faut pas la laisser plus longtemps dans la peine. M. le chanoine vous prie de venir souper ce soir avec lui; on se mettra à table à sept heures : n'y manquez pas ! C'est un souper qui a failli lui coûter cher.

Lallement remercia vivement Guite, et promit d'être exact.

Le soir, devançant l'heure indiquée, il entra dans la salle basse qu'il connaissait si bien. La gouvernante était à sa cuisine, dans le coup de feu, le chanoine était descendu dans les profondeurs des cryptes de sa cave, et y faisait méthodiquement un choix de ses meilleurs vins; Henriette était seule.

Lallement l'aborda d'abord avec un peu d'embarras; mais elle le reçut avec tant de candeur, de naturel et de simplicité, que le nuage élevé entre eux par l'arrivée de Cinq-Mars se dissipa entièrement. Cette enfant des montagnes ne dissimulait aucune de ses impressions et les exprimait sans détour.

— Allons, mon bon Lallement, dit-elle en souriant de quelques excuses embarrassées qu'il venait de lui adresser, dites-moi bien la vérité : avouez que vous étiez jaloux du capitaine.

— Oh! Mademoiselle Henriette, je le serais de tout ce qui vous aimerait. Mais je ne le suis plus.

— Et vous avez bien raison. A Nancy, quand j'étais abandonnée de toute la terre, j'ai pu avoir en lui quelque confiance... et puis, je ne savais pas que vous m'aimiez. C'est pendant notre voyage que je l'ai découvert, sans que vous ayez osé me le dire; alors j'ai interrogé mon cœur, et je puis bien vous l'avouer maintenant, j'y ai trouvé autre chose que de la reconnaissance... Allons, Monsieur, ne me baisez pas ainsi les mains : je ne devrais pas vous dire ces choses-là, à vous qui avez bien pu croire que je vous oublierais, parce qu'il m'a plu de vous tourmenter un instant, en vous parlant de ce Français.

— Oh! chère Henriette, ce bonheur d'être aimé de vous, je l'ai si peu mérité, que je crains toujours qu'il ne m'échappe; il me semble que c'est un rêve.

— Vous y attachez bien du prix, puisque vous vouliez risquer votre vie contre la sienne ! Je sais maintenant que vous alliez vous battre avec lui, quand on est venu l'arrêter. Mais vous ne serez plus jaloux; vous le connaissez à présent, et vous avez pu apprendre que c'était à M. de Clicquot qu'il

venait faire la cour, et qu'il était plus amoureux de sa forteresse que de moi.

En disant ces derniers mots, elle partit d'un éclat de rire
si franc et si naturel, que le canonnier ne put s'empêcher d'y
prendre part, quoiqu'avec plus de modération.

Le chanoine entra en ce moment, son panier rempli de bouteilles à la main et une citation latine à la bouche :

Sed faciles nymphæ risere sacello.

« Et les nymphes indulgentes en rirent dans leur sanctuaire »,
suivant l'expression de Virgile. C'est bien, j'aime cette gaîté !
Entrez, Monsieur de Germainvilliers, et il introduisit le vieil
officier qui, d'abord un peu digne et réservé, ne tarda pas à
subir l'influence du charme qu'Henriette répandait sur tout ce
qui l'entourait, et parla même à Lallement avec presqu'autant
de familiarité que par le passé.

Il survint bientôt un troisième invité, le doyen ou prévôt
de la collégiale, ecclésiastique respectable, homme de goût et
de bonne compagnie.

Peu après, la cloche de Notre-Dame sonna sept heures, qui
furent fidèlement répétées coup pour coup par l'horloge en
cuivre placée sur la cheminée de la chambre de l'abbé ; le dernier son n'avait pas retenti que Guite, la tête ornée d'une
coiffe blanche, parut, et aussitôt chacun s'empressa de passer
dans la pièce où la table était dressée ; tous les convives con-
naissaient l'exactitude scrupuleuse qu'exigeait le chanoine à cet
endroit. « D'abord, disait-il chaque fois par forme de préface,
mon estomac est réglé dans ses fonctions et souffre du moindre
retard, ensuite Guite prend de l'humeur quand son souper
attend, et enfin, et ceci est capital, ses mets perdent beaucoup
de leur saveur et de leur fumet, je dirai même de leurs facultés
réparatrices, quand on ne les mange pas au point précis de
leur parfaite concoction. » Après cette apologie obligée, il dit le
Benedicite, et chacun fit honneur aux talents culinaires de

Guite, qui recueillit avec une certaine complaisance les éloges qu'on lui prodigua. Le souper était très copieux, suivant l'usage de nos pères, et pourtant délicat, ce qui n'empêcha pas l'abbé Guyon de faire à ses convives des excuses de sa frugalité; ce n'est pas, dit-il, que je sois amateur de ces repas où l'on boit et mange outre mesure, et j'aime à me conformer aux préceptes de Salomon, au chap. 23 du livre des Proverbes, verset 20, si je ne me trompe : *Noli esse in conviviis potatorum, et in commessationibus corum qui carnes ad vescendum conferunt.* Ce qui veut dire, mes amis : « Ne vous » trouvez point dans les festins de ceux qui aiment à boire, ni » dans les débauches de ceux qui apportent des viandes pour » manger ensemble. »

Le mets principal était le rôt; quand la cuisinière l'apporta triomphalement sur un brillant plat d'étain, et que le chanoine, en soulevant le couvercle d'un air mystérieux, eut offert aux regards un magnifique chapon gras et un superbe rable de lièvre artistement lardé, un même cri d'admiration s'échappa à la fois des lèvres du doyen et de M. de Germainvilliers : — « Un lièvre! un lièvre à La Mothe! mais c'est incroyable! »

— Oui, Messieurs, dit l'abbé en commençant à le découper, c'est, comme nous le disons en Lorraine, le sujet de la querelle, c'est le motif de notre réunion amicale, de notre *symposium.* J'ose dire avec Martial :

Inter quadrupedes mactea prima lepus.

« De tous les quadrupèdes, le lièvre est le mets le plus délicat, » traduction qui rend bien imparfaitement le sens de ce mot *mactea,* employé déjà par Suétone, et qui n'est pas tout à fait synonyme de *mattya* que l'on trouve aussi dans Martial.

— Et comment ce lièvre est-il arrivé si à point, pour que Guite pût nous en faire une *mactea* ou *mattya* si parfaite? demanda le doyen.

— Voici : j'étais ce matin sur la plate-forme Saint-François,
j'aperçus un lièvre qui, sans doute effarouché par les travailleurs ennemis, remontait grand train le sentier de la poterne ;
il se jeta tout à coup à gauche, rusa quelque temps, puis faisant un saut de côté se rasa, à deux cents pas de la contrescarpe, vis à vis l'angle rentrant du ravelin. Je priai l'officier
de garde de me laisser sortir, j'empruntai le mousquet d'un de
ses hommes, je tournai mon lièvre, et lui envoyai mon coup
au départ, à bonne portée ; je lui brisai les reins, et comme il
se traînait encore et faisait mine de redescendre la montagne,
je me mis à sa poursuite, mais un Français, qui se tenait tapi ;
à plat-ventre dans une vigne, lui tira un second coup fort inutilement et le ramassa : je voulus le lui reprendre, il me terrassa, mon mousquet tomba dans ma chute, et il m'aurait
assommé de la crosse du sien, si Antoine, qui était dans le
ravelin, n'était accouru et ne l'avait percé de sa hallebarde.
Cela donna lieu à une petite escarmouche entre nos gens et
quelques mousquetaires de l'ennemi, mais au moins, je rap-
portai mon lièvre. J'en ai envoyé la moitié, dont Guite avait
fait un civet délicieux, à Antoine et à ses camarades, avec quelques bouteilles de bon vin.

— Bravo ! dit M. de Germainvilliers, vous avez soutenu au
moins l'honneur de la garnison, car votre chasse au lièvre
aura été la première et probablement l'unique sortie qu'elle
aura faite sur les Français.

— Il est singulier, en effet, dit le doyen, que M. le gouverneur les laisse aussi tranquilles dans leurs quartiers.

— Sous M. d'Ische, reprit le vétéran avec amertume, nous
avions bien moins de monde, et nous ne nous renfermions pas
ainsi derrière nos remparts : vous devez vous en souvenir ; mais
je ne comprends plus rien aux sièges d'à-présent. Magalotti
nous a investis dès le 6 décembre, nous sommes au 2 mai, et
nous n'avons pas encore échangé dix coups de canon ! M. de

Clicquot dit toujours qu'il l'attend au corps de la place, mais il aurait pu lui en disputer au moins les dehors.

— Il n'y a point d'observations à lui faire, dit Lallement; mais je suis fâché....

En ce moment, de vives détonations d'artillerie firent trembler les vitres.

— Au secours! nous sommes perdus! cria Guite en gesticulant.

— Mon Dieu! ayez pitié de nous! s'écria Henriette.

— Ah! enfin, ils vont ouvrir la tranchée! dit Lallement radieux.

— Un dernier coup à la santé du duc de Lorraine, et à nos postes! s'écria Germainvilliers. *Preny! Preny!* c'est le cri de guerre de nos pères.

Les verres du chanoine et des militaires furent remplis jusqu'aux bords et vidés aux cris de « Vive Charles IV! Lorraine, en avant! » Puis tous coururent aux bastions, tandis que Guite se lamentait bruyamment, et que Henriette, que son amant venait de presser contre son cœur, livrée à de mortelles angoisses, écoutait avec terreur ce bruit solennel du canon dans la nuit, triste présage de ses nouveaux malheurs.

CHAPITRE XV.

Magalotti, comme le lecteur a pu l'apprendre par la conversation de M. de Germainvilliers chez le chanoine, avait investi la place de La Mothe dès le 6 décembre 1644. L'hiver avait été fort doux, et il avait pu, pendant toute cette saison, avec les travailleurs pris dans son armée déjà nombreuse, et les pionniers que la Champagne lui fournissait en grande quantité, faire creuser une immense ligne de circonvallation, entourant de trois côtés la base de la montagne où la ville était assise, et aboutissant par ses deux extrémités, l'une vis à vis Sommerécourt, l'autre à Soulaucourt, sur la rivière de Mouzon qui complétait cette enceinte. Plusieurs redoutes flanquaient cette ligne, appuyée en outre sur deux forts parfaitement retranchés et armés, l'un au bas de la côte de Châtillon, fermant les débouchés de la porte de Nancy, l'autre sur la hauteur et dans le bois de Fréhaut. Des redoutes et des têtes de pont assuraient au général français la possession de ceux qui traversaient le Mouzon, et une forte garde de cavalerie, établie sur les collines de la rive gauche, interceptait tout ce qui pouvait aborder du côté de la porte de France. L'armée du duc de Lorraine était dans le Luxembourg, observée par celle que commandait le duc d'Enghien, si célèbre depuis sous le nom du Grand-Condé, et ne paraissait pas assez forte pour venir secourir la place. Avec ces dispositions, Magalotti, assuré qu'elle était livrée fatalement à ses propres ressources, commença méthodiquement à mettre successivement à exécution trois plans divers qu'il avait arrêtés d'avance pour la réduire. Il connaissait la pensée intime du premier ministre, à qui Richelieu mourant avait avoué qu'il regardait comme une de ses plus grandes fautes d'avoir souffert, par le traité de la petite paix, que Charles rentrât dans la possession de cette forteresse, et avait recommandé de la lui reprendre à tout prix, dès qu'il pourrait en saisir l'occasion.

Il commença donc par attendre les effets du blocus rigoureux qu'il avait établi. Depuis l'investissement, ni approvisionnements, ni hommes, ni nouvelles n'avaient pu pénétrer du dehors dans la place; si Lallement et Antoine étaient parvenus à y entrer, c'est qu'alors la circonvallation offrait encore, sous le bois de la Roche, une lacune, maintenant terminée. Le général avait pensé que la garnison ainsi resserrée serait intimidée d'abord, et qu'ensuite le défaut de vivres la forcerait à une capitulation. Mais depuis que M. de Clicquot avait été nommé gouverneur, indépendamment du ravitaillement qu'il avait reçu du duc de Lorraine, après la bataille de Liffol, il avait mis à contribution les villages des environs de Langres et de Chaumont, et leur avait fait fournir de fortes réquisitions qui avaient rempli ses magasins; il ne manquait ni de munitions ni d'artillerie; ses fortifications étaient dans le meilleur état, et il avait sous ses ordres deux excellents régiments remplis d'ardeur et d'audace. Les habitants eux-mêmes, qui s'étaient soumis à de si dures privations pendant le premier siége, avec tant d'héroïsme, étaient abondamment pourvus de provisions de toute nature et, tout fiers de la renommée qu'ils avaient acquise, n'aspiraient qu'après l'occasion de donner à leur prince et à leur pays de nouvelles preuves de constance et de dévoûment. Aussi, quand Magalotti s'aperçut qu'on ne répondait à ses sommations, appuyées de quelques bombes lancées du fort de Fréhaut, que par des railleries amères et des pasquinades, et que ni l'intimidation, ni la crainte de la disette ne pouvaient agir sur les soldats et la population, il jugea que le blocus seul ne lui suffirait pas, et eut recours à son second moyen, la corruption.

Guebenhouse lui avait trouvé dans le Besme, qui servait dans l'armée, sous le nom de Cinq-Mars, l'agent le plus capable de faire réussir cette machination; mais nous avons vu comment elle échoua devant la fidélité de M. de Clicquot.

Restait donc l'*ultima ratio*, le moyen extrême que l'Italien avait réservé pour le dernier, une attaque régulière, un siége dans les formes. Il avait le courage, la persévérance, la science militaire nécessaires pour le mener à bien; il possédait la confiance du cardinal, et aucune des ressources en hommes, en argent et en matériel qu'il pouvait demander, ne lui était refusée. Son armée fut augmentée de toutes les forces disponibles dans les garnisons de Champagne et de Lorraine, on lui envoya en outre les régiments d'élite des gardes françaises et suisses, et la brigade irlandaise; un parc formidable d'artillerie fut rassemblé au village de Soulaucourt, et après avoir reconnu avec soin les abords de la place et la nature du rocher sur lequel elle était bâtie, il choisit pour ouvrir la tranchée un point de la montagne où le relief du terrain le dérobait le mieux aux regards des assiégés, en même temps que le sol lui paraissait plus facile à entamer. C'était en face de la pointe d'Ische et du front des bastions de Saint-Nicolas et de Sainte-Barbe, qui n'était couvert par aucun ouvrage avancé et ne pouvait être enfilé par les ravelins ou flèches qui défendaient les abords des deux portes.

Pour tromper la vigilance du gouverneur, il avait recommandé à Cinq-Mars et à Guebenhouse de lui insinuer qu'il se proposait de diriger son attaque sur le front opposé formé des bastions de Danemarck et de Vaudémont, reliés par la fortification connue sous le nom du Retranchement, qui, dans le premier siége, avait été si opiniâtrement défendu contre le colonel Ebron. M. de Clicquot, sans attacher une foi entière à ce renseignement, avait cependant fait reconnaître qu'il existait de ce côté un immense amas de fascines ; enfin, à la suite de l'escarmouche à laquelle la chasse du chanoine avait donné lieu, on avait vu un grand rassemblement de troupes au nouveau fort du bas de Châtillon, et le soir du 2 mai, quand, malgré toutes les précautions, le bruit des travailleurs qui ouvraient la tranchée devant la pointe d'Ische, à un endroit fort rapproché de l'enceinte, se fit entendre des sentinelles et des rondes, M. de Clicquot, craignant que ce ne fût une fausse attaque pour masquer la véritable, fit tirer à la fois dans les deux directions ; les Français n'y répondirent que dans celle du retranchement par un grand feu d'artillerie et de mousqueterie, tandis qu'ils continuaient leurs travaux en silence et avec une extrême diligence sur le front opposé. Le gouverneur fut ainsi confirmé dans son erreur, et ce ne fut que le matin qu'on reconnut quel était le véritable dessein de l'ennemi.

L'art de l'attaque des places était loin, à cette époque, d'avoir acquis cette supériorité sur la défense que lui imprima plus tard le génie de Vauban par l'invention des parallèles, qui rendent à peu près impossible les sorties de l'assiégé, et celle des batteries à ricochet qui enfilent la face de ses ouvrages et ruinent ses défenses. Avant lui, les assiégeants s'avançaient par des chemins étroits et des boyaux si étranglés, qu'ils ne pouvaient y tenir contre une sortie. L'artillerie, bien moins nombreuse, ne connaissait que les feux directs de plein fouet, dont l'effet était moins certain, et ce n'était qu'après des travaux continués pendant très longtemps, et au prix de grands sacrifices d'hommes, que l'assiégeant parvenait à faire brèche au mur de la place, où souvent l'assaut était repoussé avec succès. Le siége de Metz par Charles-Quint, en 1552, et tout

récemment ceux de La Mothe, en 1634, par le maréchal de La
Force, et de Saint-Jean-de-Losne, en 1636, par le duc de
Lorraine lui-même, en avaient offert de mémorables exemples.
L'art de la défense étant principalement fondé sur la fréquence
et l'audace des sorties, elle était presque toujours une suite
continuelle de combats partiels livrés dans les ouvrages extérieurs. C'est là que se passaient ces brillants faits d'armes qui
rendent si dramatiques les récits des siéges du xvi.e siècle et de
la guerre de trente-ans. Mais M. de Clicquot, par des motifs qui sont encore aujourd'hui un problème pour l'histoire,
s'était volontairement privé des ressources qu'il aurait pu tirer
d'une garnison nombreuse et aguerrie, en se renfermant dès
l'investissement dans son enceinte bastionnée, quand il aurait
eu tout le temps de construire des ouvrages qui auraient éloigné et contrarié les approches de l'ennemi. Sa fidélité et sa
bravoure personnelle ne sauraient être mises en doute; mais il
est permis de croire que la maladie dont il éprouvait les cruelles
atteintes ôtait quelque chose à la vivacité et à la fermeté de ses
déterminations, que peut-être il ne voulait pas confier à d'autres l'exécution de ces entreprises hardies que ses infirmités ne
lui auraient pas permis de commander lui-même, et qu'enfin il
n'était pas, par ses connaissances militaires, à la hauteur de
sa mission. Il paraît pourtant qu'il avait compris trop tard qu'il
avait commis une faute irréparable, car il répondit plusieurs
fois avec brusquerie aux allusions indirectes de ses officiers
« qu'il n'avait pas voulu faire de dehors à la place, parce qu'il
» craignait d'être trop longtemps à en venir aux mains avec
» l'ennemi. »

Ainsi, Magalotti avançant ses travaux lentement, à cause de
la nature du rocher, mais sans éprouver une trop grande résistance, établit cinq batteries qui firent un feu continuel contre
les deux bastions et la demi-lune. Ses sapeurs, protégés par
des blindages, poussaient leurs boyaux, sans que les feux

plongeants de mousqueterie, les grenades et l'artillerie pussent les arrêter.

Un matin pourtant, dans les premiers jours de juin, le feu cessa tout à coup dans la tranchée de l'ennemi, un tambour sortit des lignes, accompagné d'un sergent portant un drapeau blanc et suivi d'un homme sans armes, vêtu de noir, poudreux, harassé. Il battit la chamade, et ils se présentèrent à la porte de France : les bourgeois qui y étaient de garde reconnurent, entre les deux militaires français, l'huissier dévoué qui avait entrepris de porter à Longwy, au procureur-général près la cour souveraine, les procès-verbaux d'information contre Cinq-Mars et Guebenhouse. Le tambour resta au premier corps-de-garde, on banda les yeux au parlementaire, et il fut conduit au gouverneur, qui était en ce moment assis au pied du moulin à vent, derrière la pointe d'Ische, sous une petite tente fermée, entouré de quelques officiers.

— Mon commandant, dit le Français, après qu'on eût ôté son bandeau, voici une lettre et un huissier que mon général, M. de Magalotti, m'a chargé de vous remettre en mains propres. Je vour prie de constater qu'ils sont en bon état et de m'en donner un reçu.

M. de Clicquot ouvrit la lettre et lut tout bas :

» Monsieur le gouverneur,

» Il paraît que vous retenez comme prisonniers deux de mes
» officiers, et que vos juges ont condamné l'un d'eux à mort.
» J'ai l'honneur de vous avertir que j'ai en ce moment entre les
» mains un conseiller de votre prétendue cour souveraine, le
» sieur de Mallaincourt, qui vous portait cet arrêt. Sa vie me
» répondra de celle de M. de Cinq-Mars, et je lui ferai subir
» le même supplice que celui que vous infligerez à ce gentil-
» homme. Aussitôt que vous aurez fait reconduire celui-ci à
» mon camp, je vous rendrai votre magistrat. Quant à M. de

» Guebenhouse, comme il n'est impliqué en rien dans cette
» affaire, je ne doute pas que vous me le renvoyiez immédia-
» tement à mon quartier-général.

» Je suis, en attendant, Monsieur le gouverneur, votre très
» humble et obéissant serviteur.

» Comte MAGALOTTI. »

Après avoir parcouru cette épître, M. de Clicquot dit au
parlementaire :

— Monsieur, vous attendrez un instant ma réponse.

— A vos ordres, mon commandant ; mais vous aurez sans
doute l'obligeance de me faire donner quelques légers rafraî-
chissements ; car, aussi vrai que je me nomme La Rose, sergent des grenadiers aux gardes françaises, depuis que je suis
entré au service de Sa Majesté très chrétienne, dans son régiment de Navarre, il y a dix-huit ans, je ne me souviens pas
d'avoir éprouvé une soif pareille. L'air est fort vif et altérant
dans ce pays élevé.

Le gouverneur sourit, il fit signe à Lallement qui se tenait
près de lui, et lui dit tout bas :

— Je ne me soucie pas que ce gaillard, qui me paraît avoir
de bons yeux et la langue bien affilée, voie rien ni parle à personne ici. Emmenez-le à votre logis, on vous enverra de chez
moi ce qu'il faut pour bien déjeûner, et tàchez de lui délier
la langue avec quelques verres de vin de Rheims. Il répondit
alors au sergent La Rose qu'il pouvait suivre le maître canonnier, qui lui ferait les honneurs de l'hospitalité de l'hôtel du
gouvernement ; on lui remit le mouchoir sur les yeux, son
guide le prit sous le bras et le conduisit à la petite chambre
qu'il occupait dans une tourelle de l'hôtel, M. de Clicquot
ayant voulu depuis deux jours le loger chez lui, pour plus de
facilité et de promptitude dans les communications relatives au
service.

Le gouverneur, de son côté, fit mander MM. Rouyer et de

Riocour dans son cabinet, s'enferma avec eux, et en leur présence écouta la lamentable odyssée de l'huissier.

Celui-ci leur raconta avec de prolixes détails, entremêlés de termes de pratique, comment il était passé à travers les lignes ennemies et, parcourant un pays occupé par les Français, était arrivé à Longwy, où il avait remis avec succès son message au procureur-général, messire Jean Humbert; il s'étendit avec complaisance sur les incidents du procès et la solennité de l'audience, où la cour, présidée par messire Humbert de Gondrecourt, premier président, avait condamné Cinq-Mars à avoir la tête tranchée sur un échaffaud dressé en la place publique de La Mothe, et déchargé Guebenhouse de toutes accusations et poursuites, commettant un de ses conseillers, M. de Mallaincourt, pour porter lui-même l'expédition en forme de l'arrêt, et veiller à son exécution. Ce magistrat s'était mis en marche avec l'huissier, mais il avait été pris près de Neufchâteau par un parti français, et amené au quartier-général de Magalotti, qui l'avait envoyé comme ôtage à Chaumont, jurant en français et en italien, par la tête, le sang et les plaies de Notre-Seigneur, et tous les saints du paradis, que si l'on touchait à un seul cheveu de la tête de son officier, il ferait périr le conseiller dans les plus cruelles tortures. Il voulait même faire pendre préalablement l'huissier comme espion, et ce n'était pas sans peine qu'il avait consenti à le relâcher. Il a gardé la grosse exécutoire de l'arrêt, dit-il en finissant; mais heureusement j'en avais pris copie, que j'ai là dans la doublure de la ceinture de mon haut-de-chausses; vous pouvez y ajouter foi entière, je l'ai dûment collationnée sur l'original. J'ai même pris la liberté, Monsieur le lieutenant-général, vu l'urgence et le péril de la chose, de formaliser à votre requête une protestation contre notre détention, sous toutes réserves de droits et dépens, et je l'ai glissée, à son insu, dans la poche de ce sergent qui est venu en parlementaire. M. de Mallaincourt vous

prie instamment, Messieurs, de ne rien brusquer, relative-
ment à l'exécution de ce Cinq-Mars, et de prendre en grande
et sérieuse considération les terribles représailles dont il pourrait être victime : et ferez justice.

Quand l'huissier se fut retiré, le gouverneur et les deux
conseillers entrèrent en délibération. M. Rouyer, avec l'austérité
d'un patricien des premiers temps de la République romaine,
déclara qu'il fallait que l'arrêt de la cour souveraine fût exécuté sur le champ, et que Cinq-Mars eût la tête tranchée,
quelles qu'en pussent être les conséquences pour M. de Mallaincourt ; d'ailleurs, disait-il, nous garderons à notre tour Guebenhouse en ôtage.

M. de Clicquot ne concevait pas que l'on pût mettre en
balance la vie d'un misérable espion avec celle d'un magistrat ;
il demandait que l'on rendît sur le champ Cinq-Mars et Guebenhouse aux Français, pour ne pas retarder d'un instant la
mise en liberté de M. de Mallaincourt.

M. Du Boys de Riocour fit observer à son rigide collègue que
la copie de l'arrêt, faite par l'huissier, ne pouvait suppléer à
l'acte authentique que Magalotti avait intercepté, que dès-lors
il serait illégal de mettre à mort Cinq-Mars en l'état de la
cause ; il représenta au gouverneur que les menaces de l'Ialien
ne devaient pas non plus interrompre le cours de la justice, et
qu'il n'y avait lieu à relaxer le coupable. Quant à Guebenhouse, contre lequel ne s'élevait réellement aucune charge, il
opinerait pour son élargissement, s'il ne devait être considéré
comme ôtage, tant que durerait la détention de M. de Mallaincourt.

Ce dernier avis prévalut seulement en partie ; il fut décidé
que Cinq-Mars resterait dans son cachot, que son exécution
serait différée jusqu'à la mise en liberté du conseiller, et que
Guebenhouse retournerait au camp avec le parlementaire. Une
lettre en ce sens fut écrite à Magalotti par le gouverneur.

Quand on appela le sergent La Rose pour la lui remettre, avec l'heureux complice du Besme, il s'écria que le temps s'écoulait vite à La Mothe, et qu'il n'aurait jamais cru que sur un rocher si haut perché, on pût boire d'aussi bon vin et trouver si aimable compagnie.

Le bas-officier des grenadiers des gardes était trop madré pour que le canonnier parvînt à lui tirer les vers du nez, suivant l'expression consacrée; mais si leur conversation n'avait pas eu le résultat qu'en attendait M. de Clicquot, elle avait offert un certain intérêt à Lallement; c'est pourquoi nous en rapporterons une partie.

— Diable! s'était-il écrié en se mettant à table devant un excellent déjeûner, tout en frottant ses yeux éblouis, quand il fut débarrassé du mouchoir, vous me traitez avec trop de cérémonie!

— Pas le moins du monde, répondit Lallement. C'est la ration ordinaire.

— Peste! il paraît que les vivres ne vous manquent pas, comme nous le croyions au camp, où cela nous arrive quelquefois. L'ordinaire est bon! Je bois à votre santé! L'ordinaire est bon, et puis bon! Voilà un jambon qui me rappelle ceux de Bayonne, et un pâté comme votre belle-sœur n'en fait pas manger aux officiers qu'elle traite à un louis d'or par tête, à la table d'hôte qu'elle tient là-bas, à Soulaucourt, au quartier du marquis d'Espagny.

— Que voulez-vous dire, sergent? s'écria Lallement avec véhémence.

— Je bois à votre santé! Vin parfait! sur ma parole! d'abord vous êtes Monsieur Lallement, celui qu'à Bar-le-Duc, nous autres du régiment de Navarre nous avions surnommé le Balafré, ce qui n'a rien d'offensant. Je bois à votre santé! Il y a quelque dix ou onze ans, c'est moi que je devais vous arrêter si je n'avais reçu contre ordre, le soir que vous aviez tué le colonel Ebron.

— Et qu'en voulez-vous dire? demanda Lallement fièrement.

— Ce que j'en veux dire? c'est moi que je bois à votre santé! Quel nectar! quel pâté! encore une tranche. Ce que j'en veux dire, c'est que vous l'aviez tué proprement, mais en duel de franc jeu; c'était clair çomme la lame de ma hallebarde, quoi qu'en ait voulu dire votre belle-sœur; je l'ai bien vu moi, et je vous ai donné mon estime, quoique condamné à mort. Hé bien, votre belle-sœur, qui nous a vendu tant de fois de la piquette pour du vin de la côte des Antoinistes, dans son petit cabaret de la Pomme-d'Or, a fait fortune, à ce qu'il paraît. Elle tenait à Nancy, au More-qui-Trompe, une table d'hôte pour les officiers seulement, excusez, et ne m'a plus reconnu quand j'y suis passé il y a deux ans. Elle se fait appeler Madame Laveline, gros comme le bras, et quand je lui dis, comme autrefois : « bonjour, la petite mère, » elle me tourna les talons. Je bois à votre santé!

— A la vôtre! sergent La Rose! Et que parliez-vous de sa table d'hôte au quartier de Soulaucourt.

— J'accepte un peu de cette galantine. Je vous disais que votre belle-sœur, voyant sans doute que tous ses pensionnaires de la garnison de Nancy étaient à l'armée de siége, est venue, sous la protection du marquis d'Espagny, continuer de leur servir ses potages et ses fricassées. Elle a ma foi pendu son enseigne du More-qui-Trompe comme un pavillon au sommet de sa belle tente neuve. On dit qu'on y mange quelquefois des rognons de cheval et des gibelottes de chat; mais c'est égal, elle a la vogue, on y mange, on y boit, on y joue un jeu d'enfer. Elle viendra s'établir ici dès que la place sera prise. Mais, foi de La Rose, sa cuisine ne vaut pas votre ordinaire. Je bois à votre santé! Diable! vous m'avez fait changer de vin, c'est pernicieux. Cependant si vous avez quelques compliments à lui faire, je m'en charge.

— Merci, sergent, rendez-moi au contraire le service de ne

pas lui parler de moi. Sa tente est près de Soulaucourt, dites-vous ?

— Oui, oui, mais hors de la portée du canon. On dit que vous avez ici des canonniers qui envoient de singulières prunes à ceux qui s'avisent de déjeuner trop près de vos bastions : cela s'est vu au premier siége. Je bois à votre santé ! Ah ! le premier était bon, mais celui-ci est excellent : quel velours ! Ma foi, vive votre ordinaire ! Une aîle de ce chapon, s'il vous plaît.

— L'hôtellière du More-qui-Trompe doit faire de bonnes affaires, car il y a bien de ce côté cinq à six régiments ?

— Cinq à six régiments ! ouvrez-moi un peu la fenêtre, avec ses vitraux de couleur on ne voit rien à travers, et d'ici je vous montrerai les quartiers de nos troupes et les noms des colonels, ce qui est très curieux.

Le canonnier se prit à rire. — Merci, dit-il, cela nous donnerait un coup d'air.

— Vous êtes malin, canonnier, vous voudriez bien savoir ce qui se passe dans notre camp, et peut-être comment nous menons nos attaques ; mais vous ne voulez pas que je voie vos fortifications. Nous sommes deux vieux renards ; il y a longtemps que nous faisons la guerre. Encore une santé, celle de mon général le comte Magalotti, qui travaille sous terre comme une taupe, et vous fera sauter tous un jour comme des marrons de mon pays dans la cheminée d'une vieille femme.

— Je n'ai plus soif, sergent.

— Bah ! nous aurions bu ensuite à celle de votre digne gouverneur, qui abreuve et nourrit si bien sa garnison ; mais je les porterai moi-même successivement.

Malgré ses nombreuses rasades, le sergent, dont la langue s'embarrassait un peu, reprenait toute sa raison dès que la conversation tentait de s'égarer sur des détails que le canonnier tenait à connaître.

En se quittant ils se serrèrent cordialement la main, et La

Rose jura qu'il n'oublierait jamais une si bonne réception.
On lui banda les yeux, comme on l'avait fait à Guebenhouse
qui attendait en bas, et tous deux, conduits par Lallement
avec une escorte, retournèrent au corps-de-garde de la porte.
Le tambour les attendait, en buvant joyeusement avec les soldats du poste qui lui chantaient, en dépit des défenses sévères
du gouverneur, un rondeau, fruit du talent poétique d'un
caporal incompris. Nous le donnons ici comme un échantillon
de ce rhythme alors en vogue, et du mauvais goût pédantesque du rimeur lorrain :

> Du cardinal c'est la marotte
> De vouloir reprendre La Mothe ;
> Il joint à ses Français pillards
> La horde des cruels soudarts,
> De la Suède huguenote.
>
> Sourdement, son compatriote,
> Magalotti chez nous complote,
> Pour y planter les étendarts
>   Du cardinal.
>
> Quoiqu'il ait lu dans Hérodote
> Comme en Zopyre on se fagote,
> Nous avons démasqué Cinq-Mars ;
> Il ne verra pas nos remparts,
> Soumis à la rouge calotte
>   Du cardinal.

L'entrée de Lallement et de ses compagnons fit taire les
chanteurs, et les trois Français, ramenés au bas du ravelin,
rentrèrent dans leurs lignes.

CHAPITRE XVI.

Après avoir rendu compte au gouverneur du peu de résultat de sa conversation diplomatique avec le sergent La Rose, Lallement remonta dans sa chambre, ouvrit la fenêtre, considéra les fortifications encore intactes de la ville et les lignes ennemies qui l'embrassaient, et pour la première fois se sentit saisi d'un profond découragement. Par une singulière disposition de son esprit, ce n'était pas tant la certitude dès longtemps acquise par lui de la mollesse et de la mauvaise direction de la défense, comparées à la marche savante de l'attaque, qui l'effrayait, que l'idée, il faut dire cette bizarre faiblesse de l'intrépide soldat, que l'idée que là-bas, derrière ces bois qu'il ne pouvait voir, une vieille Bohémienne, dans un ermitage en ruines, au milieu de hideux bandits, et ici, au pied de la montagne, au bord de la rivière, une femme, sa belle-sœur, dans une tente élégante, entourée de brillants officiers portant au milieu d'un camp le luxe et les raffinements de leur vie somptueuse, attendaient dans une même impatience la prise de la ville pour s'y jeter comme deux oiseaux de proie. Et ce Cinq-Mars qu'une fatalité miraculeuse arrachait à l'échafaud, il était là, dans un cachot, il est vrai, mais il vivait avec son indomptable haine et son amour humilié ! Oh ! pourquoi, se disait-il, ai-je amené Henriette dans ces malheureux remparts ? Et comme cette passion amollit mon courage !... Je suis sûr que le duc Charles viendra d'un jour à l'autre nous délivrer à la tête d'une belle armée ; nous avons une garnison nombreuse, capable d'écraser l'ennemi sur la brèche, et je manque de confiance et de résolution ! Mon Dieu ! cette chambre abandonnée que le gouverneur m'a donnée, c'était celle de son prédécesseur, de M. d'Ische, elle a été ensuite occupée par Frère Eustache : ils savaient bien, eux, qu'avec une poignée d'hommes, ils ne pouvaient se défendre longtemps, que la femme qu'ils aimaient était condamnée à mourir ou à tomber entre les mains d'un rival exécrable, et pourtant leur constance n'a pas faibli un instant... Oh ! le cœur me manque, je n'ai jamais été ainsi !

Il resta un instant appuyé sur le bord de la croisée, absorbé dans les souvenirs du passé que lui rappelait la vue de cette chambre.

Elle occupait tout le premier étage de l'une des tourelles de l'hôtel. Autrefois l'ancien gouverneur, M. d'Ische, l'avait choisie pour son cabinet ; au-dessus était la chambre à coucher de sa femme. A la capitulation de 1634, cette dame, en quittant la ville en même temps que la garnison, avait laissé dans son appartement une partie du mobilier qui lui appartenait. Le vieux maréchal de La Force, avec une courtoisie toute chevaleresque, avait défendu que l'habitation personnelle de la veuve de son vaillant adversaire souffrît le moindre dérangement, et fût occupée par personne. Le nouveau gouverneur français, M. de Périgal, avait eu le même respect pour elle, et l'entrée de M.me d'Ische dans un couvent n'ayant pas permis que ses meubles fussent réclamés, ils étaient restés dans la tourelle toujours fermée et inhabitée. Quand les Lorrains reprirent possession de la ville à la petite paix, M. de Clicquot ne montra pas moins de vénération que les Français pour la mémoire de son prédécesseur, et il lui fut d'autant plus facile de se passer de ces deux chambres, pour ses arrangements intérieurs, que l'hôtel était très vaste et renfermait des appartements suffisants,

plus commodes, mieux disposés, tendus des magnifiques dra-
peries et garnis des meubles précieux de la Couronne, que le
duc de Lorraine y avait envoyés comme dans un lieu de sûreté.
Quand le besoin de se concerter fréquemment avec le maître
canonnier détermina le gouverneur à loger Lallement près de
lui, il mit toute la tourelle à la disposition de ce fidèle serviteur, dont il connaissait le culte profond pour la maison d'Ische,
en lui disant, en plaisantant, que quand il serait marié, il pourrait offrir au moins à sa jeune épouse l'appartement de la
veuve, comme on le désignait. Ces paroles bienveillantes l'a-
vaient fait frissonner.

Il s'était donc établi dans le cabinet du premier étage depuis
quelques jours et y avait fait apporter une partie de son bagage.
Il avait suspendu ses armes au-dessous d'un magnifique tableau
de l'excellent peintre lorrain, Jean Leclerc, représentant un
guerrier couvert de sa cuirasse : c'était le portrait du chevalier
Henry de Choiseul, depuis Frère Eustache. La fenêtre qu'il
venait d'ouvrir y jetait une vive et chaude lumière, et quand il
releva la tête et la tourna vers l'image du malheureux religieux,
la noble et mélancolique figure sembla s'animer et se détacher
de la toile ; le canonnier la contempla longtemps en silence, et
une larme humecta sa paupière. — O, dit-il tout haut, race vaillante et loyale des Choiseul, que ne pouvez-vous sortir de vos
cercueils pour venir défendre une seconde fois La Mothe !

Alors les souvenirs du premier siége se pressèrent en foule
dans son esprit. Il y a là, se dit-il, derrière cette tapisserie,
une porte secrète qui conduit à la mine que M. d'Ische nous
avait fait creuser sous la chambre de sa femme; les Français
l'auront-ils trouvée? On dirait qu'ils n'ont pas pénétré dans
cette chambre : tout y est bien en ordre. Et poussé par un sentiment irrésistible, il souleva la tapisserie et découvrit la porte
qu'il cherchait; une clé rouillée était encore dans la serrure : il
la toucha avec quelque répugnance, puis, prenant un peu d'huile

dans sa lampe, en fit jouer le ressort après quelques essais. Il alluma avec précaution sa lanterne de ronde, descendit un escalier étroit pratiqué dans l'épaisseur du mur, et arriva dans un très petit caveau où il retrouva, avec étonnement, plusieurs barils de poudre qu'il y avait lui-même portés jadis par l'ordre de M. d'Ische ; la nature du roc les avait maintenus parfaitement à l'abri de l'humidité. Il reconnut encore un passage secret qui, de ce caveau, conduisait dans la chambre de M.me d'Ische, et s'ouvrait par une porte habilement dissimulée dans un panneau de la boiserie. Il ôta le verrou qui la fermait, et entra dans cette chambre. A la lueur de sa lanterne, il examina avec un respect religieux cette pièce où personne n'avait pénétré depuis la capitulation de 1634, si ce n'est une vieille femme chargée d'en ôter quelquefois la poussière. Il referma soigneusement l'entrée et, repassant par la mine et l'escalier, remonta dans sa chambre. — Si nous manquions de poudre, pensa-t-il, il y en a encore là-dessous une réserve que j'indiquerais à M. de Clicquot, car elle ne servira jamais, heureusement, à l'usage pour lequel M. d'Ische l'y avait fait descendre. Mais cette fois nous en sommes abondamment pourvus, et nous n'en brûlons guère : je n'en parlerai que si cela devient absolument nécessaire. Le gouverneur me demanderait là-dessus des explications : c'était le secret de mon excellent maître, il ne m'appartient pas.

Il pensa alors que la mine serait une excellente cachette pour y mettre à l'abri de tout accident l'argent que le duc de Lorraine lui avait donné après la bataille de Liffol, et qui devait former la dot d'Henriette ; il retira la cassette qui le contenait du coffre où il l'avait renfermée, et la descendit au fond du caveau. Il referma ensuite avec soin la porte de l'escalier dont il prit la clé, rabaissa la tapisserie et, pour mieux cacher cette entrée, plaça un meuble au-devant. Il avait à peine terminé ces arrangements qu'il fallut quitter sa chambre et retourner

sur les remparts , car la mousqueterie recommençait à se faire
entendre aux bastions et à la tranchée.

Les jours suivants les Français continuèrent à pousser
leurs attaques avec la même vigueur et le même succès; enfin
ils se rendirent maîtres de la contrescarpe , et écrasant les
défenses de la place par un feu soutenu de leurs cinq batteries ,
ils attachèrent à la fois le mineur au revêtement du bastion
Sainte-Barbe et de la pointe d'Ische. La forteresse qui renfermait
une garnison si brave , des canonniers si adroits, manquait
d'un habile ingénieur; on comprenait bien tout le danger de
cette guerre souterraine, lente, mais incessante , contre laquelle
ni la mousqueterie , ni l'artillerie n'avaient plus d'effet; mais on
ignorait l'art de la combattre par des contre-mines , et le gouverneur, résigné à voir tomber ses bastions , se borna à faire
construire en arrière un nouveau retranchement pour y attendre
l'assaut. Les habitants et les soldats , comme ces hommes
menacés d'une catastrophe inévitable , appelaient de leurs vœux
l'instant de ce dénoûment fatal.

L'heure sonna enfin.

Dans la soirée du 20 juin 1645 , un silence solennel parut
régner dans le camp et les lignes des Français, les gardes des
tranchées se retirèrent , les logements de la contrescarpe furent
abandonnés , enfin deux mineurs sortirent en deux endroits des
trous profonds qu'ils creusaient avec tant de persévérance, et
se retirèrent précipitamment.

Dans la ville , toutes les troupes régulières et la milice bourgeoise étaient sous les armes , le front attaqué était désert , et
Clicquot et ses officiers, bordant le retranchement intérieur,
attendaient dans une exaltation fiévreuse, mais avec une fermeté inébranlable, le dernier acte de ce drame terrible. Le
chanoine Guyon, armé de sa canardière, passa pour se rendre
au poste du Chapitre, près de Lallement, qui se tenait droit,
fier, sérieux, mais calme , une hallebarde à longue dague à la

main, à la tête de ses canonniers; il lui serra amicalement la main, en lui disant :

— Eh bien! Monsieur Lallement, suivant l'expression de Virgile :

Venit summa dies et ineluctabile tempus.

« Le jour suprême, le temps fatal sont arrivés. »

— Nous verrons cela tout à l'heure, Monsieur l'abbé, répondit le soldat, à qui l'imminence du danger avait rendu toute son énergie. Vous aimez la chasse, vous ne manquerez pas tout à l'heure de gibier, mais ne tirez qu'à belle portée et ne vous découvrez pas trop pour ajuster.

Enfin les Français mirent le feu à la mèche de la première mine, l'étincelle la parcourut d'abord lentement avec un petit pétillement, puis arriva au fourneau qui s'enflamma avec un bruit épouvantable, le bastion se déchira, un immense éclair jaune jaillissant de ses profondeurs illumina subitement d'une clarté blafarde le ciel, la montagne, les édifices, les tentes et les armées; les terres, les roches, les moëllons furent lancés dans les airs à une hauteur prodigieuse et retombèrent avec fracas. Au même moment, une détonation aussi effroyable répondit à la première sous la demi-lune de la pointe d'Ische, un autre éclair brilla d'un aussi sinistre éclat, et fut suivi d'une semblable éruption, et quand la poussière et la fumée infecte qui s'élevaient de ce gouffre béant furent un peu dissipées, on reconnut que les deux ouvrages étaient écroulés jusqu'à leur base et ne formaient plus qu'une énorme brèche. Les colonnes d'attaque de l'ennemi s'élancèrent hors de leurs lignes, et les gardes françaises et suisses montèrent à l'assaut au pas de charge. Mais Clicquot les attendait. Cet homme, faible et irrésolu pour conjurer le danger éloigné, était brave comme un lion quand il le rencontrait en face. Un de ses détachements occupant de nouveau, après l'explosion, le bastion Saint-Nicolas, malgré les batteries françaises qui le foudroyaient, faisait sur la brèche de la pointe d'Ische un feu soutenu qui ne permettait pas de l'aborder. Les ruines de la demi-lune étaient elles-mêmes un obstacle que les assiégeants ne s'obstinèrent pas à surmonter, ils portèrent tous leurs efforts sur la brèche de Sainte-Barbe ; mais là ils furent accueillis par la mitraille et la mousqueterie du retranchement intérieur, et quand ils s'arrêtèrent en hésitant devant cette résistance imprévue, Clicquot, à la tête de ses plus braves troupes, les chargea avec impétuosité et les rejeta avec un grand carnage jusqu'au bas de la brèche. Dans ce retour offensif, Lallement, dont le canon devenait inutile, s'élança au premier rang, et combattant avec son sang-froid accoutumé, ne put s'empêcher d'admirer la brillante valeur du gouverneur. — Ah ! lui disait-il, Monsieur, si vous aviez voulu nous mener comme cela à une sortie, il y a un mois, pas un seul de ces fanfarons de Français et de ces brutes de Suisses n'aurait vu seulement notre chemin couvert, et le beau bastion de notre sainte patronne serait encore debout.

— Il n'y a pas de temps perdu, répondit Clicquot, et nous en finirons avec eux en une seule fois.

Magalotti, par sa bravoure, était digne de commander à des Français. Quand il vit ses premières compagnies repoussées, sa valeur téméraire lui fit oublier que le général en chef de qui. dépendait le succès d'un siége conduit jusqu'alors avec une si remarquable habileté ne pouvait pas prodiguer sa vie comme un simple officier, et avait d'autres devoirs à remplir. Il se mit en personne à la tête de nouvelles troupes fraîches, tirées des mêmes régiments des gardes, et renforcées de détachements de la brigade Irlandaise et du régiment de Francière, et au milieu du feu roulant des assiégés, gravit de nouveau la brèche. Les Lorrains cessèrent de tirer et les laissèrent arriver jusqu'au pied du retranchement, puis ouvrant de nouveau leur feu à bout portant, en criant à leur tour : *Preny ! Preny ! vive Lorraine !* firent un massacre affreux des premiers rangs. La

11

colonne d'attaque pliait ; mais Magalotti, par un hasard merveilleux, debout au milieu de ses soldats qui tombaient de toutes
parts autour de lui, ramena ses piquiers à la charge. Soudain
un coup de fusil isolé partit d'un créneau, le général chancela
d'abord, puis tomba à la renverse, en s'écriant d'une voix étouffée : *ohimé !*

Pendant que le chanoine Guyon, derrière le parapet, disait,
en rechargeant son arme, à son voisin le doyen, n'est-ce pas
ici le cas de dire :

Merito que latus transverberat ictu?

suivant l'heureuse expression de Claudien, auteur trop peu
connu.

Clicquot fit une nouvelle sortie à la tête de ses soldats dont
rien ne saurait peindre l'ardeur ; un combat corps à corps s'engagea entre les deux troupes, les assiégeants furent repoussés
une seconde fois, et la brèche entièrement balayée. Dans le
plus fort de la mêlée, Lallement vit un des gardes françaises
ramasser et charger sur ses épaules un des blessés. Deux Lorrains l'attaquèrent à la fois, en lui criant de se rendre. — « La
Rose ne se rend pas, bélîtres ! répondit le digne sergent, laissez-moi mettre ce blessé en sûreté, et je vous apprendrai comment je sais piquer le lard. » Cette bravade allait lui coûter
cher, quand le canonnier survint et ordonna aux deux assaillants de le laisser partir avec son fardeau. — Merci, Balafré,
lui dit le sergent qui venait de le reconnaître, je n'oublierai
pas ce service et je le mettrai en ligne de compte avec votre
excellent déjeûner de l'ordinaire, je boirai à votre santé à la
première occasion.

La perte de Magalotti et des officiers supérieurs, tombés avec
lui sur la brèche, avait découragé les assiégeants et les laissait
sans direction ; ils rentrèrent dans leurs tranchées sans tenter
un nouvel assaut, et leurs batteries ne tirèrent même pas pour
déloger les Lorrains qui s'établissaient dans les ruines de leur

bastion. Il était facile de voir qu'une grande incertitude régnait maintenant dans les mouvements des Français.

— Ou je me trompe fort, dit Germainvilliers, ou l'ennemi a laissé son général parmi les morts; il faudrait faire une revue de ceux qui sont entassés là-bas?

— Pour moi, dit Saint-Ouën, j'ai vu celui qui marchait en avant tomber frappé d'un coup de feu : j'étais avec mon détachement à la gauche des chanoines, et c'est l'un d'eux qui l'a ajusté.

— Hé! hé! reprit Germainvilliers, ce doit être notre ami, l'abbé Guyon : il aura fait comme quand il tire sur une compagnie de perdrix, il aura visé le coq.

— Ma foi, dit Lallement, c'est peut-être lui que notre parlementaire de l'autre jour, ce bavard de sergent des gardes françaises, emportait sur ses épaules et que j'ai laissé passer.

— Vous avez bien fait, canonnier, répondit le gouverneur ; si c'est Magalotti qui commandait sa colonne en personne, c'est un brave.

Le jour commençait à peine à paraître, qu'un trompette vint de la part des Français réclamer une suspension d'hostilités de quelques heures pour enlever les blessés et enterrer les morts ; il ne cacha pas aux Lorrains que Magalotti avait reçu un coup de feu qui laissait peu d'espoir de le sauver. L'armistice fut facilement accordé, et l'on put constater les pertes éprouvées des deux côtés. Celles des assiégeants étaient bien plus considérables que celles de leurs adversaires, mais ceux-ci en avaient eux-mêmes essuyé de cruelles, et les gardes françaises et suisses, dont les cadavres encombraient la brèche, n'étaient pas tombés sans vengeance.

A l'expiration de la trève, le feu recommença faiblement pendant les jours suivants contre la place, qui n'y répondit pas non plus avec beaucoup de vigueur. La garnison et les habitants comptaient un grand nombre de malades, le secours promis par le duc de Lorraine n'arrivait pas ; l'effet terrible produit par les mines avait porté le découragement chez les plus braves ; chacun, en rendant justice à la valeur qu'avait déployée le gouverneur, reconnaissait avec douleur qu'il ne faisait aucunes dispositions pour tirer quelque fruit de sa victoire ; aussi un abattement général, une morne tristesse régnaient dans cette malheureuse ville et se communiquaient du peuple et des soldats aux magistrats et aux officiers.

Lallement lui-même voulait en vain se défendre de sinistres appréhensions. Quand il pouvait se dérober un instant aux exigences multipliées de son service, il courait chez le chanoine, il cherchait à rassurer Henriette qui, la mort dans l'âme, dissimulant ses terreurs, de peur de l'affliger, feignait une sécurité profonde. Guite était soucieuse et inquiète, et répetait sur tous les tons que son maître n'aurait jamais dû quitter ses montagnes. L'abbé, qui d'abord avait été si fier d'avoir tiré le coup qui avait renversé Magalotti, se défendait maintenant de toute participation à cet exploit, et répondait d'une voix mélancolique au canonnier :

Pavido forti que cadendum est.

« Lâche ou brave, il faut mourir, » suivant la belle sentence de Caton dans Lucain, au livre ix de la Pharsale.

CHAPITRE XVII.

A la fin du mois de juin, quelques jours après l'assaut, les défenseurs de La Mothe virent du haut de leurs remparts un mouvement extraordinaire dans tout le camp et les lignes des Français : de nombreuses salves d'artillerie et de mousqueterie se répondaient dans les forts et les quartiers, les tambours battaient aux champs, et les soldats poussaient de vives acclamations. Le gouverneur crut d'abord qu'il était menacé d'une attaque générale, et il fit toutes ses dispositions pour la repousser ; mais bientôt on put reconnaître que tout cet appareil guerrier n'était déployé que pour faire honneur à quelque personnage important, car un nombreux cortége d'officiers, dont les armures d'acier poli ou doré reflétaient les brillants rayons d'un soleil d'été, et dont les panaches blancs ondoyaient au galop de leurs chevaux, parcourut les lignes et le front des troupes.

Le lendemain matin, un tambour apporta au ravelin de la porte de France une lettre pour le gouverneur. Voici ce qu'elle contenait :

« Monsieur le gouverneur,

» Nommé par Sa Majesté au commandement en chef de son » armée devant La Mothe, après la mort à jamais regrettable » de M. de Magalotti, mon premier soin est de vous exprimer » combien je me trouverais heureux de voir cette place

» réduite sous l'obéissance du Roi mon maître, par une capi-
» tulation honorable qui épargnerait une nouvelle effusion de
» sang de ses défenseurs et de mes soldats. Il m'en coûterait
» aussi de livrer aux horreurs d'une prise d'assaut les habi-
» tants qui y sont renfermés. Je ne crains pas de vous tenir ce
» langage pacifique avant de recourir aux dernières extrémités
» de la guerre ; la bravoure dont vous, Monsieur le gouver-
» neur, et votre garnison, avez donné tant et de si récentes
» preuves, ne peut rien contre les forces dont je dispose.
» Veuillez donc m'envoyer sur-le-champ vos conditions par
» quelqu'un de vos officiers, je m'empresserai d'y souscrire, si
» elles n'ont rien d'incompatible avec mon honneur et les inté-
» rêts du Roi.

    » Je suis, etc.   » Le marquis de VILLEROY. »

Cette communication qui, en d'autres temps, n'aurait excité
que l'indignation et la colère de M. de Clicquot, fut reçue par
lui avec une espèce de satisfaction. Nicolas de Neufville, marquis de Villeroy, qui fut depuis duc et pair, maréchal de
France, gouverneur de Louis XIV, et père du triste général
de Hochstelt et de Ramillies, s'était distingué en Piémont, en
Catalogne et en France à divers siéges importants, et avait
laissé partout une grande réputation de modération et de
loyauté. Des ouvertures faites sur un tel ton, par un homme
aussi haut placé, d'un caractère aussi honorable, pouvaient
être discutées sans honte. Il assembla aussitôt le conseil de
défense, qu'il avait bien rarement réuni depuis le commencement du siége. Les ecclésiastiques, les chefs de la milice bourgeoise, les officiers supérieurs des deux régiments se rendirent
dans la salle, où déjà MM. Du Boys de Riocour, Rouyer,
Germainvilliers et Saint-Ouen, étaient entrés et causaient avec
le gouverneur.

La lettre de M. de Villeroy fut lue à l'assemblée et suivie d'un profond silence, qui ne parut pas d'un bon augure à M. de Germainvilliers.

— Hum! dit-il bas à Lallement qui se tenait derrière lui, personne ne prend la parole, parce que chacun est honteux de l'avis qu'il va proposer, et pourtant ils n'ont qu'une seule pensée, c'est de se rendre, morbleu!

— *Conticuere omnes intentique ora tenebant.*

« Tous se turent et écoutèrent avec attention », suivant l'expression de Virgile, murmura le chanoine.

Après quelques instants d'attente, M. de Clicquot, promenant lentement ses regards sur le conseil, dit avec un peu d'embarras :

— Messieurs, je n'ai pas besoin de vous faire un long discours; la lettre qu'on vient de vous lire vous explique assez pourquoi nous sommes ici; vous savez aussi bien que moi si nous avons rempli notre devoir jusqu'au bout, si nous pouvons encore prolonger la défense avec chance de succès. C'est à vous de prononcer; je demanderai d'abord l'avis de M. le lieutenant-général.

M. de Riocour se leva.

— Messieurs, dit-il avec émotion, il y a onze ans, dans pareille circonstance, j'ai déjà eu la douleur de proposer la capitulation de cette place, pour la sauver d'une ruine complète. Aujourd'hui je suis dans la nécessité de reconnaître que les maladies qui règnent parmi les bourgeois et les soldats, les pertes que nous avons essuyées au dernier assaut, la destruction de nos principaux ouvrages, doivent nous engager à capituler aux meilleures conditions possibles, afin de conserver à Son Altesse une ville qui lui sera un jour rendue, avant qu'elle ne soit devenue un monceau de cendres. Nous devons aussi songer aux meubles de la Couronne, aux archives que nous avons en dépôt et aux biens des habitants, et empêcher que l'ennemi ne s'en rende maître de vive force et en dispose en vainqueur.

— Ajoutez, reprit le colonel Le Poivre, que nous avons ici deux bons régiments et des canonniers qui seraient bien plus utiles dans les armées de Son Altesse, en rase campagne, qu'enfermés derrière ces murailles.

Beaucoup d'autres prirent ensuite la parole, et à l'exception de Germainvilliers et de Lallement, qui soutinrent avec énergie qu'il fallait périr plutôt que de se rendre, tous furent d'avis qu'on devait profiter des ouvertures modérées et conciliantes du général français, pour traiter avec lui. Mais, comme il arrive souvent dans les assemblées délibérantes, tous les motifs qui faisaient prévaloir cette opinion ne furent pas hautement exprimés. Chez le gouverneur, c'était la crainte de la vengeance de la reine-mère et du cardinal s'il était fait prisonnier de guerre; chez les chefs des troupes, c'était l'impatience de se voir enfermés dans une place isolée au cœur d'un pays occupé par les Français, et de ne pouvoir prendre part aux exploits de l'armée commandée par Charles IV; chez tous c'était le sentiment de l'insuffisance des talents du gouverneur. Ce dernier motif glaçait aussi l'ardeur de Germainvilliers et de Lallement. Après une assez longue discussion, on admit la nécessité de faire des propositions au marquis de Villeroy, et on en posa les bases.

— Vous exigerez d'abord que nous puissions emmener une partie de nos canons, s'écria Lallement.

— Il me semble bien nécessaire, dit l'abbé Guyon, qu'il soit expressément stipulé qu'aucun ecclésiastique ne pourra, sous aucun prétexte, être recherché pour les actes d'hostilité ou faits de guerre, quelques légers qu'ils soient,

Telum imbelle sine ictu,

un coup faible et sans portée, suivant l'expression de Virgile, par exemple, que l'on s'aviserait de lui imputer pendant la durée du siége.

— Il sera bien entendu, dit messire Rouyer, que les

conseillers et officiers de la cour souveraine pourront sortir de la place aux mêmes conditions que la garnison.

— Puisque vous ne pensez plus devoir vous défendre, reprit Germainvilliers avec amertume, réservez-vous au moins la faculté d'avertir Son Altesse de votre détermination, et donnez-lui le temps de venir vous secourir, si elle le peut encore.

Le projet fut enfin rédigé et remis à M. du Boy de Riocour, on choisit pour l'accompagner Germainvilliers et Saint-Ouën, qui, n'étant venus se jeter dans La Mothe que comme volontaires, n'entendaient pas suivre en tout le sort de la garnison, et devaient plus spécialement défendre les droits et les intérêts de la ville et des habitants. Ils se rendirent aussitôt au quartier-général de M. de Villeroy, qui les accueillit avec une courtoisie parfaite, et envoya en échange à M. de Clicquot deux de ses colonels, le marquis de Franciere, gouverneur de Langres, et M. de Beaupart, en ôtages.

Il discuta avec les Lorrains les propositions du conseil de guerre, et se montra assez facile sur presque tous les points. Mais en accordant un délai de sept jours pour que le gouverneur pût donner avis de sa situation au duc de Lorraine, il prétendit que pendant ce temps il garderait les deux officiers en ôtage, et n'en donnerait pas lui-même, qu'en outre on lui livrerait la première barrière de la porte et le dessus de la brèche du bastion Sainte-Barbe, pour les faire occuper par ses troupes. — « Voilà, dit-il à M. de Riocour, mon dernier mot, reportez-le à M. de Clicquot ; s'il refuse, renvoyez-moi mes deux colonels, vos Messieurs retourneront à La Mothe, je vous donne jusqu'à sept heures précises du soir.

Le lieutenant-général du bailliage rentra donc dans la ville et rendit compte de sa mission. Dès que les prétentions des Français furent communiquées au conseil de défense, un cri général d'indignation s'éleva :

Livrer la barrière ! livrer le dessus de la brèche ! s'écria Lallement, qu'ils viennent les prendre !

> — Lon lon la, laissez-les passer,
> Les Français par la barrière,
> Lon lon la , laissez-les passer,
> Nous allons bien les brosser.

chanta le colonel Le Poivre d'une voix de stentor, au grand mécontentement du gouverneur.

— S'ils occupaient le bastion qu'ils ont démoli, observa le chanoine Guyon, ce serait le cas de répéter les vers de Claudien *in Rufinum.*

> *Obsessâ tamen ille ferus lætatur in urbe*
> *Exultat que malis ; summoque è culmine turris*
> *Impia vicini cernit spectacula campi.*

ce qui signifie : « Cependant l'ennemi féroce se réjouit au sein de la ville assiégée, il triomphe de nos maux, et du sommet d'une tour élevée, contemple le spectacle impie que présente la campagne voisine. »

Clicquot lui-même déclara à l'assemblée qu'il ne consentirait jamais à de pareilles conditions. Le soir, quand l'heure fatale fut expirée, M. de Villeroy impatient envoya au bas du ravelin M. de Croizon, un de ses officiers, qui déclara aux Lorrains que le feu allait recommencer, qu'il fallait que le gouverneur rendît les deux colonels français en échange de M. de Germainvilliers et de Saint-Ouën qui reviendraient à l'instant. Clicquot fit dire qu'à cette heure la porte ne pouvait plus s'ouvrir, et que le lendemain à quatre heures du matin on aurait la réponse.

Le lendemain, 1.er juillet, à quatre heures précises du matin, le même officier était au bas du ravelin avec les deux ôtages lorrains. On fit entrer ceux-ci dans la place et il attendit dans le fossé que MM. de Franciere et de Beaupart lui fussent amenés.

Germainvilliers et Saint-Ouën allèrent chez le gouverneur qui déjà avait réuni près de lui ses principaux officiers.

— Hé bien, Messieurs, leur dit-il, M. de Villeroy a donc rompu la négociation entamée, il exige la barrière et la brèche !

— Oh ! il n'est plus si pressé maintenant, répondit Saint-Ouën, il a reçu cette nuit, par un courrier, une lettre du cardinal, qu'il nous a montrée fort obligeamment ; le ministre lui mande de ne pas épargner le temps, de ne rien précipiter, pourvu qu'en prenant la place, il puisse faire prisonniers de guerre le gouverneur et la garnison.

— Prisonniers de guerre ! s'écria Cliequot, nous sommes perdus !

Perdus ! répéta Germainvilliers en haussant les épaules, oh ! il ne nous tient pas encore !

— Avez-vous oublié, Monsieur, comment le feu roi Louis XIII a traité la garnison de Saint-Mihiel ! il a envoyé les soldats aux galères et les officiers à la Bastille, il voulait faire pendre M. de Salins qui y commandait.

— Le fait est, dit Remyon, qu'il vaut mieux rejoindre l'armée de Son Altesse dans le Luxembourg, que d'aller ramer sur les chiourmes du roi dans la Méditerranée.

— Et sauver nos biens et nos maisons que de payer une rançon de cinquante mille écus d'or au soleil, comme ceux de Saint-Mihiel, ajouta l'échevin Collin.

Une sorte de terreur panique avait saisi le gouverneur et la plus grande partie de son conseil ; il fit entrer M. de Croizon dans la ville, conféra avec lui et M. de Franciere et renvoya M. de Riocour déclarer à M. de Villeroy qu'il acceptait toutes ses conditions. Le marquis répondit qu'il tiendrait à celles qu'il avait proposées la veille, quoiqu'il eût reçu dans la nuit des ordres contraires de la cour. Il garda de nouveau près de lui MM. de Riocour, de Germainvilliers et de Saint-Ouën, et signa la capitulation que nous transcrivons ici textuellement :

Articles de la capitulation de La Mothe, arrêtés et convenus entre M. le marquis de Villeroy, lieutenant-général de l'armée du roi devant La Mothe, et M. de Clicquot, colonel de cavalerie et d'infanterie de S. A. le duc de Lorraine, et gouverneur de La Mothe.

« M. de Clicquot rendra la place de La Mothe vendredi prochain, sept du présent mois de juillet, entre les mains de M. le marquis de Villeroy, en cas qu'elle ne soit pas secourue dans ledit temps par une armée de quatre mille hommes au moins. Il lui sera donné un trompette, avec un passeport nécessaire pour envoyer un ou deux hommes jusqu'à Longwy, pour donner avis du présent traité. Ledit sieur de Clicquot donnera trois ôtages pour sûreté de sa parole, sans qu'il en demeure aucun de la part de M. de Villeroy.

» Que tous actes d'hostilités commis de part et d'autre pendant le siége et auparavant, de quelque nature qu'ils puissent être, par quelques personnes que ce soit, ecclésiastiques, soldats, bourgeois ou autres, demeureront pour éteints, sans qu'ils en puissent être recherchés, soit directement, soit indirectement.

» Que l'office divin se fera dorénavant en la manière qu'on avait accoutumé avant le siége, qui est celle de l'église catholique.

» Que tous les officiers qui sont dans la place, de quelque qualité, condition et nature ils soient, sortiront de la ville leurs vie et bagues sauvcs avec liberté, armes et bagages, la mèche allumée, balle en bouche, enseignes déployées, tambours battant, avec deux pièces de canon et de quoi tirer dix coups de canon.

» Que tous les meubles, quels qu'ils puissent être, appartenant à Son Altesse le duc de Lorraine, qui se trouvent en cette place, resteront à la disposition du sieur gouverneur et du commissaire général pour les sortir, rendre et conduire en toute assurance avec les officiers, soldats, canons et bagages susdits jusqu'à Longwy. A l'effet de quoi seront donnés tous les chariots, chevaux et harnais par M. de Villeroy. Pour la conduite de tout ce que dessus sera donnée bonne escorte, commandée par un officier d'autorité et qualité suffisantes pour répondre dudit envoi, jusqu'à Longwy; et, en cas que ledit lieu de Longwy fût pris par les armes du roi, le tout sera conduit à Luxembourg, ce qui s'exécutera de bonne foi par le chemin le plus court, et aux journées telles qu'ont accoutumé de les faire les gens de guerre. A cet effet, seront dressées étapes pour la nourriture desdits officiers et soldats, avec tous leurs équipages, le tout aux dépens de Sa Majesté très-chré-tienne.

« Qu'il sera donné par M. de Clicquot deux ôtages pour la sûreté du retour des chariots et chevaux, et après leur sera donné passeport pour se retirer où bon leur semblera.

» Que les officiers ou soldats blessés en ladite place y reste-ront et y seront traités de bonne foi aux dépens du roi jusqu'à entière guérison, auquel cas leur sera donné passeport pour se retirer où bon leur semblera.

» Que les femmes et enfants des officiers ou soldats de la garnison qui ne voudront à présent suivre leurs maris pourront rester en toute liberté, en tel lieu qu'il leur plaira, soit en cette place, en Lorraine, Barrois ou ailleurs, sans qu'il leur soit méfait directement ou indirectement en leurs personnes et biens, de quelque nature et condition que soient lesdits biens.

» Que tous les prisonniers, détenus de part et d'autre, sans aucune exception, pour quelque cas et prétexte que ce soit, seront rendus de bonne foi sans payer aucune rançon.

» Que les sieurs conseillers et officiers de la cour souveraine de Lorraine et Barrois, étant actuellement dans la place, pour-ront aussi sortir de la place avec la garnison, et permis à fem-mes et enfants de demeurer où ils voudront, sans qu'il soit mé-fait à leurs personnes ou biens, de quelque nature qu'ils soient,

» Qu'il ne sera permis à aucun officier français de prendre par force aucun soldat des troupes de S. A. le duc de Lorraine, sous quelque prétexte que ce soit.

» Que tout le bétail, meubles et autres choses pris avant le siége et pendant le siége, demeureront à ceux qui s'en sont saisis, sans qu'ils en puissent être recherchés, directement ou indirectement.

» Que tous prêtres, prévôts, chanoines et autres bénéficiers, quels ils puissent être, étant dans ladite ville ou ailleurs, resteront dans la jouissance de leurs bénéfices, comme avant les guerres de ceux assis en la place, comme de ceux situés ailleurs, sans qu'ils puissent être troublés directement ou indirectement en la possession et jouissance d'iceux, et fruits et dépendances ; le tout en prêtant serment de fidélité au roi.

» Que tous les officiers du bailliage du Bassigny ou des sénéchaussées de La Mothe et Bourmont, seront maintenus en leurs charges et offices, avec les droits, émoluments, priviléges, franchises et exemptions dont ils jouissaient avant la guerre, sans pouvoir être troublés dans leurs priviléges, franchises et exemptions, pour quelque cause et sous quelque prétexte que ce soit, en prêtant serment de fidélité au roi.

» Sera néanmoins loisible aux prévôt et chanoines de La Mothe, comme à tous autres officiers de justice, qui ne voudront rester dans leurs bénéfices et offices, d'en disposer ainsi que bon leur semblera dans l'année, pourvu que ce soit à personnes capables et agréables à S. M., et, ce faisant, pourront se retirer où ils voudront en toute liberté.

» Que les bourgeois de La Mothe demeureront à volonté dans la ville ou ailleurs, où bon leur semblera, et seront conservés en leurs vie, libertés et biens, dans quelques lieux qu'ils soient, comme ci-devant, sans qu'il soit fait aucun tort à leurs personnes, femmes, enfants, famille, non plus qu'à leurs biens, meubles et immeubles, desquels ils pourront disposer à leur volonté par vente desdits immeubles ou sortie desdits meubles, nonobstant tous logements de gens de guerre, et ils jouiront de tous les priviléges, franchises et droits à eux concédés, tant en général qu'en particulier, par les ducs de Lorraine ; et ne pourront être contraints, les bourgeois qui voudront demeurer en la place, de fournir aucuns vivres ni entretien, sinon le logement seulement, à la mode des autres garnisons de France. En cas qu'aucuns se trouvent réfugiés présentement dans ladite place, qui ne soient ni de la garnison, ni bourgeois, leur sera loisible d'en sortir la vie sauve, avec liberté de se retirer avec leurs familles et meubles où bon leur semblera.

» Que les pères Récolets et les religieuses de la congrégation de Notre-Dame de ladite ville pourront, en toute sûreté et liberté, demeurer en leurs couvents et y faire la fonction de leurs règles, en prêtant serment de fidélité, ou en sortir de leur volonté avec tous les ornements d'église et autres meubles quels qu'ils soient, pour aller où bon leur semblera.

» Que toutes les confiscations ou saisies faites pendant ce siége seront annulées, et ceux sur qui auront été faites lesdites confiscations rentreront en leurs biens saisis et confisqués, en quelque lieu qu'ils soient situés, en France ou ailleurs, et si quelques immeubles ont été vendus, ils rentreront en possession d'iceux.

» Que toute l'artillerie, les munitions de guerre et de bouche seront remises de bonne foi entre les mains du commissaire envoyé par M. de Villeroy, sans rien excepter.

» En cas que quelques officiers, sous-officiers, soldats, bourgeois ou réfugiés auraient laissé aucuns de leurs meubles en ladite ville, lesdits meubles y demeureront en toute sûreté jusqu'à ce que lesdits officiers, soldats, bourgeois ou réfugiés les veuillent retirer, ce qu'ils seront obligés de faire dans l'année, à compter du jour de la reddition.

» Sera permis à M. de Villeroy d'envoyer, si bon lui semble, une fois le jour, une personne pour voir en quel état sont les travaux de ladite ville, afin qu'il n'y soit rien innové, comme aussi il promet de ne rien faire de deçà, et les faire visiter aux ôtages.

» Fait à La Mothe, ce 1er juillet 1645.

» Marquis DE VILLEROY. Baron DE CLICQUOT. »

M. de Franciere et deux commissaires entrèrent dans la place comme ôtages sans en prendre le nom, et deux détachements français occupèrent la barrière de la porte de France et la brèche du bastion.

CHAPITRE XVIII.

Avant de partir de nouveau pour le camp français, M. de Germainvilliers avait pris à part le canonnier, et l'avait engagé à l'accompagner chez le chanoine. Il était encore bien matin, mais Henriette était déjà levée, et aidait Guite à apprêter le déjeuner. L'abbé était soucieux, et, en les voyant, il leur dit avec tristesse : — Eh bien ! mes dignes amis, vous allez nous quitter, et nous pouvons dire avec Jérémie :

Et direpta est civitas, et omnes bellatores viri ejus fugerunt.

« La ville fut prise et tous ses hommes de guerre s'enfuirent. »

— Nous ne fuyons pas, mon cher abbé, répondit Germainvilliers, et votre latin est fort déplacé. J'ai consenti à rester comme ôtage au camp de M. de Villeroy, parce que j'y servirai mieux nos intérêts que dans une ville abandonnée aux conseils de la peur, où l'on se défie de moi, et j'ai fait désigner Lallement pour porter la capitulation à Son Altesse, parce qu'excepté moi, il est le seul maintenant ici qui désire voir arriver l'armée de Charles, et que seul il aura assez de pouvoir sur l'esprit du duc de Lorraine pour l'amener à temps à notre secours.

— Vous aussi, mon bon Lallement, vous nous quittez ? s'écria Henriette pâle et tremblante ; vous m'abandonnez pour entreprendre un si long voyage, au milieu des armées ennemies !

12

— Oh ! Henriette, dit Lallement, c'est pour sauver La Mothe ! Mon Dieu ! pourriez-vous vous faire à l'idée que la pauvre ville se rendrait encore une fois aux Français ? Je trouverai le duc de Lorraine en marche, il déchirera cette capitulation, il chassera devant lui Villeroy comme il a chassé Du Hallier. Mais, rassurez-vous, ce voyage n'offre pas le moindre danger ; je pars comme parlementaire, avec une sauve-garde française. Si je ne puis obtenir de Son Altesse qu'elle vienne nous délivrer, je serai de retour avant le 7, le jour fatal ; je ne vous quitterai plus, jamais, non, jamais !

— Mademoiselle, reprit M. de Germainvilliers, il y a dans la capitulation un article en faveur des femmes des officiers de la garnison, ce n'est pas sans motif que je l'y ai fait insérer. Vous savez que Son Altesse m'a délégué sur vous ses pouvoirs de tuteur, j'ai donc fixé, sauf votre agrément, au vendredi 7 juillet, à cinq heures du matin, votre mariage. Si le duc de Lorraine nous tient parole, il y viendra danser après le bal qu'il aura donné aux Français. Si... si... mais je ne puis admettre cette supposition, s'il approuve cette maudite capitulation, vous suivrez votre époux, et, comme à mon âge on a besoin de repos, je vous offrirai un asile dans ma pauvre maison de Germainvilliers, où j'irai me retirer. Je ne puis plus faire une campagne à la suite de notre infatigable duc, et je ne demeurerai pas à La Mothe dès que le drapeau blanc y flottera.

Henriette rougit, sourit et se jeta dans les bras du vieillard qui l'embrassa paternellement sur les deux joues.

— Allons, Monsieur de Germainvilliers, dit Guite, cela fait du bien de vous entendre, cela me rassure un peu. Voilà M. le chanoine qui nous faisait tourner la tête avec ses craintes perpétuelles ; ne s'est-il pas imaginé que les Français le rechercheraient et lui feraient son procès pour avoir tiré sur leur Macaroni ; nous n'avons cessé d'en pleurer avec cette pauvre enfant. Comme si l'on oserait mettre la main sur un prêtre !

— Cela s'est vu, Guite, cela ne s'est que trop vu. Que lisons-nous dans Jérémie, au chapitre 52 des Prophéties?

Et tulit magister militiæ Saraiam sacerdotem primum et Sophoniam sacerdotem secundum et tres custodes vestibuli.

« Le général de l'armée prit aussi Saraïas qui était le premier prêtre, et Sophonias qui était le second, et trois gardiens du vestibule. » Et plus loin .

Tulit eos Nabuzardan magister militiæ et duxit eos ad regem Babylonis in Reblatha.

« Et Nabuzardan, le général de l'armée, les prit tous et les conduisit au roi de Babylone, dans Reblatha. »

Et percussit eos rex Babylonis, et interfecit eos in Reblatha, in terrá Emath; et translatus est Juda de terrá suá.

« Et le roi de Babylone les frappa et les tua dans Reblatha, dans la terre d'Emath, et Juda fut transporté de son pays. »

— Laissez-là Jérémie, s'écria Germainvilliers impatienté, c'est bon pour la semaine sainte. Préparez-vous plutôt à bénir nos mariés vendredi matin, je serai exact à l'heure, ma captivité d'ôtage sera terminée. Partons, Lallement, partons. Embrasse ta fiancée; adieu, Mademoiselle, adieu, chère enfant! adieu, Monsieur l'abbé, vous viendrez aussi nous voir à Germainvilliers, et nous chasserons ensemble un lièvre, ou nous volerons un héron, si les Français m'en ont laissé. Bonjour, Guite, je vous recommande ma chère pupille; et le vétéran entraîna son compagnon. Ils firent à la hâte leurs préparatifs de départ : M. de Germainvilliers rejoignit Riocour et Saint-Ouën et se rendit au camp; peu après, Lallement, escorté d'Antoine, sortit aussi par la porte de France, un trompette français les attendait avec un passeport de M. de Villeroy; ils trouvèrent la première barrière déjà occupée par un poste des gardes-françaises : le sergent leur ouvrit.

— Tiens! c'est vous, Balafré, s'écria La Rose, et où allez-vous si vite? Voyons le passeport, je ne connais que ma

consigne, même avec un ennemi que j'estime... Ah ! bien ! je
comprends, vous allez à Longwy : mauvais pays, on n'y boit
que de la bière, pouah ! Mais, à votre retour, nous serons un
peu plus commodément installés, et je vous ferai apprécier la
cuisine du régiment des gardes. En attendant, permettez-moi
de vous offrir la goutte de l'amitié.

— Merci, sergent, je n'ai pas un instant à perdre.

— Cela ne se refuse jamais. Nous avons ici une cantinière
qui n'est ni belle ni jeune, mais elle a de l'eau-de-vie admirable,
et surtout pure. Les Bohémiens, cela ne connaît pas le bap-
tême. Holà ! la mère Lajoie, apportez-nous le véritable cognac.

La vieille mégère approcha en grommelant, et lança en-des-
sous un regard sinistre à ses deux hôtes de l'ermitage du bois
de la Roche.

— Ah ! dit Antoine, c'est la bonne femme qui nous a si
bien prédit la bonne aventure. Servez-nous bonne mesure et au
trompette aussi, et sans rancune.

— Comment ! s'écria Lallement, vous avez mis un bât à
mon pauvre alezan, et vous en avez fait un cheval de cantine !
quelle infamie ! voulez-vous me le vendre ?

— Donnez-m'en seulement dix ducats et il est à vous,
répondit l'Egyptienne.

— Eh bien ! mère Satan, reprit Antoine, vous pourrez
vous vanter d'avoir fait un bénéfice honnête ! Dix ducats pour
un cheval que vous nous avez volé, et le mien que vous gardez
par-dessus le marché. Que dix mille fièvres quartes vous
serrent !

Mais Lallement ne marchanda pas, il remit l'or à la vieille,
il ôta la selle du cheval qu'il avait amené de La Mothe, et la
plaça sur le dos de son fidèle coursier, qui hennit en le reconnaissant, et les oreilles droites, les naseaux ouverts, répondait
à ses caresses par un regard vif et intelligent.

Pendant ce temps un officier de ronde survint et demanda

au sergent pourquoi tant de bruit au poste? La Rose le lui expliqua.

— Ah! Monsieur Lallement, je crois! dit l'officier d'un ton ironique, je vous souhaite un bon voyage.

— Monsieur de Guebenhouse, si je ne me trompe! répondit Lallement avec hauteur. Et un frisson le saisit en voyant ce nouvel ennemi à la porte de La Mothe.

Les deux Lorrains montèrent à cheval, et partirent avec leur trompette. Guebenhouse s'approcha de la Bohémienne et la tira à part.

— Vous avez bien vu le Balafré? lui dit-il tout bas.

— Oui, oui, soyez tranquille.

— Il ne faut pas qu'il revienne.

— Il ne reviendra pas.

— Où est le vivandier?

— Le voilà qui les examine descendre le sentier de la montagne; il arrangera tout cela, rapportez-vous-en à lui.

Ce fut une semaine d'angoisses cruelles pour la malheureuse ville de La Mothe, que celle qui suivit la signature de la capitulation. La vue de ces soldats français établis sur la brèche et devant la porte avait fait monter le rouge au front de ses défenseurs, ils commençaient à se repentir d'avoir si promptement consenti à se rendre, et maintenant tous, M. de Clicquot le premier, désiraient avec ardeur que le duc de Lorraine vînt les dégager de leur parole. Ils comptaient sur Lallement, sur son dévoûment éprouvé, sur son crédit près de Charles IV, et ils calculaient avec impatience combien de jours, d'heures il lui fallait pour se rendre à Longwy, où il devait trouver le duc, suivant les plus récentes nouvelles données par l'huissier; en combien de marches l'armée Lorraine pouvait arriver. Le jeudi, dès le matin, l'anxiété était à son comble, on écoutait le moindre bruit lointain qui s'élevait vers la montagne; plus d'une fois les sentinelles annoncèrent qu'on entendait le canon dans la direction de Neufchâteau ; mais on reconnaissait bientôt que ce n'était que le murmure confus du camp de l'ennemi dont la sécurité semblait complète.

Un tourbillon de poussière qui s'élevait à l'horizon était signalé comme l'approche de l'armée de Charles, mais les grand-gardes de cavalerie restaient immobiles dans la plaine et sur les collines, et le nouvel espoir s'évanouissait encore. La garnison était sous les armes, prête à sortir au premier signal, les bourgeois étaient à leur poste, et le chanoine Guyon murmurait, en se promenant la canardière au bras, sur le bastion de Vaudémont, le premier verset du chapitre II du prophète Habacuc :

Super custodiam meam stabo, et figam gradum super munitionem.

« Je me tiendrai en sentinelle à mon poste, et je demeurerai ferme sur le rempart. »

La journée s'écoula ainsi, puis vint la nuit, puis minuit sonna comme le glas des agonisants au clocher de la Collégiale, et une morne stupeur glaça tout ce qui respirait dans La Mothe, quand le douzième coup frappé sur le timbre s'évanouit dans l'air en un dernier frémissement de l'airain. On assure qu'à cette heure suprême on vit les cierges allumés devant les images de la Sainte-Vierge et de saint Nicolas, par la piété des fidèles qui remplissaient l'église, jeter une clarté plus pâle, puis de pétillantes étincelles rougeâtres, et s'éteindre subitement ; les corneilles et les effrayes, habitantes des vieilles tours, s'envolèrent en poussant de rauques croassements et des clameurs funèbres ; une femme qui priait dans la grande nef, agenouillée sur la tombe de M. d'Ische, raconta qu'elle avait senti s'ébranler le marbre funéraire, et entendu un sourd cliquetis, comme si les ossements d'Antoine de Choiseul s'étaient agités dans leur cercueil.

Le reste de cette courte nuit d'été parut bien long aux assiégés, et quand une faible raie blanche commença à poindre confusément au levant derrière les bois, ils espérèrent encore

qu'ils allaient découvrir l'armée Lorraine, qu'au moins Lallement allait arriver, et tous les regards plongés dans les ténèbres
qui se dissipaient graduellement cherchaient avidement dans
l'espace. Enfin, avant que le jour parût entièrement, on entendit le qui-vive des Français postés à la barrière, le son aigu
de la trompette et la réponse sonore : *Parlementaire lorrain !*
Les lourdes chaînes du pont-levis s'entrechoquèrent en se
tendant, la porte cria sur ses gonds rouillés, et le pas des
chevaux retentit sous la voûte.

Henriette aussi avait vu avec une profonde inquiétude
s'écouler la journée de la veille et la nuit tout entière. Elle
n'avait pas foi en sa destinée, et tant de peines et de décep-
tions avaient affligé sa vie, qu'une voix intérieure lui disait
sans cesse qu'elle ne devait jamais compter sur le bonheur.
Pourtant l'amour si vrai, si dévoué de Lallement, son courage
si ferme, si indomptable, lui rendaient un peu d'espérance.
Oh ! il arrivera, disait-elle, il me l'a promis, il surmontera
tous les obstacles. Oui, cette nature rude et inculte, elle s'est
assouplie pour moi ! ce soldat sans crainte, ce cœur qui ne
battait que pour son prince et son pays, il est à moi tout
entier, il m'aime ! Oh ! il m'aime plus que La Mothe, plus
que le duc de Lorraine. Ah ! je le paierai de retour, je lui
consacrerai ma vie, je ferai le bonheur de cette âme si noble,
si grande, si généreuse !

De temps en temps Guite venait lui apprendre les nouvelles
qui se répandaient dans la ville, et qui se trouvaient démenties
un instant après; elle la rassurait pourtant, et lui répétait
sans cesse que Lallement reviendrait, que jamais il n'avait
manqué à sa parole.

Le soir le chanoine rentra fatigué, maussade, se plaignant
du retard du canonnier qui l'avait fait attendre *a custodia
matutinâ usque ad noctem,* « depuis la faction du matin jusqu'à
la nuit », suivant l'expression du psalmiste. Le souper fut

triste, la conversation froide et languissante, et chacun se retira
de bonne heure pour demander au sommeil l'oubli momentané
de ses peines. Mais à minuit toute la maison fut éveillée en
sursaut, par le triste et plaintif hurlement de Médor, auquel
semblaient répondre les autres chiens renfermés dans la ville.
Ces sons avaient quelque chose de si lugubre, de si semblable
aux accents désespérés de la voix humaine, que le chanoine et
les deux femmes se levèrent épouvantés, se réunirent dans la
petite salle basse et se mirent en prières. Vers deux heures,
l'abbé voulut absolument aller sur les remparts attendre les
nouvelles qu'apporterait le matin. Guite regrettant que la
messe de mariage qu'il devait dire ne lui permît pas de se
réconforter l'estomac d'un verre de vin vieux d'Espagne, lui
mit sur les épaules un manteau fourré pour le préserver du
froid brouillard du matin, et ne le laissa partir que sous l'escorte de l'enfant de chœur Martin, qu'elle parvint à éveiller
en lui tirant fortement les oreilles.

— Maintenant, dit-elle, quand son maître fut parti, il faut
vous habiller, Mademoiselle; avant que cinq heures ne sonnent,
comptez bien que M. Lallement sera ici, et M. de Germainvilliers aussi : j'ai préparé vos malles pour suivre votre mari; en
sortant de l'église, vous déjeunerez ici. Ce sera un bien petit
repas de noces, mais nous les célébrerons de nouveau dans un
temps meilleur. En vérité, on dirait qu'il y a quelque malheur
en l'air, ma crème à la fleur d'orange a tourné. Et elle emmena
Henriette dans sa chambre, où la robe blanche, le voile et la
couronne l'attendaient. M.elle de Beaumont sourit à travers ses
larmes et embrassa la vieille gouvernante, qui s'occupa active-
ment de la toilette de la jolie fiancée. Mon Dieu! disait-elle en
la contemplant avec affection, que vous serez charmante avec
cette parure, et que Lallement va vous trouver belle! Allons,
je vais maintenant m'occuper de mon déjeuner.

— On frappe, Guite; on frappe à la porte. Grand Dieu!

quels cris dans la rue! Est-ce Lallement? Oh! je n'aurai pas
ce bonheur.

Guite ouvrit, et l'enfant de chœur Martin se jeta dans la
maison en courant, il était tout essouflé. Henriette, dans sa
toilette de mariée, entra aussitôt que lui dans la salle basse.

— Qu'y a-t-il? au nom du ciel! s'écria-t-elle.

— Il y a, il y a... ô mon Dieu! comme j'ai couru, je ne
peux plus respirer.

— Parlez, polisson, ou mon martinet vous caressera les
épaules, dit Guite impatientée.

— Hi! hi! Mademoiselle Guite, ne me battez pas, c'est
pour être le premier à vous annoncer la nouvelle que j'ai si
fort couru.

— Ne pleurez pas, malheureux, et parlez tout de suite.

— Eh bien! tout le monde crie et gémit dans la ville, parce
que M. Antoine a dit comme cela que le duc de Lorraine n'arri-
verait pas, et qu'il fallait laisser entrer les Français.

— Et M. Lallement, où est-il? que dit-il, lui?

L'enfant ouvrit la bouche et les yeux de toute leur grandeur.
— Je n'en ai point vu.

— Vous n'en avez point vu, polisson? s'écria Guite, en
levant l'instrument pédagogique.

— Non, je ne l'ai pas vu, le trompette était seul avec M.
Antoine; mais, voilà que je m'en souviens, on a dit autour de
moi que M. Lallement ne reviendrait pas.

— Ne reviendrait pas? dit Henriette d'une voix déchirante,
ne reviendrait pas? il est mort, alors, il est mort! O mon Dieu!
il faut que je voie Antoine, il le faut! Conduisez-moi, Guite;
venez mon enfant, conduisez-moi vers lui, je veux le voir à
l'instant! Et elle s'avançait vers la porte de la rue.

— Calmez-vous, Mademoiselle, calmez-vous, pour l'amour
de Dieu. Que penserait-on de vous voir ainsi vêtue? Cet enfant est un menteur, cela n'est pas possible. Ah! je vous

corrigerai d'importance, petit drôle, pour mettre Mademoiselle dans un pareil désespoir.

Le malheureux thuriféraire s'échappa à propos, au moment où le chanoine entrait amenant Antoine. L'abbé Guyon espérait confier à Guite seulement la triste nouvelle dont il était porteur, et préparer doucement Henriette à l'aprendre ; mais quand il l'aperçut dans la salle, pâle, échevelée, vêtue de sa robe nuptiale, toute sa présence d'esprit l'abandonna, ses citations latines même lui firent défaut, et le bon et digne prêtre ne sut que pleurer à chaudes larmes.

Melle de Beaumont saisit la main d'Antoine, et, le regard fixe, la parole brève et entrecoupée, les lèvres tremblantes, elle lui dit d'un ton ferme :

— Antoine, devant Dieu, dites-moi la vérité : j'ai la force et le courage de l'entendre. Lallement est mort ?

Antoine baissa la tête.

Elle poussa un cri déchirant, mais elle se contint, et l'œil sec et brillant, elle lui dit avec un calme plus effrayant que les emportements du désespoir :

— Je veux tout savoir ; vous voyez bien que je suis en état de supporter le coup. Taisez-vous, Guite, taisez-vous, mon bon père, laissez-le parler !

Antoine, subjugué par le ton et le regard de la jeune fille, n'osa lui résister.

— Nous avons voyagé, dit-il, d'abord avec une grande vitesse, grâce aux chevaux de relais que le trompette nous faisait facilement fournir, au moyen de notre passeport ; mais, près de Longuyon, nous tombâmes au milieu de l'armée française, commandée par le duc d'Enghien, qui, au lieu de manœuvrer dans la Hesse, comme nous le croyions, pour dégager le vicomte de Turenne, battu par Mercy à Mariendal, s'était arrêté en Lorraine afin de couvrir le siége de La Mothe, et attendait dans une bonne position le duc de Lorraine, qui s'avançait pour la secourir. Nous sûmes bientôt que notre armée, inférieure en nombre, n'avait pas dépassé Longwy. On nous y laissa pénétrer sans difficulté, et nous fûmes conduits en présence de Charles IV. Il avoua qu'il lui était impossible, en face d'un jeune général si habile et si alerte, avec des forces si disproportionnées, de songer à risquer une bataille, après laquelle il faudrait entreprendre une marche de plus de cinquante lieues pour nous délivrer ; il déclara à M. Lallement qu'il approuvait la capitulation et remerciait le gouverneur, la garnison et les habitants de leur constance. Je n'ai pas besoin de vous dire, Mademoiselle, les instances de Lallement et son profond désespoir. Quand il vit qu'il ne pouvait rien obtenir, nous repartîmes en hâtant notre marche autant que possible, mais nous trouvions à chaque pas des obstacles inattendus, ce n'était plus qu'avec des peines infinies que nous obtenions des chevaux ; ceux surtout que M. Lallement devait monter étaient rétifs, ou se déferraient subitement ou ne pouvaient fournir la moindre course. Dans les villes que nous traversions on examinait minutieusement notre passeport, on nous faisait perdre un temps précieux par mille mauvaises chicanes. D'autres fois il nous fallait attendre notre trompette, que l'on retenait sous le plus léger prétexte. A Saint-Mihiel et à Void, des aventuriers de mauvaise mine vinrent nous chercher querelle, mais nous n'eûmes garde de donner dans ce piége. Il était bien évident pour nous qu'il y avait un complot formé pour retarder notre voyage : M. Lallement était persuadé qu'on en voulait à sa vie. Hier, nous n'entrâmes à Vaucouleurs que dans la soirée, et nous savions qu'il fallait arriver à La Mothe avant le jour. Nous fûmes retenus encore plus longtemps que de coutume par les formalités du passeport, et jamais on ne nous avait encore donné d'aussi mauvais chevaux. M. Lallement me prit à part : — Tenez, me dit-il, voici la lettre du duc de Lorraine pour le gouverneur ; s'il m'arrive quelque malheur, ne vous arrêtez pas à me secourir ou à me défendre, partez, arrivez à tout prix; veillez sur Melle de Beaumont.

Nous montâmes à cheval, il se tenait près du trompette, un pistolet à la main, prêt à lui casser la tête au moindre signe de trahison. Nous approchions enfin de Neufchâteau, et comme il devait y retrouver son bon cheval qu'il y avait laissé en sortant de La Mothe, il comptait bien que là tout danger serait passé et que rien n'interromprait plus notre voyage. Mais une demi-lieue avant d'y arriver, parvenus à un endroit où la route à pic touche au bord de la Meuse, nous fûmes arrêtés par une sorte de barricade de branchages qui en occupait toute la largeur. La nuit était très sombre, le cheval du trompette s'y jeta et s'abattit : il le releva en jurant. Au même instant, une voix rude cria : — Qui vive! — Parlementaire! répondit M. Lallement. Quatre ou cinq coups de feu partirent aussitôt, et lui et son cheval tombèrent percés de balles. J'étais un peu en arrière, et avant que je pusse arriver à son secours, les assassins l'achevèrent à coups de crosse et jetèrent son corps dans la rivière qui coulait au bas de la berge. Je tirai au hasard mes deux pistolets, aussitôt mon cheval, frappé d'un coup de mousquet à bout portant, se renversa et m'entraîna dans sa chute. Je me dégageai avec peine, mais les meurtriers avaient disparu; j'appelai inutilement le trompette et ne le retrouvai qu'à la porte de Neufchâteau. J'y repris le cheval de M. Lallement et m'empressai d'arriver à La Mothe pour remplir ses dernières volontés.

Comment peindre cette douleur sombre, morne, sans larmes, sans cris, de Melle de Beaumont? Elle était anéantie, les yeux levés au ciel, les mains jointes dans une étreinte convulsive, n'entendant plus, la tête renversée sur le dossier de sa chaise, ne répondant ni aux consolations du chanoine, ni aux paroles affectueuses de Guite, ni aux caresses de Médor qui s'efforçait d'avancer son museau noir sous les mains croisées de sa maîtresse ou les léchait en faisant entendre un petit murmure inquiet.

CHAPITRE XIX.

Cependant une grande agitation régnait dans la ville ; au milieu des larmes, des gémissements, des cris de désespoir des habitants, les tambours battaient l'assemblée, les soldats se rangeaient un peu confusément sous leurs drapeaux, on chargeait les bagages sur les chariots, on enlevait les meubles de l'hôtel du gouvernement, et l'on emballait sans beaucoup de précautions les magnifiques tapisseries de la couronne, « re-» haussées d'or et de soie, dont douze pans représentaient les » mois de l'année, et les autres la vie de saint Paul, d'un » artifice ravissant et qui surpassait le prix de leur matière, » suivant l'expression d'un historien du siége.

M. de Clicquot, au milieu des soins de toute nature que lui imposait cette triste journée, n'oublia pas la promesse qu'il avait faite autrefois à Lallement ; il se rendit lui-même chez le chanoine pour offrir ses consolations et ses services à Henriette. Avec une résolution dont ses amis étaient loin de la croire capable, elle semblait avoir secoué tout d'un coup la stupeur dans laquelle elle était d'abord tombée. Toujours silencieuse, elle avait quitté sa parure de fiancée et l'avait renfermée avec soin dans une cassette qui lui venait de sa mère, pour reprendre ses vêtements de deuil. Quand on annonça le gouverneur, elle le reçut avec une dignité triste, mais lui témoigna en peu de mots simples et expressifs combien elle était reconnaissante de cette démarche.

— Mademoiselle, reprit-il, si vous consentiez à suivre de pauvres vaincus jusqu'à Longwy, vous seriez environnée de tout le respect et les égards que commande une si haute infortune. Plusieurs de nos officiers sont mariés, et les dames qui vont partager leur sort vous offriraient une compagnie parfaitement convenable.

— Je vous remercie, Monsieur le gouverneur, je vous remercie : j'aurais suivi mon époux partout où il lui aurait plu de me conduire.... Maintenant, je ne puis plus quitter mon second père, celui dont le toit m'abrite depuis si longtemps.

— Je désire bien que sa protection vous suffise; mais quoique je compte sur la fidèle exécution de la capitulation, M. l'abbé Guyon pourra-t-il vous défendre de toute insulte dans une ville que l'ennemi va occuper, où il sera logé chez l'habitant?

— J'ai vu par un des articles, dit le chanoine, que pour continuer à jouir de leurs bénéfices, les ecclésiastiques doivent prêter serment de fidélité au roi de France : alors, je résignerai le mien et je quitterai La Mothe, car je ne veux pas reconnaître d'autre souverain que Son Altesse Charles IV. *Nemo potest duobus dominis servire.* « Personne ne peut servir deux maîtres à la fois, » a dit l'Ecriture en saint Mathieu, chapitre VI, verset 24.

— Et où comptez-vous aller?

— Je n'en sais rien encore, je ne puis partir sans avoir mis en sûreté ma bibliothèque, qui pourtant n'est pas nombreuse, car j'ai suivi le précepte de Sénèque en son épître deuxième : *Cùm legere non possis quantùm habueris, sat est habere quantùm legas.* « Ne pouvant lire autant de livres que vous en auriez, c'est assez d'en avoir autant que vous en pouvez lire. »

— Nous aurons recours à M. de Germainvilliers, reprit Henriette; je suis placée sous sa tutelle par la volonté de Son

Altesse, il nous a offert un asile dans son château, il revient ici ce matin et nous y conduira lui-même.

— M. de Germainvilliers ne rentrera pas maintenant à La Mothe, répondit M. de Clicquot, il ne pourra même retourner dans sa maison de Germainvilliers que dans quelques jours. Le marquis de Villeroy, par une interprétation de nos conditions, à laquelle je ne m'attendais pas, prétend conserver les mêmes ôtages jusqu'au retour de l'escorte qu'il nous fournit, il vient de me l'écrire.

— Henriette leva les yeux au ciel : j'attendrai, dit-elle avec un profond soupir.

— Vous ne pouvez l'attendre dans cette maison sans défense. Laissez-moi vous offrir un asile plus sûr, l'appartement de M.me d'Ische, à l'hôtel du gouvernement; il est tout à fait isolé du corps-de-logis principal et a une entrée particulière. Vous y serez servie par une femme dont je vous garantis la fidélité, la veuve d'un ancien soldat. J'écrirai à M. de Villeroy une lettre qui vous servira de sauvegarde, je vous recommanderai spécialement à sa protection, comme femme d'un de nos officiers, vous vivrez là cachée jusqu'au retour de M. de Germainvilliers. Nous n'avons pas une minute à perdre; acceptez, Mademoiselle, acceptez, et laissez-moi vous y conduire.

Le chanoine et Guite joignirent leurs instances à celles de M. de Clicquot, ils promirent à Henriette d'aller la voir souvent, de veiller sur elle, et elle consentit en pleurant à se séparer d'eux pour quelques jours : elle accepta le bras de son protecteur et sortit avec lui.

Comme il se retirait, il aperçut Antoine. — C'est vous, canonnier ! lui dit-il, vous savez que nous emmenons deux canons; vous avez des dispositions à prendre, ne vous faites pas attendre.

— J'avais espéré, Monsieur, dit M.lle de Beaumont, que vous lui permettriez de rester près de nous, au moins jusqu'au retour de M. de Germainvilliers.

— Je suis au désespoir de vous refuser, Mademoiselle, mais d'abord la capitulation est formelle : cet homme fait partie de la garnison, il faut qu'il sorte de la place, ensuite j'ai particulièrement besoin de lui pour le service de l'artillerie.

Henriette s'inclina en silence, mais ne put retenir une grosse larme.

— Je voudrais, Mademoiselle, reprit M. de Clicquot, visiblement ému, ne pas vous laisser ici sans défenseur, et je vous renverrai Antoine à la seconde étape, je le chargerai d'une lettre qui lui servira de passeport et lui permettra de rentrer dans la ville.

M.lle de Beaumont le remercia vivement, elle fit ses adieux à ses amis et se laissa conduire à la tourelle, où M. de Clicquot l'installa à la hâte, pressé d'aller donner ses derniers ordres pour l'évacuation de la place.

Il est nécessaire, pour l'intelligence du reste du récit, que nous fassions connaître la disposition *de l'appartement de la veuve*. La tourelle d'Ische ou du nord, dont il occupait le rez-de-chaussée, était placée à l'angle du corps-de-logis principal, et en était séparée par un vestibule dans lequel s'ouvraient une porte communiquant avec l'intérieur de l'hôtel, et une autre donnant directement issue dans une petite rue détournée ; au-dehors de ce même vestibule était un escalier tournant conduisant au premier étage. L'appartement se composait d'une très petite anti-chambre, de la chambre à coucher et d'un arrière-cabinet, servant d'oratoire. Le secret de la communication souterraine avec la chambre de M. d'Ische n'était plus maintenant connu de personne, et il était impossible de le découvrir. De riches meubles, des tableaux décoraient ce petit appartement ; mais Henriette, en rentrant dans ces lieux habités jadis par sa marraine, dont pourtant elle n'avait jamais connu les peines, sentit redoubler sa tristesse et le sentiment de son délaissement. La veuve dont le gouverneur lui avait parlé avait été instruite par lui, en peu de mots, du nouveau service qu'elle aurait à remplir, et du mystère qui devait entourer le séjour d'Henriette. C'était une femme discrète et réservée, dont le mari avait été tué au premier siège; elle fit promptement les arrangements nécessaires pour l'établissement de sa nouvelle maîtresse, et lui demanda la permission d'amener dans leur retraite sa fille Jeannette, qu'elle n'oserait laisser seule dans sa maison. M.elle de Beaumont y consentit avec empressement, et en peu d'instants une jeune et jolie fille, à peu près de son âge, rose, blonde, timide, douce et prévenante, lui apporta une partie du bagage qu'elle avait laissé chez le chanoine, et vint partager sa solitude.

La garnison Lorraine sortit enfin et défila lentement avec son artillerie, suivie de ses chariots, des femmes et des enfants des militaires et de quelques bourgeois qui ne pouvaient se résoudre à vivre sous la domination étrangère. Tant qu'elle marcha dans l'enceinte de la place et n'eût pas dépassé le chemin couvert, on la vit triste et silencieuse; mais quand elle approcha de la barrière et aperçut les Français rangés en bataille sur les glacis, elle reprit sa contenance fière et son allure vive et résolue, au bruit éclatant et cadencé de ses tambours, tandis que ceux des assiégeants battaient aux champs et que leurs troupes lui rendaient les honneurs militaires. Elle descendit la montagne, franchit le pont Saint-Pair, salua d'une dernière acclamation la malheureuse forteresse où le drapeau lorrain ne devait plus jamais flotter, et suivit le chemin de Neufchâteau.

Un morne silence régna d'abord dans La Mothe après le départ de ses défenseurs, chacun renfermé dans l'intérieur de sa maison cachait ses objets les plus précieux, ou disposait le logement des vainqueurs : un bien petit nombre d'oisifs, quelques enfants, étaient montés sur le bastion Saint-George pour voir l'entrée de leurs nouveaux maîtres. Quand midi sonna, on entendit les premières fanfares des trompettes françaises, et

13

l'armée ennemie vint prendre possession de sa conquête. M. de Villeroy se rendit d'abord à la collégiale où il fit chanter un *Te Deum* par ses aumôniers, il reçut ensuite le serment de fidélité des échevins et de quelques membres du chapitre ; des salves d'artillerie et de mousqueterie, le carillon des cloches annoncèrent la prise de possession, et il alla s'installer à l'hôtel du gouvernement où il réunit, dans un repas splendide, ses deux maréchaux-de-camp Noirmoutier et Ruvigny, et les principaux officiers de son armée.

Pendant ce temps, Guebenhouse avait couru à la prison du bailliage, dépendant aussi de l'hôtel, et située dans la tourelle de l'est tenant à l'angle du corps-de-logis opposé à celui de la tourelle d'Ische. Le geôlier dur et revêche qui l'avait tenu quelque temps sous ses verroux, était devenu humble, soumis et presque poli. — J'espère, Monsieur de Guebenhouse, lui dit-il en traînant presque à terre, dans ses salutations, son bonnet crasseux, que vous n'avez eu aucun sujet de vous plaindre de moi ?

— Non, non, père Duchêne ! répondit l'officier toujours railleur, au contraire, je n'ai eu qu'à me féliciter de la fraîcheur du petit caveau où vous m'aviez logé et de la solidité des jarretières dont vous m'aviez garni les jambes ; mais vous savez bien pourquoi je viens ici.

— Je m'en doute, mon capitaine ! vous venez m'apporter l'ordre de mise en liberté de cet excellent M. de Cinq-Mars, vous m'en voyez tout joyeux.

— C'est cela même, conduisez-moi à son cachot.

— A son cachot ! mon capitaine, y songez-vous ? à son cachot ! je lui ai cédé ma propre chambre, où il est proprement, blanchement et gaîment.

— Admirable ! mons Duchêne. Et depuis quand est-il si gaillardement, pompeusement et triomphalement établi ?

— Depuis ce matin, mon capitaine.

Guebenhouse laissa échapper un petit éclat du rire sarcas-
tique, sec, incomplet et affecté qui lui était habituel.

— Quelle prévenance! seigneur du cadenas. Allons, ouvrez-
moi sa chambre, laissez-nous, et ne collez pas vos longues
oreilles à la porte. Et il lui jeta dédaigneusement un ducat.

Le geôlier obéit et introduisit l'officier près de son complice.

Le Besme, tenu jusqu'à ce jour même au secret le plus
rigoureux, n'avait connu aucun des événements qui s'étaient
passés depuis son arrestation; malgré ses questions adroites et
pressantes, ses tentatives de corruption, ses offres libérales,
aucune révélation n'avait échappé à son incorruptible et taci-
turne gardien, qui avait eu seulement l'attention de lui apprendre l'arrêt de mort prononcé contre lui par la cour souveraine, sans lui parler du sursis mis à son exécution. La
cessation absolue du feu de l'artillerie, depuis l'assaut du 20
juin, lui avait fait penser que le siége était levé, et il s'attendait à chaque instant à monter à l'échafaud, quand le matin le
farouche geôlier était venu, d'un air aussi gracieux qu'il avait
pu le prendre, l'informer des conditions de la capitulation et
lui offrir un logement dans sa propre chambre jusqu'au moment
où les Français entreraient dans la place et le mettraient en
liberté. Ladislas supporta avec un calme stoïque le changement
soudain de sa fortune, il ne manifesta aucune émotion, et
renferma dans son cœur, avec la joie profonde qu'il éprouvait,
les projets de vengeance et les espérances d'amour qui s'y
réveillaient. Il dédaigna de faire aucune question à son gardien, reçut sans satisfaction ni mépris ses basses et subites
prévenances, et attendit patiemment que la porte de sa prison
s'ouvrit légalement. Il embrassa Guebenhouse avec effusion.

— Depuis ce matin, lui dit-il, je comptais bien sur toi :
j'étais sûr que c'était de toi que je recevrais la première visite.

— Ma foi! je te le devais bien, répondit son ami, tu t'es
sacrifié pour moi dans ton interrogatoire, et ces vagabonds en

robes rouges n'ont pu me condamner. Hâtons-nous de sortir de
ce chenil; j'ai fait apporter ce qu'il faut pour que tu changes
de linge et de vêtements; Picard, mon valet de chambre, est
en bas et va se charger de donner à ta barbe et à ta coiffure des
dimensions honnêtes et une apparence humaine; je te conduirai
ensuite chez le marquis de Villeroy, où tu seras reçu, pardieu!
comme un triomphateur romain.

— Doucement, dit le Besme, songes un peu que je sors du
tombeau, que depuis quatre mois je ne sais pas un mot de ce
qui s'est passé dans ce monde. Mets-moi d'abord au courant,
avant que j'y rentre.

Guebenhouse lui raconta d'une manière vive et attachante
les événements principaux du siége, les premiers travaux,
l'explosion des mines, l'assaut, la mort de Magalotti, et enfin
la capitulation.

— Et Lallement est parti avec la garnison? demanda Cinq-
Mars en pâlissant et en serrant les lèvres.

— Non, non! mon cher de Besme, ton rival Lallement
n'est pas parti avec la garnison, c'est lui qui portait la capitulation au duc de Lorraine. Comme je savais que M. le duc d'Enghien ne laisserait pas le prince Sans-Terres venir débloquer
La Mothe, nous avons permis à l'illustre canonnier de parvenir jusqu'à son maître; mais nos Bohémiens de la mère Lajoie
avaient reçu mes instructions, et se sont chargés d'empêcher
son retour. Ils ont, à ce qu'il paraît, essayé beaucoup de petits
moyens innocents avant d'en venir au coup décisif, enfin ils
l'ont attendu la nuit dernière dans une excellente embuscade
que j'avais fait disposer pour plus de sûreté par un sergent aux
gardes, qui m'appartient corps et âme, l'incomparable La
Gaieté, et là ils l'ont expédié le plus complètement possible.

— Es-tu bien sûr de sa mort?

— Trois fois: mes coquins l'ont d'abord tué à coups de
mousquets, puis assommé, puis noyé dans la Meuse; cela me

paraît suffisant. J'ai été charmé de ce dénoûment sans ton intervention ; tu es naturellement généreux et reconnaissant : tu
te serais cru son obligé , il avait été très gracieux pour toi , il
ne t'avait pas fait connaître sous ton nom le plus désavantageux, c'était très beau pour un rival. S'il avait parlé, ces robins lorrains t'auraient, ma foi ! fait pendre ou écarteler sans
prendre l'avis de leur cour ambulante. Sa mort te fait de la
peine ! hein ?

Le Besme lança un de ses regards obliques et sinistres à
Guebenhouse, qui n'eut pas l'air de le remarquer.

— C'est une mort trop douce, répondit Ladislas. Il y a
contre lui une condamnation capitale pour son meurtre du colonel Ebron ; s'il était resté à La Mothe, le grand-prévôt en aurait fait justice sur-le-champ : je le lui aurais livré ; j'y pensais
tout à l'heure, avant que tu n'entrasses.

— Bien, bien ! je te retrouve maintenant ; tu ne songeais plus
à ces folies de duel depuis que tu l'avais vu se mettre en garde :
il a, ma foi ! eu un aussi bon maître d'escrime que Spadella,
celui des pages du duc de Guise. Il était parfait sous les armes.

— Guebenhouse ! Guebenhouse ! prends garde, dit le Besme
d'une voix concentrée, prends garde ! tu as des plaisanteries
qui piquent comme des coups de poignard.

— Bah ! la solitude t'a gâté le caractère et t'a faussé l'esprit.

— Parlons d'Henriette.

— Bien ! l'amour après la vengeance. Eh bien, Henriette,
la poupée des Vosges, est toujours chez le chanoine.

— Tu en es sûr ?

— Oh ! j'ai des intelligences dans la place. D'abord il faut
que tu saches que M.me Catherine de Laveline, marquise du
More-qui-Trompe est venue s'établir au camp sous la protection du vieux marquis d'Espagny, dont elle est la fournisseuse
en tous genres. Elle tient table d'hôte et jeu d'enfer ; elle a
dérogé jusqu'à venir à la barrière que nous occupions depuis

huit jours, et a renouvelé connaissance avec quelques bons bourgeois de la Mothe qui étaient de garde à la porte de France, et nous avons eu des nouvelles de ta Pénélope.

— Elle n'a pu sortir de la ville avec la garnison?

— Fi donc! M. le Besme de Cinq-Mars, vous insultez à la candeur de la fiancée. Elle n'était dans aucune des catégories de femmes, veuves, maîtresses ou filles de soldats ou d'officiers, et nous n'aurions pas souffert qu'elle passât en contrebande et violât la capitulation. Elle est à la Mothe, dans la maison et sous la puissante protection du chanoine, qui lancerait un exorcisme ou un *quos ego* à celui qui lui ravirait sa pupille. Mais le digne abbé a oublié tout à l'heure de venir prêter serment de fidélité au roi, et il y a dans la capitulation un certain texte que nous pouvons lui appliquer, en l'appuyant d'une citation latine pour le convaincre et le consoler, et nous l'expulserons de la ville.

— Il lui restera Germainvilliers, qui est un défenseur plus sérieux.

— J'ai aussi songé à ce digne paladin. Il était au camp comme ôtage jusqu'à la remise de la place, et devait naturellement y rentrer avec nous; mais j'ai fait comprendre à M. de Villeroy que nous pouvions le garder jusqu'au retour de l'escorte et de nos chariots, qui accompagnent la garnison lorraine à Longwy; le général a admis une interprétation si judicieuse, et l'excellent vétéran est là-bas à Soulaucourt pestant, maugréant et jurant de se voir conservé en nantissement de vieilles voitures disloquées et de rosses efflanquées.

— Et si M. d'Espagny et son infâme Catherine osent encore continuer leurs manœuvres?... Tu sais bien que M. d'Espagny a réellement avec M.elle de Beaumont une parenté éloignée; dans l'isolement où elle est, il va se targuer de ce titre, et il me l'enlèvera.

— Me crois-tu si peu prévoyant? Les troupes qui doivent

rester à La Mothe sont désignées : c'est un bataillon des gardes-
françaises, le régiment de Franciere, et un escadron de Bussy.
Tout le reste de l'armée va retourner à ses anciens quartiers, et
d'Espagny reprendra la route de Nancy, où il continuera à étaler
sur la Carrière ou sur la place des Dames ses grâces surannées.
Je ne doute pas qu'il ne compte sur la Catherine pour lui retrouver la petite pensionnaire des Prêcheresses ; mais c'est précisément d'elle que je veux me servir pour amener tout doucement et sans bruit la belle dans nos filets. C'est un marché d'or
pour Madame du *More-qui-Trompe* : elle recevra à la fois l'argent du vieux marquis et le nôtre.

— Oh ! dit le Besme, je te pardonne maintenant tous tes sarcas-
mes. Tu es un ami parfait ; mon cher Louis, Henriette est à moi !

— J'en ai le doux espoir. Mais il y aurait bien quelques
autres petites difficultés qui pourraient t'arrêter, si je n'y avais
songé. D'abord il faut la laisser s'endormir dans une sécurité
profonde, tant que M. de Villeroy sera ici ; c'est un de ces
gentilshommes de la Vieille-Roche qui n'entendent rien aux
procédés de la galanterie moderne, et qui, à la moindre
plainte, prendrait la belle sous sa protection, comme un chevalier du temps de Charlemagne. C'est l'affaire de deux ou trois
jours : il va retourner à la cour dès que la nomination du nouveau gouverneur sera connue. Or, ce gouverneur lui-même
aurait pu te gêner considérablement dans tes entreprises. Il
aura ici un pouvoir discrétionnaire, parce qu'on le chargera
d'une mission assez délicate, ceci soit dit sous le secret le plus
absolu, car je suis le seul dans l'armée qui le connaisse, sans
excepter le général ; c'est, continua-t-il en baissant encore davantage la voix, c'est de détruire La Mothe de fond en comble,
de sorte qu'il ne reste pierre sur pierre, ni de ses fortifications, ni de ses édifices.

— Quoi ! dit le Besme en tressaillant, la France oserait, à
la face du monde, violer ainsi la capitulation ?

Guebenhouse sourit en ricanant. Si le chanoine était là , il
te répondrait par le vieux mot de Brennus, *væ victis!* « Malheur aux vaincus ! » Mais la destruction de **La Mothe** , vois-tu,
c'est le dernier vœu de Richelieu mourant, c'est la vengeance
de la reine et du premier ministre , chansonnés par la garnison,
c'est l'expiation de la mort de Magalotti , le favori du favori.,

— C'est frapper au cœur le duc de Lorraine! s'écria le
Besme dont le visage rayonnait d'une joie infernale.

— N'est-ce pas? tu le penses? Charles et ses misérables
Lorrains vont remplir l'Europe de leurs protestations et de
leurs cris ; les contemporains , la postérité jugeront peut-être
cette résolution sévèrement, et la reine ne voudrait pas en
porter seule la responsabilité.... Donc, tu comprends quelle
confiance il faut que la cour accorde au gouverneur chargé de
cette haute exécution ; il faut qu'elle puisse au besoin désa-
vouer les actes les plus rigoureux qu'elle lui commandera, et
en compensation elle lui laissera une autorité plus absolue
que le Grand Turc à ses Bassas.

— Maintenant, tu m'effraies ; si Henriette résiste à mes
instances , et que ce gouverneur s'avise à son tour de la
prendre sous sa protection?

— Il en fera, parbleu ! ce qui lui plaira, sa maîtresse ou sa
femme, sans qu'aucune puissance au monde ose s'y opposer !

— Ne me tiens pas davantage au supplice : toi, initié aux
secrets du cardinal, toi son agent à l'armée, qui sais un
projet aussi important, qu'il cache à son général en chef, tu
connais ce gouverneur ?

— Si, je le connais ! j'ai sa commission ici dans ma poche,
je la lui remettrai quand le moment sera venu , parce que j'ai
répondu de lui sur ma tête à la reine et au cardinal, comme
d'un homme qui se fera avec délices l'aveugle instrument de
leurs vengeances. Ingrat ! n'as-tu pas deviné que ce gouverneur d'une ville vouée à la destruction, que cet ange extermi-

nateur ce ne pouvait être que M. Ladislas Dianowitch de Besmes, de Cinq-Mars, vicomte de Beaumont ?

Le Besme demeura quelques instants étourdi, se croyant le jouet de l'illusion d'un rêve ; mais Guebenhouse lui montra le parchemin revêtu du grand sceau de l'Etat : il reprit ses sens, s'élança de nouveau au cou de son ami, et ne put trouver des paroles assez énergiques pour exprimer sa joie et sa reconnaissance.

— Oh ! dit-il enfin, la reine, Mazarin, seront contents : je les vengerai ! je me vengerai ! Oh ! comme je me vengerai ! Je briserai, j'anéantirai ce joyau de la couronne de Charles IV ; les âges futurs chercheront la place où s'élèvent aujourd'hui ses maisons et ses remparts, ils n'en retrouveront pas un débris !... Et Henriette ! Henriette, la noble héritière Lorraine, qu'elle résiste maintenant ! Que quelqu'un vienne m'arracher ma proie !

Guebenhouse appela alors le geôlier et lui ordonna de faire monter son valet-de-chambre. Grâces aux soins de cet intelligent serviteur, le Besme parut bientôt avec tous ses avantages extérieurs sous un élégant costume d'officier, et fut conduit par son ami près du général, qui l'accueillit avec une politesse assez froide. La captivité qu'il venait de subir n'avait pas, aux yeux de M. de Villeroy, une cause très honorable, et si le grand seigneur était forcé de subir l'influence de Guebenhouse, l'agent occulte du cardinal, il n'avait pas pour son caractère assez d'estime pour faire grand cas de ses protégés. Ladislas, avec sa pénétration profonde, comprit qu'il aurait au quartier-général une position embarrassée ; il se concerta avec son ami pour la surveillance qu'il fallait exercer sur la maison du chanoine, et les intrigues à ourdir par l'intermédiaire de Catherine, et le même soir quitta momentanément La Mothe pour rejoindre le régiment de Grandpré, dont il faisait partie, et qui se tenait campé près de Soulaucourt.

CHAPITRE XX.

Quand les Français étaient entrés à La Mothe, les divers corps qui composaient leur armée avaient tous prétendu à l'honneur de se montrer en vainqueurs dans la ville qui avait si longtemps bravé leurs efforts ; il en était résulté une gêne extrême pour les habitants, obligés de loger dans un petit nombre de maisons une si grande quantité de troupes. Cependant la capitulation avait été assez exactement observée, grâces à la discipline maintenue par les généraux, et les personnes et les propriétés avaient été respectées, sauf quelques désordres inévitables dans une semblable confusion.

Le chanoine Guyon aurait perdu l'esprit dans cette bagarre, sans l'aplomb et la fermeté de Guite, qui tenait tête aux officiers comme aux soldats qui envahissaient la maison, et en sacrifiant à propos bon nombre de cruches de vin et force jambons et saucisses, avait satisfait les plus exigeants. Le sanctuaire de la bibliothèque aurait même été préservé complétement de toute profanation, sans un timballier suédois qui s'y était introduit, et avait arraché quelques feuillets d'un magnifique exemplaire des lettres de Cicéron, imprimé à Venise en 1470, par Jenson, sur peau de vélin in-folio maximo, dans l'intention d'en recouvrir son bruyant instrument, crevé le matin même dans l'exécution trop vive de la *marche de Leipsick*.

L'abbé s'était mis à sa |poursuite, et n'avait pu lui reprendre qu'une partie de sa proie, en répétant avec son cher Claudien:

..... *Geticis Europa catervis*
Prædæ ludibrioque datur

« L'Europe est livrée comme une proie et un jouet aux esca-
» drons des Gètes. »

Pendant ces jours néfastes, Guite s'était plus d'une fois applaudie du parti qu'avait pris Henriette de se retirer dans la tourelle d'Ische. La veuve qui la servait avait apporté, à diverses reprises, de ses nouvelles à la maison canoniale, qui n'aurait pu lui offrir autant de sécurité. En effet, dès le soir du premier jour, un officier, qui paraissait jouir d'un rang élevé, s'y était présenté sous le prétexte de demander des nouvelles de sa parente Melle de Beaumont. La gouvernante ne lui avait per-mis d'entamer aucune conversation avec son maître, dont elle connaissait la faiblesse et les distractions, elle l'avait éconduit assez malhonnêtement, sans répondre à une seule de ses ques-tions, et sans lui demander même son nom. Mais elle avait su qu'il se nommait le marquis d'Espagny, par un sergent fort poli, appartenant au corps d'élite des gardes-françaises, qui s'était impatronisé dans sa cuisine, en vertu d'un billet de logement très régulier, et avait l'attention de boire à sa santé toutes les fois qu'il portait un verre de vin à ses lèvres, circonstance qui se reproduisait assez fréquemment. Elle avait eu à repousser encore, le second jour, jusqu'à deux fois les visites d'une femme de bonne mine, demandant la permission de présenter ses hom-mages à Melle Henriette qui, disait-elle, serait charmée de la voir. Guite n'avait répondu que par une sorte de grognement étouffé à cette proposition, et lui avait indiqué la rue avec le manche de son balai qu'elle tenait habituellement à la main, comme une sorte de porte-respect. La seconde fois, elle lui avait fermé brusquement la porte au nez, sans autre explication. Le sergent l'avait confirmée dans l'idée qu'elle avait eue tout de suite, que cette femme n'était autre que l'hôtesse du *More-qui-trompe*. Dans les communications qui eurent lieu naturellement à cette occasion entre la gouvernante et le bas-officier, celui-ci lui apprit qu'il se nommait La Rose, et il déclara qu'il était charmé de pouvoir être utile à une maison respectable, dont l'ordinaire était si bon, et que des relations si étroites avaient attachée au pauvre canonnier Lallement qui lui avait, disait-il, sauvé la vie sur la brèche. Guite ménagea et entretint avec soin les bonnes dispositions d'un homme qui pouvait protéger leur demeure dans ces moments de crise, et n'eut pas à s'en repentir, car il expulsa peu à peu impitoyablement tous les militaires qui se présentèrent dans un logement qu'il entendait occuper exclusivement.

De son côté, M.elle de Beaumont avait trouvé dans ses deux compagnes quelques consolations et un motif de sécurité. Dans la retraite presqu'impénétrable qu'elle habitait, le tumulte qui régnait dans la ville et dans l'hôtel parvenait à peine à ses oreilles : Gertrude, la veuve, avait fermé intérieurement les portes du vestibule, et quand elle était sortie furtivement le soir pour se rendre chez le chanoine, par celle qui donnait dans la rue, elle l'avait trouvée gardée au-dehors par une sentinelle posée par l'ordre exprès du général qui n'avait pas oublié la sauvegarde demandée par M. de Clicquot. Sa consigne était de ne permettre à personne de pénétrer chez les recluses, et de les laisser elles-mêmes aller et venir librement.

Le troisième jour, il ne restait plus dans la place que les bataillons et les cavaliers qui devaient en composer définitivement la garnison. Les bourgeois se soumettant aux dures nécessités de la guerre reprenaient leurs travaux et leurs occupations ordinaires. Le camp était évacué en grande partie, des paysans en grand nombre comblaient les tranchées, et les régiments avaient repris le chemin de leurs anciennes garnisons de Champagne et de Lorraine, ou se rendaient aux armées du Luxembourg et d'Allemagne.

M. de Villeroy n'aspirait qu'après le moment de pouvoir quitter La Mothe et retourner à la cour. Un ami, qui avait accès près du chancelier Le Tellier, l'avait informé secrètement de la résolution, arrêtée en conseil, de détruire cette malheureuse ville, sans avoir pu découvrir le nom du nouveau gouverneur qui serait chargé de cette abominable mission, et il lui tardait de le voir arriver pour lui remettre ses pouvoirs, et fuir toute participation à cet acte odieux. Il comptait bien qu'on aurait choisi quelque soldat inexorable, mais au moins d'un caractère honorable, et il fut aussi surpris qu'indigné quand, dans le milieu de la journée, il vit entrer chez lui Guebenhouse qui lui présenta M. le major de Cinq-Mars porteur de son brevet.

Il était trop parfait courtisan pour faire la moindre observation, entretint le nouveau commandant des détails de service qu'il lui remettait, lui recommanda les blessés lorrains, la femme d'un officier à qui il avait donné une sauvegarde, les religieuses de la Congrégation auxquelles il avait promis sa protection spéciale, arrêta avec lui quelques dispositions relatives aux ôtages, et partit avec les officiers de sa suite et les gens de sa maison qui n'attendaient que le signal. En prenant son carrosse qui l'attendait à Soulaucourt, il entra au logis des trois ôtages lorrains. D'un geste il arrêta l'explosion de leurs protestations contre l'interprétation donnée à la capitulation pour les retenir.

— Messieurs, leur dit-il, vous avez un nouveau gouverneur, ses pouvoirs sont beaucoup plus étendus que n'étaient ceux que je viens de résigner entre ses mains. J'ai obtenu... nous sommes convenus que vous seriez mis immédiatement en liberté, mais à une condition, c'est que vous ne pourriez plus rentrer dans La Mothe, et que vous vous retireriez sur-le-champ dans vos terres. Il n'y a qu'une exception pour vous, Monsieur de Riocour...; mais, en vérité, je ne sais si vous devez en profiter... le gouverneur est M. de Cinq-Mars que vous connaissez...

— Le Besme! s'écria Germainvilliers, l'assassin!

M. de Villeroy continua sans paraître comprendre :

— Il est à craindre qu'irrité par sa captivité, par son jugement, il n'ait pas pour vous, Monsieur, tous les égards qu'il vous doit... Ecoutez mon conseil : ne vous exposez pas à quelque scène désagréable, n'allez pas à La Mothe!

— Monsieur le marquis, répondit le conseiller d'Etat, je vous remercie; mais il y a quelque sinistre projet contre notre infortunée cité, puisqu'on la livre à un tel homme. Depuis ce matin, d'ailleurs, il est arrivé autour de la montagne une immense quantité de paysans champenois qui font entendre les plus terribles menaces; mon poste est à La Mothe, j'y vais à l'instant, et je remplirai tous mes devoirs jusqu'au bout envers mes concitoyens. Je ne crains pas Cinq-Mars : j'ai quelquefois fait trembler des criminels, mais je n'ai jamais tremblé devant eux.

M. de Villeroy serra la main du courageux magistrat et lui dit tout bas : — Attendez-vous à tous les malheurs !

Il monta en voiture et partit avec sa nombreuse et brillante escorte. Les trois ôtages conférèrent entre eux quelques instants. Germainvilliers recommanda à Riocour de veiller sur Henriette, il lui donna quelques instructions pour les domestiques restés dans sa maison de la ville, et se mit en route pour son vieux château, tandis que Saint-Ouën se rendait aussi dans la terre dont il portait le nom.

M. Du Boys de Riocour gravit la montagne et entra dans La Mothe; déjà les bastions étaient couverts de travailleurs qui arrachaient les revêtements et creusaient des mines. En arrivant sur la place, au-devant de l'hôtel du gouvernement, il entendit un grand bruit de tambours et de trompettes, et un officier lut,

en grand appareil, aux bourgeois consternés, une proclamation
par laquelle le gouverneur, au nom du roi, les avertissait d'enlever, dans les vingt-quatre heures, les meubles qui garnis-
saient leurs demeures, et d'évacuer leurs maisons dans ce délai,
l'intention de Sa Majesté très chrétienne étant qu'elles fussent
détruites de fond en comble. Il était en même temps enjoint à
tous ecclésiastiques, nobles et bourgeois de remettre leurs armes
de guerre, de luxe et de chasse, et de donner la liste exacte de
toutes personnes, sans distinction d'âge, de sexe et de condition, qui se trouveraient dans leurs demeures, sous peine
d'amende et de punition corporelle arbitraires.

A cette lecture, faite au milieu d'un silence de mort, une
profonde terreur glaça les infortunés citoyens de La Mothe,
bientôt les sanglots, les cris de désespoir des femmes et des enfants, les imprécations, les menaces des hommes éclatèrent
dans la foule. Chacun, en apercevant Riocour, l'entoura, lui
pressa les mains, lui demanda son appui, ses conseils, et sentit
renaître un peu d'espoir en retrouvant l'intrépide lieutenant-
général dont la voix et l'exemple les avaient soutenus dans tant
de dangers.

— Venez, lui criait-on de toutes parts, venez à notre tête
chez le gouverneur : il faut qu'il nous écoute; vous avez toujours été le défenseur de nos droits et de nos franchises. Il faut
qu'il révoque ses ordres barbares : c'est une violation de la capitulation, c'est une violation de toutes les lois divines et hu-
maines ! Justice ! justice !

M. de Riocour les engagea à se calmer, leur promit qu'il
allait plaider leur cause, et s'avança suivi de la multitude vers
la porte de l'hôtel, pour demander audience au gouverneur;
mais un poste nombreux de soldats, rangés derrière la grille,
le mousquet au bras, la mèche allumée, à côté d'un fauconneau
chargé à mitraille, leur défendit d'approcher. Un officier leur
déclara que le gouverneur n'avait pas le temps de les entendre

et qu'ils pourraient se présenter le lendemain matin ; il leur
ordonna d'un ton impérieux de se disperser sur-le-champ, et
d'aller se disposer à obéir aux termes de la proclamation. En
même temps des patrouilles, parcourant la place et les rues
adjacentes, les repoussèrent dans toutes les directions, renver-
sant et frappant sans pitié ceux qui tentaient d'opposer la
moindre résistance. Le lieutenant-général réunit les échevins
et les ecclésiastiques dans la sacristie de la collégiale, et déli-
béra avec eux sur la conduite à tenir.

Cependant les ordres relatifs au désarmement et au dénom-
brement des habitants s'exécutaient avec la dernière rigueur.
Le sergent Lagaieté, à la tête d'un détachement, se présenta
chez l'abbé Guyon, occupé à entasser ses livres dans des
caisses, des paniers et même des tonneaux défoncés. Plus d'un
soupir échappait au bon chanoine pendant cette opération,
qu'il interrompait de temps en temps pour parcourir quelques
pages des auteurs qu'il ôtait des rayons de sa bibliothèque, et il
avait fallu plusieurs fois que la voix de Guite vînt l'arracher
à ses distractions, et le presser de terminer son déménagement.
Elle entra de nouveau, et le trouva si absorbé dans la lecture
d'un ouvrage qu'il tenait pour l'emballer, qu'elle fut obligée de
le tirer par sa soutane.

— Ah ! dit-il, comme s'il se fût éveillé en sursaut, c'est que
j'étais tombé sur mes *Stemmata Lotharingiæ ac Barri Ducum*
du savant archidiacre de Rosières, de Bar-le-Duc : c'est l'édi-
tion de 1580, un excellent ouvrage, Guite, qui a fait mettre
l'auteur à la Bastille, et pour lequel il a été condamné à faire
amende honorable.

— Il s'agit bien d'archidiacre et de vieux livres moisis,
s'écria Guite, voici des soldats qui viennent prendre vos armes
et demander le nom des personnes qui demeurent chez nous.

— Mes armes ! s'écria le chanoine, mes armes ! ils me feront livrer mon fusil à pierre ! et comment irai-je à la chasse ?

14

— Il faut se soumettre, mon cher maître, répondit Guite, c'est l'avis de M. La Rose : il m'a donné à entendre que le sergent qui commande ces réprouvés était un dangereux coquin, bien qu'il soit de son pays; il leur fait boire de votre vin blanc de Bar–sur–Aube pour les calmer un peu. J'ai enfermé Médor et porté vos faucons dans le petit caveau où il y a déjà des livres, de peur qu'ils ne conviennent à ces brigands. Maintenant ils font beaucoup de questions sur M.elle de Beaumont; mais comme j'ai soutenu qu'elle n'était pas ici, ils parlent de visiter toute la maison, quoi que leur dise notre sergent.

Le chanoine se résigna donc à donner ses armes aux Français, et ils enlevèrent jusqu'à son couteau de chasse et sa sarbacane; mais ni menaces, ni prières ne purent l'obliger à leur déceler la retraite d'Henriette, et après une perquisition sans résultat, ils partirent d'assez mauvaise humeur, pour continuer, dans le quartier, leurs recherches et leurs vexations.

La Rose était un trop vieux routier pour qu'on pût espérer de lui cacher tout à fait la vérité en ce qui concernait Henriette, et Guite jugea qu'il y avait moins de danger à la lui dire tout entière qu'à lui montrer de la défiance. Elle lui confia donc ce secret important, malgré la répugnance du chanoine, et n'eut qu'à se féliciter de cette résolution, car le sergent jura, foi de La Rose, qu'il défendrait, autant qu'il le pourrait, M.elle de Beaumont, et exercerait une surveillance active sur la tourelle où elle était renfermée. Hélas! se disait intérieurement le chanoine, à quelle misère, à quel abaissement la Lorraine est-elle réduite pour que l'unique rejeton de l'une de ses plus illustres maisons n'ait plus pour protecteur qu'un sergent français!

Dans la soirée, Guebenhouse vint rendre compte au Besme du résultat du désarmement et des perquisitions.

— Je t'amène aussi M.me *du More-qui-trompe,* lui dit-il en lui présentant Catherine; elle va te raconter qu'elle a fait deux reconnaissances inutiles chez le chanoine : l'une pour le compte de d'Espagny, et l'autre pour le tien, et qu'elle espère bien s'en faire payer par vous deux.

— Mon Dieu! monsieur de Guebenhouse, dit Catherine, vous avez une si singulière manière de plaisanter que beaucoup de personnes s'en fâcheraient. Je cherchais Melle de Beaumont pour la protéger, comme sa marraine me l'avait recommandé autrefois; mais je crois qu'elle a quitté la ville ou qu'au moins elle n'est plus dans cette maison.

— Je le croirais assez, dit Guebenhouse, car mon sergent Lagaieté tient d'un de ses camarades logé dans la maison, qu'elle n'y a pas paru depuis notre entrée dans La Mothe, et lui-même a fait une perquisition si exacte qu'il l'aurait bien trouvée si elle y était cachée.

— Il faut qu'on la retrouve! dit le Besme d'une voix frémissante, il faut qu'on la retrouve, entendez-vous!

— Monsieur le gouverneur, dit l'hôtellière, nous ferons ce qui sera humainement possible. Mais j'ai fait une autre découverte : j'ai appris que Lallement occupait, à la fin du siége, l'ancien cabinet de M. d'Ische, dans une tourelle de l'hôtel, et qu'il y avait porté une cassette contenant une somme considérable en or que le duc de Lorraine lui aurait donnée pour la dot de Melle de Beaumont. Cet homme est mort, et mon mari défunt, à qui Dieu fasse paix, étant son plus proche parent, cette somme doit m'appartenir.

— Savez-vous, s'écria Guebenhouse, avec son sourire ironique, savez-vous, dame Catherine, que vous êtes très forte en droit romain et coutumier sur le chapitre des successions? Cette manière d'hériter par les belles-sœurs me paraît très ingénieuse et tout à fait particulière à la Lorraine.

— Connaissez-vous cette chambre? demanda le Besme.

— Oui, oui, Monsieur le gouverneur, je ne la connais que trop bien; mais je ne voudrais pas y entrer seule, surtout le soir : on prétend qu'elle est hantée des esprits.

— Nous le saurons sur-le-champ, dit le gouverneur, car vous allez nous y conduire, et si la somme est considérable, comme c'est un don du duc de Lorraine, elle doit faire retour à l'Etat, et j'aviserai à lui en assurer la conservation.

— On a même vu, en pareille circonstance, dit Guebenhouse, en affectant une grande gravité, des gouverneurs se substituer à l'Etat. Allons, dame Catherine, ne vous désolez pas, il y aura, dans tous les cas, une petite part pour vous.

On fit appeler le vieux suisse de l'hôtel, et le Besme lui donna l'ordre de les conduire à l'appartement de M. d'Ische et de l'ouvrir.

— Je n'ai pas la clé, répondit-il, M. Lallement l'a emportée ; mais je trouverai peut-être dans mon trousseau un passe-partout qui aille à cette serrure.

Il en découvrit un, en effet, après quelques recherches, et parvint à ouvrir la porte. Guebenhouse et le Besme, tenant chacun un flambeau à la main, entrèrent avec Catherine et visitèrent soigneusement l'appartement. Ils fouillèrent les meubles et trouvèrent quelques vêtements du canonnier, ses papiers dont Ladislas s'empara, mais point de trésor.

Le Besme demanda au suisse si quelqu'un y serait entré depuis le départ de Lallement et n'en aurait rien enlevé.

— Oh! Monsieur, répondit-il, il n'y est venu que le canonnier Antoine, le matin même de l'évacuation de la place, mais je ne l'ai pas vu sortir, je n'étais pas là, je ne sais pas s'il a emporté quelque chose.

Les deux amis se regardèrent et Guebenhouse partit d'un éclat de rire.

— Allons, dit-il, cet Antoine a sans doute aussi sa théorie sur les successions, et les oiseaux jaunes sont dénichés. Voici, ma foi, un appartement un peu triste, mais bien meublé, et je m'en emparerais s'il n'était pas si reculé. Vous demandez un logement dans l'hôtel, dame Catherine, celui-ci vous conviendra parfaitement.

— Non ! non ! s'écrie-t-elle, je ne voudrais pas pour ma fortune y passer une heure seule. Voyez-vous ces deux portraits, celui de M. d'Ische, là, et celui de frère Eustache, en face de la fenêtre, comme ils nous regardent, comme leurs yeux me suivent partout, avec leurs regards tristes et sévères. Mon Dieu ! partons, Messieurs, partons, cela m'épouvante.

— Taisez-vous, folle, répondit Guebenhouse, il n'y a qu'un instant vous me parliez de demander à M. de Cinq-Mars l'appartement de la tourelle d'Ische.

— Ce n'est pas celui-ci, Monsieur, c'est celui de Madame, de ma bonne maîtresse : j'y serais logée bien agréablement, on dit qu'il est encore tout meublé !

— Eh bien ! dit le Besme, en sortant le dernier et mettant soigneusement dans sa poche le passe-partout du Suisse, nous allons vous y installer à l'instant, où est la porte ?

— On y entre par celle-ci, qui donne dans le vestibule. Allons, vieux bonhomme, ouvrez-la vite, vous entendez bien ce que dit M. le gouverneur.

— Elle est fermée en dedans, Madame, répondit le concierge, parce que l'appartement est occupé par la femme d'un officier lorrain, à qui M. de Villeroy a donné une sauvegarde.

— C'est indigne ! s'écria Catherine, loger une de ces femmes dans une aussi jolie chambre ! Oh ! Monsieur de Cinq-Mars, il faut en faire déguerpir cette étrangère et me la donner.

— Nous verrons, répondit le Besme, à qui un soupçon traversait tout à coup l'esprit. Je vais entrer chez elle, et si je puis négocier un déménagement, vous la remplacerez.

— Nous t'accompagnerons, dit Guebenhouse, je suis curieux de savoir si la Lorraine est jolie.

— Je t'en dispense, répondit le Besme avec un sourire un

peu forcé : je ne veux pas effrayer une personne que le général m'a si instamment recommandée, en lui amenant trop nombreuse compagnie.

Guebenhouse et Catherine n'insistèrent pas davantage, ils se retirèrent, Cinq-Mars frappa en maître à la porte, et Gertrude ouvrit au nom du gouverneur.

Mlle de Beaumont ne fut ni bien surprise ni même trop effrayée quand elle l'entendit annoncer, car elle avait toujours prévu que le commandant français pourrait venir un jour, et les attentions dont elle avait été jusqu'ici l'objet, de la part de M. de Villeroy dont elle ignorait le départ, la rassuraient tout à fait. Elle était assise dans un fauteuil derrière lequel Jeannette se tenait debout, quand le Besme entra. Elle se leva pour le recevoir, mais elle retomba aussitôt comme anéantie, en poussant un cri d'effroi dès qu'elle le reconnut. Pour lui, il avait déjà deviné, avant de l'apercevoir, que celle qu'il avait tant cherchée était en son pouvoir. Il se contint avec cette dissimulation profonde qui était devenue chez lui une seconde nature. Il chercha à la rassurer ; son langage respirait une compassion respectueuse ; il disait ensuite qu'il s'estimait heureux de remplir une charge qui lui donnait le droit de la protéger. Il l'engageait à ne pas songer à quitter maintenant un asile qui lui offrait une sécurité complète, quand la ville, condamnée à la destruction, était livrée à une soldatesque effrénée. Il insista beaucoup sur les dangers que courrait, au milieu d'une pareille licence, une femme qui ne pourrait pas compter sur un puissant appui. Il s'étendit avec complaisance sur l'autorité sans bornes dont il jouissait ; il répéta, à plusieurs reprises, qu'il était ami aussi fidèle qu'ennemi implacable, que quand il s'était proposé un but dans la vie, rien ne pouvait l'en faire dévier, et que ses résolutions une fois arrêtées étaient inébranlables.

Henriette s'était remise peu à peu de sa première terreur,

elle lui répondit avec un sourire triste et un regard doux et mélancolique qui allaient droit au cœur, qu'elle comptait sur sa générosité qu'elle connaissait, et qu'elle attendrait désormais sans inquiétude qu'il la fît conduire chez M. de Germainvilliers, et comme, à ce nom, elle surprit un imperceptible froncement de ses sourcils, elle ajouta, en donnant encore à sa voix une inflexion plus douce et presque caressante, qu'elle s'en rapporterait à sa prudence pour choisir l'instant le plus favorable pour ce voyage : qu'elle savait bien qu'elle ne pouvait courir aucun danger, protégée par lui. Elle le pria encore de veiller sur le chanoine.

Ladislas répéta sa promesse d'être son appui, mais, quoi qu'il ne pût s'empêcher de dévorer quelquefois à la dérobée, de ses regards ardents et passionnés, les formes parfaites, la figure enchanteresse de cette femme dont la candeur, l'innocence et le malheur augmentaient le charme, il évita de laisser échapper une parole d'amour, un mot qui pût l'alarmer, et il prit congé d'elle en lui demandant la permission de revenir quelquefois.

Dès qu'elle eut refermé derrière lui la porte du vestibule, Gertrude revint presque joyeuse près de sa jeune maîtresse.

— Oh! Mademoiselle, s'écria-t-elle, que nous sommes heureuses d'avoir pour gouverneur un gentilhomme si doux, si bon, si rempli de politesse !

— Oui, dit Jeannette, il a une figure si belle, un ton si parfait, nous sommes en sûreté désormais.

— Je suis perdue, s'écria Henriette en sanglottant, je suis perdue! j'ai lu mon arrêt dans ses yeux. Mon Dieu! sainte Reine des Anges, saints et saintes du Paradis, m'abandonnerez-vous dans cette détresse! et elle se jeta à genoux et pria avec ferveur et amertume.

CHAPITRE XXI.

Le matin du lendemain, le Besme était assis dans la salle du conseil, devant une grande table couverte de papiers, recevant les rapports des chefs de postes, donnant ses ordres pour le service de la journée, expédiant des courriers et des officiers d'ordonnance. Guebenhouse entra à son tour et se trouva seul avec lui.

— Eh bien! mon cher gouverneur, il y a longtemps que tu fais attendre l'honorable bourgeoisie de La Mothe devant la grille; ils sont là, avec Riocour à leur tête, réclamant l'audience que tu leur as promise hier. J'espère que tu m'en donneras le divertissement; je suis sûr qu'ils ont préparé des harangues tout à fait attendrissantes.

— Qu'ils attendent encore! répondit le Besme, il faut que j'achève cette lettre. Et dis-moi! à quelle heure arrivent nos paysans champenois?

— L'officier que j'ai envoyé au-devant d'eux descend de cheval : ils seront ici dans une heure; nous en aurons au moins quinze cents, les routes en sont couvertes; ils arrivent avec des pioches, des haches, des outils de maçon; ils auront démoli les maisons en peu de temps, laisse-les faire! Et si tu voyais les femmes, les enfants qui les suivent avec des sacs pour renfermer leur butin, et des charrettes pour l'emporter! Tu as eu une excellente idée d'appeler ici ces paysans avides,

qui ont souffert si longtemps des incursions de la garnison lorraine : ils seront sans pitié.

— J'y compte bien ! et si ces bourgeois font la moindre résistance, Franciere et son régiment les mettront à la raison.
Nos mineurs travaillent à merveille : ils ont deux fourneaux
tout prêts, et ce soir ils feront sauter le bastion de Danemarck
et celui de Vaudémont.

— Et ta princesse enchantée, que dis-tu de la manière dont
je lui ai enlevé les deux dragons femelles qui la gardaient dans
son donjon? La vieille est sortie d'abord pour chercher des nouvelles; ma sentinelle, fidèle à sa nouvelle consigne, ne lui a
plus permis de rentrer; sa fille, une jolie fille, de par Dieu !
est sortie ensuite comme la colombe après le corbeau de l'arche,
mais quand elle est revenue, épouvantée du tumulte de la rue
et de la galanterie démonstrative des gardes-françaises, la porte
lui a été aussi refusée, et tout à l'heure nous enverrons la
Catherine pour les remplacer.

— Je suis presque honteux d'employer de tels moyens, de
permettre à cette vile créature de respirer le même air qu'elle.

— Vas-tu retomber dans la fadeur et les bergeries? Quand
elle sera ta femme, tu lui composeras un peu mieux sa maison,
mais comme nous ne pouvions laisser ces Lorraines près d'elle,
nous n'avons pas le choix des femmes-de-chambre dans notre
armée. J'ai vu le moment où je serais obligé de m'adresser à
notre Bohémienne, la mère Lajoie.

— Fi! Guebenhouse. Fi! tes plaisanteries me révoltent.

— Sérieusement, M.me *du More-qui-trompe* faisait la ren-
chérie; elle croyait déroger en reprenant ses anciennes fonctions, et elle m'aurait refusé si je ne lui avais promis de nouveau sa part du prétendu trésor de Lallement qu'elle croit toujours caché dans la chambre de la tourelle.

— Elle pourrait avoir raison, dit le Besme. J'ai trouvé
dans les papiers que j'ai rapportés hier une lettre du duc de

Lorraine et une note de Germainvilliers , qui établissent que le don était très important; il doit y avoir dans cette pièce quel· que cachette où il l'aura renfermé avant son départ, tantôt nous fouillerons partout, nous sonderons les murs et nous découvrirons la cassette. Donnons d'abord audience à ces pourceaux lorrains.

Il sonna, un domestique parut et reçut l'ordre d'introduire la députation des habitants; un peu après, le lieutenant-général , les échevins et le chapitre entrèrent.

M. de Riocour parla avec autant d'énergie que de noblesse , le doyen des chanoines, les notables prirent ensuite successivement la parole , et les uns avec une véritable éloquence , les autres dans un langage simple et touchant , employant tour à tour les protestations hardies ou les supplications pressantes , s'efforcèrent vainement de faire révoquer les ordres barbares publiés la veille. Le Besme ne leur répondit que par quelques mots durs, secs, impitoyables que semblait approuver le ricanement équivoque de son ami.

— C'est assez, Messieurs , dit M. de Riocour en se tournant vers ses concitoyens, nous n'avons rien à espérer de cet homme. Ce n'est pas sa pitié que nous venions implorer, c'est sa justice. Je veux croire encore, pour l'honneur de la France , que c'est sans l'aveu de la cour d'Anne d'Autriche qu'il agit. Je vais porter nos réclamations, nos cris d'indignation et de désespoir, aux pieds du trône de la reine. Je pars pour Saint-Germain.

— Je vous le permets , Monsieur, dit le Besme, tâchez de la fléchir, mais hâtez-vous de faire révoquer les ordres qui m'ont été donnés, car je les mettrai aujourd'hui même à exécution, je suis un homme ponctuel.

— Monsieur, dit M. de Riocour, maîtrisant à peine son indignation, M. de Germainvilliers, à qui l'entrée de La Mothe est interdite, m'a chargé de ramener près de lui une

orpheline dont son altesse monseigneur le duc de Lorraine lui
avait confié la tutelle, je viens d'apprendre qu'elle se trouve
dans cet hôtel avec une sauve-garde de M. de Villeroy, je vous
prie de la faire remettre entre mes mains.

— Votre protection est bien impuissante maintenant, répondit le Besme avec ironie, même pour une jeune fille. Elle
est aujourd'hui placée sous la mienne, et elle y restera.

— M. le gouverneur, interrompit Guebenhouse en lui lançant un coup-d'œil d'intelligence, ne refusera pas à M. le lieutenant-général la faveur d'entretenir un instant seul Melle de
Beaumont. Je vais le conduire près d'elle; et il sortit avec la
députation. En descendant l'escalier du perron, il prit à part
M. de Riocour.

— J'ai bien souffert, Monsieur, lui dit-il d'un ton insi-
nuant, de la manière dont M. de Cinq-Mars vous a reçu,
mais en vous facilitant une entrevue avec Melle de Beaumont,
j'ai voulu vous ménager une intercession toute puissante près
du gouverneur.

— Je ne vous comprends pas, Monsieur?

— Vous allez me comprendre. Il l'aime éperdûment; elle-
même à Nancy, et ici même, hier encore lui a donné quelques
espérances. Pour obtenir sa main il n'est pas de sacrifice
auquel il ne soit résolu, et si vous la déterminiez à la lui accorder, mais bientôt, bientôt, entendez-vous, j'ose vous garantir, je vous engagerai ma parole, qu'il désobéira aux ordres de
la cour, ou plutôt qu'il usera de son pouvoir sans limites,
qu'il sauvera La Mothe de la destruction.

Dites-vous vrai? M. de Guebenhouse, demanda le lieutenant-général, avec cette candeur d'honnête homme dont se
jouait le misérable. Vous n'aviez trempé dans aucune des
machinations de cet homme, vos réponses m'ont toujours paru
franches et sincères, j'ai confiance en vous. Votre Cinq-Mars
est un monstre, mais pour sauver La Mothe, pour sauver La

Mothe, mon Dieu! je sacrifierais ma propre fille! La Lorraine est habituée à tous les martyres, à toutes les douleurs : conduisez-moi près de Melle de Beaumont; si vous pouvez me jurer que son mariage avec ce Cinq-Mars assurera la conservation de la ville, je ferai tous mes efforts pour l'y déterminer.

Je vous le jure dit Guebenhouse!

Il faut qu'elle l'épouse! s'écrièrent les notables et les chanoines qui avaient entendu ce colloque : il le faut, répéta l'échevin Guillot, elle mourrait de ma main si elle refusait de se dévouer pour nous sauver tous.

Guebenhouse conduisit M. de Riocour dans le vestibule qui précédait *l'appartement de la veuve.* La femme Laveline s'y trouvait assise près du sergent Larose.

— Qui vous a mis ici de planton Larose ? demanda l'officier.

— Mon capitaine, o'est mon pays Lagaieté qui m'a utilisé pour le quart-d'heure; il m'a chargé de garder le vestibule et il est allé faire une ronde parce qu'il a vu un certain particulier rôder autour de l'escalier de la tourelle. Je ne vois pas qu'il soit contre ma consigne de causer un instant avec cette aimable dame.

— Et vous, dame Catherine, pourquoi n'êtes-vous pas près de votre maîtresse ?

— Je n'ai point de maîtresse, Monsieur de Guebenhouse; et je ne suis pas près de Melle de Beaumont, parce que cette petite mijaurée refuse de me recevoir.

— Nous arrangerons tout cela! ouvrez-nous la porte, on vous a remis la clé qu'avait la femme qui la servait. Entrez, Monsieur de Riocour, et n'oubliez pas que du résultat de votre entretien dépendent la perte ou le salut de votre ville. Dans une demi-heure vous me ferez connaître la réponse.

M. de Riocour trouva Melle de Beaumont dans sa chambre, assise, un livre de prières à la main. Elle se leva et jeta un cri de surprise et de joie en reconnaissant le magistrat vénérable qu'elle avait vu plusieurs fois chez l'abbé Guyon, et qui lui avait montré en tous temps une affection paternelle.

— Oh! Monsieur, dit-elle, quel bonheur de vous revoir, venez-vous me tirer de cette affreuse prison? Venez-vous me sauver des mains de ce monstre de bassesse et d'hypocrisie? on m'a enlevé mes deux fidèles compagnes, car jamais elles ne m'auraient abandonnée volontairement : on veut me livrer à cette infâme Catherine : oh venez à mon secours, ne me quittez pas.

M. de Riocour était tout interdit : sa résolution patriotique, ses sentiments stoïques l'abandonnaient devant les larmes et le désespoir de cette pauvre orpheline.

— Mademoiselle! ma chère enfant, quelle funeste étoile préside à ma destinée! deux fois j'ai eu la douleur de conseiller, de décider la reddition de la Mothe, et je suis condamné à vous demander, à vous supplier de vous perdre, de vous sacrifier pour sauver ce qui reste de cette malheureuse ville.

— Comment, Monsieur! reprit-elle, pâle et tremblante, que faut-il faire? Comment une pauvre fille abandonnée de tout ce qu'elle aimait peut-elle sauver une ville qui lui a servi si longtemps d'asile, que Lallement aimait tant; parlez, dites-le moi, que faut-il faire?

— Il faut... mon Dieu! cher enfant, vos regards m'effraient, il faut consentir à épouser Cinq-Mars.

— Cinq-Mars! épouser Cinq-Mars, l'avez-vous dit? vous, Monsieur de Riocour, vous l'honneur, la loyauté même; vous avez dit épouser Cinq-Mars!

— Oui, malheureuse fille d'un pays voué à toutes les misères, oui je l'ai dit, il faut épouser Cinq-Mars pour sauver de la ruine, du désespoir, une population tout entière, pour conserver au duc de Lorraine cette ville qui lui sera rendue à la paix, qui a déjà coûté tant de sang, de larmes et de trésors, et qui va s'abîmer sous ses ruines si vous refusez.

— Et quelle garantie avez-vous qu'en me jetant à votre Cinq-Mars vous sauverez La Mothe ? Oh ! vous rougissez, Monsieur de Riocour, vous n'avez que leur parole. Voyez-vous cette robe noire que je porte, c'est le deuil du plus noble, du plus loyal, du plus brave des Lorrains. Ma main, mon cœur étaient à lui, ils ne seront point à un autre ; et à quel autre, grand Dieu !

— Henriette, écoutez-moi ; Lallement lui-même, s'il vivait, consentirait à ce sacrifice, il vous le demanderait ; La Mothe était ce qu'il avait de plus cher au monde.

— Non, Lallement ne m'aurait jamais conseillé une infamie. Je ne suis qu'une femme, je ne connais rien à vos dévoûments qui foulent aux pieds tous les sentiments de l'honneur et de la nature. Je suis une fille des Beaumont, je saurai mourir comme mon père, s'il le faut : les Français ont assassiné mon amant, je ne serai jamais la femme d'un Français.

— Mais, malheureuse enfant, ignorez-vous que cet homme est revêtu d'un pouvoir sans bornes, que si vous n'êtes pas sa femme, il saura vous déshonorer ?

— Oh ! Monsieur de Riocour, ayez pitié de moi ! épargnez-moi ces horribles pensées.

— Ainsi, vous refusez ?

— Je refuse. Adieu, je vous pardonne vos conseils ; c'est l'égarement du patriotisme qui vous les inspirait. Adieu, embrassez-moi, et si vous ne pouvez me tirer d'ici, abandonnez-moi à mon malheureux sort.

— Adieu ma fille, adieu ! je vous bénis. Je vais à la cour implorer la reine pour la ville, je l'implorerai aussi pour vous. Mais ne sera-t-il pas trop tard ?

Il sortit : Guebenhouse était dans le vestibule.

— Eh bien ! Monsieur, la conversation a été animée, car d'ici nous entendions des éclats de voix. Consent-elle ?

— Non, rien n'a pu vaincre sa résolution.

— Eh bien ! La Mothe sera détruite ! et avant ce soir, au lieu

d'être la femme du gouverneur, elle sera sa maîtresse ; voilà
tout.

M. de Riocour sortit de l'hôtel, déterminé à se rendre sur-
le-champ à la cour d'Anne d'Autriche ; à peine avait-il mis le
pied dans la rue qu'il fut consterné du spectacle dont la ville
était en ce moment le théâtre. Des bandes de paysans se succé-
daient sans interruption, poussant des cris sauvages, s'excitant
mutuellement à la dévastation et au pillage, se répandaient
dans tous les quartiers et commençaient partout la démolition
des maisons et même des églises. Les habitants au désespoir,
chassés par ces furieux, emportaient ce qu'ils avaient de plus
précieux, au risque de se le voir enlever de vive force par des
pillards accourus de tous les points de la frontière. Des patrouilles de soldats du régiment de Franciere ou des Gardes,
maintenaient une espèce d'ordre dans cette horrible confusion,
empêchant toute résistance de la part des bourgeois, mais aussi
protégeant leur déménagement et les défendant contre la bruta-
lité des paysans champenois. Ceux des villages lorrains des
environs étaient aussi entrés dans la ville pour aider à sauver
au moins une partie des meubles de leurs malheureux compatriotes et amenaient des charrettes pour les transporter, en
même temps qu'ils venaient généreusement leur offrir un asile
dans leurs maisons. Le chanoine Guyon, qui, originaire des
montagnes, se croyait tout-à-fait inconnu dans le Bassigny, et
ne comptait sur aucun secours de la part de ses habitants, s'était
vu, à son grand étonnement, l'objet d'attentions toutes parti-
culières. Quatre paysans vigoureux, conduits par un capucin
de grande taille, dont la figure était tout-à-fait couverte par son
capuchon, avaient amené deux voitures devant son logis et y
avaient entassé avec activité les meubles et la précieuse bibliothèque du savant ecclésiastique. L'un d'eux avait appelé à part
Guite, et après quelques instants de conversation, elle avait
engagé son maître à accompagner les voitures, lui promettant

qu'elle le rejoindrait à Outremécourt, et était partie avec son
interlocuteur et le capucin, dans la direction de l'hôtel du gouvernement. Déjà le feu avait été mis à quelques-unes des maisons voisines et menaçait de se communiquer à tout le quartier.

Jam proximus ardet Ucalegon.

« Déjà la maison d'Ucalegon, ou plus exactement de Guil-
laume, mon voisin, est en flammes, suivant l'expression de
Virgile », s'était écrié le chanoine, et il suivait ses sauveurs in-
connus. A peine avait-il quitté sa demeure qu'elle fut envahie
par une bande de Bohémiens conduite par la mère Lajoie. Par-
ici, par-ici, mes enfants ! disait la vieille, c'est là que demeure
le sanglier lorrain de Beaumont. Si nous le trouvons, il mourra
de ma main, et elle parcourut toutes les chambres, poussant des
cris de rage en voyant que la meilleure partie du butin sur lequel
elle comptait avait été enlevée, et que sa victime lui échappait.

Pendant que ses compagnons s'emparaient du linge et des
vêtements qu'ils trouvaient oubliés dans une armoire, et déchi-
raient ou brûlaient les volumes épars sur le plancher qu'on
n'avait pu emballer, la mère Lajoie descendit à la cave et
aperçut un petit réduit dont la porte était entr'ouverte ; à peine
s'en était-elle approchée, qu'elle entendit un rauque grondement qui la glaça d'effroi ; ce fut en vain qu'elle brandit son
couteau, Médor, enfermé et attaché depuis trois jours et rendu
furieux par la captivité, avait flairé son ancienne ennemie.
D'un bond terrible il brisa sa chaîne, s'élança au cou de la
bohémienne, la saisit, l'étreignit dans sa gueule, et lui
appuyant les deux pates de devant sur les épaules, la renversa
sans lâcher prise, et redoublant ses morsures, ne l'abandonna
que quand un dernier râle convulsif se fût échappé de la gorge
du cadavre. Il remonta ensuite l'escalier comme un trait, la
gueule ensanglantée, traînant le bout de sa chaîne rompue, et
s'élança sur la piste de son maître, la reconnaissant, la suivant

15

avec un instinct merveilleux au milieu de la foule qui se croisait en tous sens dans les rues; il reçut plus d'un coup dans cette course rapide, et peu s'en fallut qu'il ne fût tué d'un coup de pistolet par Guebenhouse, dont il fit cabrer le cheval au moment où, avec Cinq-Mars, il parcourait la ville pour jouir de cette scène de désolation.

— Nos Champenois sont expéditifs, dit l'officier, vois-tu comme ils abattent une muraille en peu de temps, et il paraît qu'ils trouvent que cela marche encore trop lentement, car ils mettent maintenant le feu aux maisons.

— Oui, dit le Besme, le soir cela sera magnifique à voir. Entends-tu le bruit des mines qui éclatent et font sauter les remparts, et ces maisons qui tombent avec fracas, et les cris de joie de nos paysans et les hurlements de ces stupides bourgeois.

— Vois un peu là-bas, la flamme gagne la toiture de la collégiale. Ma foi, le doyen a bien fait de partir avec [sa procession pour conduire ses reliques et ses statues de saints à Bourmont; l'église va brûler.

— Si seulement le duc de Lorraine voyait ce feu d'artifice, il y sera plus sensible qu'à la perte d'une bataille. Maintenant il est tard, il est temps de revenir à l'hôtel. Rentre par la cour et attends-moi dans la salle du conseil; je vais faire ma visite à Henriette, je viendrai te rejoindre ensuite et nous ferons une recherche exacte de la chambre de M. d'Ische. J'ai l'espoir que nous y trouverons le fameux trésor. Puisque ton sergent Lagaieté a reconnu tantôt cet Antoine rôdant près de l'escalier, c'est qu'il venait chercher la cassette. Tu as donné la consigne dont nous étions convenus?

— Oui, sans doute. Il a laissé la garde du vestibule à un autre sergent La Rose, dont il me répond comme de lui-même : cet homme ne saurait d'ailleurs nous tromper, puisqu'il est surveillé par Catherine. Quant à Lagaieté, je lui ai recommandé de fermer la communication du vestibule avec l'hôtel, de se cacher près de l'escalier, de laisser Antoine y monter, s'il s'en avise, de l'enfermer aussitôt et de venir nous avertir. Est-ce bien cela?

— Parfaitement, mon cher Louis.

Les deux amis descendirent de cheval et se séparèrent. Guebenhouse rentra par la grille dans la cour qu'il trouva encombrée de soldats et de paysans, le Besme par la porte de la tourelle donnant dans la petite rue; la sentinelle lui présenta les armes et le laissa passer.

— Personne n'est venu ici, j'espère? demanda-t-il au factionnaire.

— Personne, mon commandant, qu'une vieille femme qui voulait absolument parler au sergent La Rose. Je l'ai appelé, et il a causé avec elle; j'ai compris qu'elle voulait voir la demoiselle de là-dedans, mais il ne lui a pas permis d'entrer. Tenez, la voilà au coin de la rue, elle ne l'a pas quitté; elle va venir, sans doute, vous parler.

— Qu'elle aille au diable! répondit le Besme, et il entra dans le vestibule, où il trouva La Rose et Catherine.

— Quelle est cette femme qui voulait parler à M.elle de Beaumont, sergent? demanda-t-il.

— Mon commandant, c'est la vieille servante d'un chanoine que j'estime, répondit La Rose, mais la consigne est là.

— C'est bien; vous savez que personne au monde ne doit communiquer avec elle. Et vous, Madame Laveline, pourquoi ne lui tenez-vous pas compagnie?

— Elle refuse absolument mes services, elle ne me permet pas d'entrer.

— Tout-à-l'heure, elle sera plus docile. Ouvrez-moi sa porte. Catherine mit la clé dans la serrure et la tourna, mais le sergent resta près du seuil après que le gouverneur fut entré, et retirant la clé la mit dans sa poche, malgré les réclamations que Catherine lui faisait à voix basse.

— Chère Henriette, dit le Besme, il me tardait bien de vous revoir !

Elle ne tourna pas la tête.

Il prit tour à tour un langage d'abord respectueux, puis tendre, puis passionné, brûlant, pressant; elle ne répondit pas un mot, et laissa seulement tomber sur lui un regard glacial empreint d'un indicible mépris.

— Ah ! dit-il en lui lançant à son tour un de ces coup-d'œil obliques et sinistres qui ressemblaient à la lueur de la lame brillante d'un poignard que l'on ferait jouer dans sa gaîne, ah ! vous méprisez mon amour ! vous pouviez être l'épouse heureuse, honorée, respectée du gouverneur de La Mothe, vous aimez mieux être sa maîtresse déshonorée. Vous la serez, car vous ne m'échapperez pas ! Vous serez à moi, orgueilleuse fille, vous serez à moi ! et nulle puissance sur la terre ne vous arrachera de mes bras. Et il s'élança vers elle, l'étreignit dans ses bras, et s'efforçait de couvrir de ses baisers infâmes cette figure charmante, rouge de pudeur et d'effroi.

Au secours ! criait-elle d'une voix étouffée, au secours ! et d'une main il voulait lui couvrir la bouche pour arrêter ses cris, tandis que de l'autre il embrassait sa taille.

— Voilà ! mon commandant, dit d'une voix retentissante le sergent La Rose, ouvrant brusquement la porte et paraissant la hallebarde posée le long de la hanche droite, la main gauche sur la poignée de son épée.

— Que demandes-tu, misérable ? s'écria le Besme, furieux d'abandonner sa proie.

— J'ai cru que vous appeliez du secours, mon commandant, répondit le sergent avec un phlegme parfait. Mais c'est que M. de Guebenhouse est là qui veut vous parler absolument. Faut-il le faire entrer ?

— Non, reprit le Besme avec une fureur concentrée, non, je vais le trouver. Nous nous reverrons, bientôt, Mademoiselle, ajouta-t-il, en levant le doigt d'une manière menaçante.

Guebenhouse l'attendait ; un sourire ironique effleurait ses lèvres, mais il ne fit aucune allusion à la scène qu'il avait devinée ou peut-être entendue en partie. Le sergent Lagaieté l'accompagnait.

— Antoine est dans la souricière, dit-il, il vient de monter l'escalier de la tourelle.

— Ah ! dit le Besme, ton sergent en est sûr ?

— Oui, mon commandant, répondit Lagaieté, il y est entré tout à l'heure avec un capucin, ils avaient sans doute une clé de la chambre, car je les ai entendus ouvrir la porte, mais j'ai fermé celle du bas de l'escalier aux verroux, ils ne peuvent échapper. J'ai bien reconnu Antoine, malgré son sarrau de paysan.

— S'ils viennent chercher le trésor, dit Guebenhouse, il faut les guetter à la sortie, ils nous épargneront la peine des recherches que tu voulais faire.

— Non, dit le Besme, il faut tuer ces chiens de Lorrains qui s'introduisent ici comme des voleurs. Montons ! montons !

— Faut-il faire venir quelques hommes du poste de la cour ? demanda Guebenhouse.

— C'est inutile, reprit le Besme avec impatience, nous viendrons bien à bout de ces deux misérables. Sergent La Rose, vous garderez le vestibule ; au moindre cri, vous monterez et vous appellerez le factionnaire de la rue.

Il arma un pistolet et marcha le premier, suivi de Guebenhouse, l'épée à la main, et du sergent, la hallebarde en avant, franchissant sans bruit les degrés.

Catherine les suivit à quelque distance.

— Où diable allez-vous, la petite mère ? lui dit La Rose.

— Je veux ma part de la cassette, répondit-elle ; ils se partageraient mon argent sans moi.

— Vous avez bien raison, dame Catherine, dit gravement le sergent : veillez au grain, c'est moi que je vous le dis.

Il entendit le Besme ouvrir doucement la porte de la chambre de M. d'Ische, au moyen de son passe-partout, puis mit les verroux à celle du bas de l'escalier, et revint dans le vestibule après les avoir tous enfermés.

Le Besme et ses compagnons n'éprouvèrent aucune résistance à leur entrée dans l'appartement mystérieux, car ils n'y trouvèrent personne.

Guebenhouse partit d'un éclat de rire.

— Tu t'es moqué de nous, sergent, dit-il, c'est une mauvaise plaisanterie.

— Non, dit le Besme, ce bahut est dérangé : voici la cachette; il souleva la tapisserie et vit la porte de l'escalier de la mine toute ouverte.

— Sortez à l'instant de votre trou, méchants Lorrains, cria-t-il en se tenant un peu en-dehors, de peur qu'un coup parti de ce réduit obscur ne l'atteignît à l'improviste. Sortez, ou je vous fais pendre tous deux.

Il ne reçut aucune réponse et n'entendit aucun bruit.

C'est l'escalier d'un souterrain, dit-il en l'examinant de plus près dans l'obscurité. Va chercher de la lumière, sergent!

— J'ai là la meilleure des chandelles, dit Lagaieté en montrant une grenade amorcée qu'il venait de trouver dans un coffre avec beaucoup d'autres que sans doute Lallement y avait déposées autrefois. Il prit un briquet, alluma le bout de mèche que les soldats portaient alors constamment avant l'usage des fusils à pierre, et s'apprêta à mettre le feu au projectile.

— Tu as raison, dit Guebenhouse, cela va merveilleusement éclairer la retraite de ces Messieurs.

Le sergent souffla sur sa mèche et alluma celle de sa grenade, qu'il lança aussitôt dans les profondeurs de l'escalier de la mine. Quelques secondes s'étaient à peine écoulées, qu'elle éclata avec un fracas épouvantable, lançant dans les airs les débris pulvérisés de la tourelle, et les cadavres de ceux qui s'y trouvaient.

CHAPITRE XXII.

Après avoir fermé les verroux de la porte de l'escalier, le sergent La Rose était revenu dans le vestibule.

— Après tout, se disait-il en tordant sa moustache, ce n'est plus là un service militaire qu'on puisse exiger des Gardes-Françaises. Si le roi de France me nourrit, m'habille et me paie, ce n'est pas pour monter la garde auprès des jeunes filles qu'il plairait à ses officiers d'enfermer pour les forcer à se rendre à leurs caprices. J'ai promis à l'excellente Guite de sauver cette enfant, je le ferai, foi de La Rose! il n'y a là aucune trahison envers Sa Majesté Très Chrétienne. La Faribus, ma sentinelle, est sûr, il faut profiter du moment.

Il ouvrit la porte de l'appartement d'Henriette, entra dans sa chambre, et fut stupéfait en voyant un panneau de la boiserie glisser et un homme en sortir, portant une cassette qui paraissait fort lourde.

— Antoine! s'écria Henriette; ô mon Dieu! vous avez entendu mes prières, vous l'avez envoyé à mon secours.

— C'est moi que j'y viens aussi, dit le sergent, et de la part de M.elle Guite encore. Je vous reconnais Lorrain, nous avons bu ensemble la goutte de la mère Lajoie à la barrière de la Porte-de-France. Venez, Mademoiselle, sans moi, vous ne pourriez sortir, ne perdons pas une minute.

Antoine lui frappa dans la main.

— Je me fie à vous, sergent, dit-il, aidez-nous à sauver Mademoiselle. Tenez, voilà un mantelet et une capuche que Guite m'avait donnés, couvrez-vous-en vite.

— Dépêchez, dit le sergent, car le gouverneur est là-haut, et il sera bientôt sur nos talons ; fermez au moins ce panneau.

— Un instant, laissez sortir mon compagnon auparavant. En effet, un capucin parut à l'ouverture du passage secret et entra dans la chambre. On ne pouvait voir sa figure.

— Prenez son bras, Mademoiselle, continua Antoine, le sergent marchera devant, je porterai cette cassette. Que voulez-vous faire ? ne vous chargez pas de bagage inutile, marchons !

— Hélas ! dit Henriette, c'est ma parure de fiancée que j'ai mise dans ce coffret, je voulais la garder comme un dernier souvenir du malheureux Lallement.

Le capucin, sans prononcer un mot, saisit le coffret et le mit sous son bras gauche, tandis qu'il présentait l'autre à M.elle de Beaumont. Ils sortirent tous par la porte de la rue, et La Rose ordonna au factionnaire de les accompagner pour service urgent. La Faribus obéit, sans observation, à son supérieur, il aida même Antoine à porter son fardeau. Au coin de la rue, ils trouvèrent Guite qui, à demi-morte de frayeur, saisit le bras du canonnier sans pouvoir proférer une parole. Ils marchaient d'un pas rapide au milieu de ces scènes horribles de l'incendie dévorant les maisons, des hurlements frénétiques des paysans dansant comme les démons dans les ruines et les flammes, aux détonations des mines qui renversaient les bastions, aux gémissements des habitants, aux pleurs des femmes qu'on outrageait. Sans La Rose il leur eût été impossible d'avancer. Tout à coup un bruit terrible fit trembler la terre, la tourelle d'Ische sautait, entraînant une partie de l'hôtel du Gouvernement, écrasant de ses débris les soldats et les paysans champenois qui se trouvaient aux environs. Les fugitifs s'arrêtèrent un instant : on entendit le capucin murmurer : « La mine était bien faite ! l'explosion a été très régulière. »

— Ma foi ! s'écria Antoine, ils ont dû sauter tous, voilà une fameuse recrue pour l'enfer.

— Je vous ai relevé à temps de sentinelle, La Faribus, dit le sergent, je crois que mon pays Lagaieté ne passera pas la revue de dimanche.

Ils se hâtèrent de sortir de La Mothe, et, descendant la montagne arrivèrent, à Outremécourt, où ils trouvèrent les deux voitures chargées des livres du chanoine gardées par les compagnons d'Antoine : c'étaient des soldats lorrains dévoués qui, comme lui, s'étaient déguisés en paysans. Le bon abbé pleura de joie en revoyant Henriette ; il fut convenu sur-le-champ qu'on se rendrait au château de Germainvilliers. La Rose déclara que sa mission était accomplie, et qu'il fallait qu'il rejoignît sa compagnie. Henriette le remercia dans les termes les plus affectueux, Antoine lui prit cordialement la main, le capucin à son tour lui tendit la sienne et lui serra les doigts avec une émotion et une force qui firent croire au sergent qu'ils étaient tenus dans un étau. Il promit de demander à son capitaine un congé de quelques jours, d'aller les visiter à Germainvilliers et même d'y boire à leur santé, puis reprit avec son soldat le chemin de La Mothe.

La petite caravane lorraine se disposa à se mettre aussi en route, malgré l'heure avancée de la soirée. Les deux femmes et le chanoine s'arrangèrent sur les voitures tant bien que mal, Antoine et ses compagnons marchèrent des deux côtés ; le capucin détela un cheval alezan qui était en troisième devant l'une des charrettes et paraissait peu habitué à porter un collier : il lui mit sur le dos une selle cachée dans les bagages, le brida et le monta avec aisance. Le noble coursier releva fièrement la tête et partit d'un trot rapide et doux en avant de la colonne. Le voyage eut lieu sans autre accident que la rencontre d'une troupe de maraudeurs qui, croyant avoir bon marché d'un religieux, d'un prêtre, de deux femmes et de quatre paysans, leur barrèrent le passage : le chef mit la main sur la bride du cheval du capucin et lui présentant le canon d'un pistolet, leur ordonna d'arrêter. Mais, plus prompt que l'éclair, le religieux tira du fourreau le sabre recourbé qui pendait sous sa robe, et fendit la tête du brigand jusqu'au milieu du front. Antoine et les soldats lorrains tombèrent sur le reste de la bande, en tuèrent deux et mirent les autres en fuite.

Dans la chaleur du combat et la vivacité de la poursuite, le capuchon du vaillant religieux était retombé en arrière, il s'approcha des voitures pour rassurer le chanoine et ses compagnes, aussitôt que l'action fut terminée; mais dès que l'abbé Guyon l'aperçut, il s'écria :

— Les morts sortent-ils du tombeau? faut-il que je dise avec Ézéchiel, au verset 13 du chapitre 38 : *Et scietis quia ego dominus, cùm aperuero sepulchra vestra, et eduxero vos de tumulis vestris : popule meus.* « Et vous apprendrez, mon peuple, que je suis le seigneur, quand j'aurai ouvert vos sépulchres et vous aurai fait sortir de vos tombeaux, » ou plutòt, suivant l'expression de Virgile :

> *O lux Dardaniæ, spes o fidissima Teucrum*
> *Quæ tantæ tenuere moræ? Quibus Hector ab oris*
> *Expectate venis?*

Ce qu'on peut traduire librement : « O gloire de La Mothe, ô fidèle espoir des Lorrains! qu'êtes-vous devenu si longtemps, mon cher Lallement, et de quel pays arrivez-vous?

Henriette n'avait pas attendu la fin de ces longues citations, elle avait sauté légèrement de la voiture, en même temps que son amant avait mis pied à terre, et, ivre d'amour et de bonheur, la serrait contre son cœur.

On s'écarta un peu de la route, on arrêta les charrettes dans une prairie, et, pendant que Guite offrait à ses libérateurs un repas improvisé, mais bien nécessaire, au moyen des provisions qu'elle avait placées dans une caisse, à côté d'un Thomas-d'Acquin, dont le jus d'un pâté avait un peu taché les premières pages, Lallement raconta en peu de mots comment il avait échappé à la mort.

Renversé sans blessure à la première décharge des assassins, par la chute de son cheval, il avait reçu sur la tête un coup de crosse de mousquet qui l'avait étourdi et lui avait ôté toute possibilité de se défendre. On l'avait jeté dans la Meuse, mais la fraîcheur de l'eau l'avait ranimé; il avait nagé quelque temps en suivant le fil de la rivière, puis avait abordé la rive et était tombé évanoui de nouveau, épuisé par la perte du sang qui coulait abondamment de sa blessure. Un pêcheur l'avait recueilli le matin et lui avait donné les premiers secours. Dès que Lallement avait pu parler, il avait demandé à être conduit chez son frère à Neufchâteau; la maison étant occupée par les Français, on l'avait mené au couvent des Capucins, et il avait recommandé qu'au moment où la garnison de La Mothe passerait on avertît le canonnier Antoine. Celui-ci était venu aussitôt, mais il avait trouvé son chef dans un violent accès de fièvre, en proie à un délire continuel. Il en avait rendu compte à M. de Clicquot, qui avait consenti à le laisser près du malade : pendant deux jours la gravité de la blessure et l'irritation nerveuse, que tant d'émotions avaient déterminée, avaient mis ses jours en danger. Mais la bonté de sa constitution, l'énergie de son caractère l'avaient emporté; une crise salutaire s'était opérée, l'usage complet de la raison était revenu avec ses forces, et aussitôt il avait conçu et médité le projet de retourner à La Mothe et de sauver M.elle de Beaumont; il ignorait pourtant que le Besme en était gouverneur, et ne pouvait ainsi prévoir quel horrible sort la menaçait. Antoine avait facilement trouvé, à Neufchâteau et dans les environs, trois vieux soldats lorrains disposés à les seconder dans cette périlleuse entreprise. En entrant dans la chambre de M. d'Ische pour pénétrer chez Henriette, par l'escalier de la mine, il ne pensait pas que le gouverneur dût sitôt y entrer après lui, et son projet était de tuer la sentinelle du vestibule pour sortir de l'*appartement de la veuve.* Heureusement, Guite avait gagné La Rose, car le moindre retard leur eût fait à tous partager le sort de Guebenhouse, du Besme, de Catherine et de Lagaieté.

Tous se joignirent au chanoine pour rendre grâces à Dieu qui les avait sauvés d'un si grand péril et puni leurs ennemis, et le bon abbé répéta avec Moïse, au chapitre xv de l'Exode :

Extendisti manum et devoravit eos terra.

« Vous avez étendu votre main, et la terre les a dévorés. »

La nuit était venue et, comme l'observa le chanoine,

Nox erat et cœlo fulgebat luna sereno
Inter minora sidera.

« La lune brillait au ciel au milieu des étoiles, » suivant l'expression d'Horace dans l'ode *ad Nœram* 15.ᵉ des Epodes. La journée avait été pleine d'émotions et de périls pour tous, et quelques heures de repos leur étaient nécessaires. Antoine et ses compagnons eurent bientôt établi leur camp près d'un bouquet de saules, voisin d'un ruisseau, l'abbé et les deux femmes s'arrangèrent pour dormir sur les charrettes dont les chevaux furent dételés et attachés avec des entraves pour pouvoir pâturer dans la prairie. Les hommes s'enveloppèrent dans des couvertures ou des manteaux auprès d'un bon feu, tandis que l'un d'eux était alternativement en sentinelle. Lallement, malgré sa blessure, ne voulut d'autre oreiller que la selle qu'il avait ôtée à son alezan. De grand matin on se remit en route, et dans la journée, sans aucune autre rencontre fâcheuse, on arriva au château de Germainvilliers, où le seigneur les reçut avec la franche et cordiale hospitalité qui le distinguait. Ce fut lui qui le premier apprit à ses hôtes le secret que la générosité de Lallement leur avait jusqu'alors caché, le nom véritable de Cinq-Mars.

Le lendemain seulement les braves Lorrains qui avaient si
bien secondé nos deux canonniers, repartirent pour Neufchâteau, emportant des marques solides de la reconnaissance
d'Henriette. M. de Germainvilliers ne voulut pas que le mariage des deux amants fût plus longtemps différé : il en parla
d'abord au chanoine qui lui déclara que les bans ayant été ré-
gulièrement publiés, rien ne pouvait s'opposer à sa célébration.
J'y procéderai moi-même, dit-il, avec la permission de votre
curé.

> *Connubio jungam stabili propriam que dicabo.*

« Je les unirai par un lien durable, et je leur donnerai le
titre d'époux », suivant l'expression de Virgile.

— Ainsi, mon digne ami, dit le vétéran, demain matin je
réunirai quelques voisins, et en ma qualité de tuteur, nommé
par Son Altesse, je conduirai M.elle de Beaumont à l'autel.
Entre nous, je ne crois pas qu'elle élève d'objection.

— Ne craignez rien à cet égard, Monsieur de Germainvilliers ; si elle montrait la moindre résistance aux désirs de
Lallement, je lui citerais les textes qui recommandent à la
femme l'obéissance à son mari. Que lisons-nous d'abord dans
la première épître de saint Paul aux Corinthiens, dont le sep-
tième chapitre est tout entier consacré aux devoirs du mariage ?
Et au chapitre XI ? Que nous dit encore l'épître aux Ephé-
siens au chapitre V, verset 22 ? *Mulieres viris suis subditæ sint
sicut domino;* ce qui signifie.... « Mais où donc est-il ? je ne
le vois plus.... »

En effet, M. de Germainvilliers, effrayé des citations que lui
promettait un semblable début, s'était enfui et avait été annoncer sa volonté aux fiancés, qui n'avaient pas caché leur joie à
cette nouvelle.

Le mariage fut enfin célébré dans la vieille chapelle, il fut
même honoré de la présence inattendue du sergent La Rose qui,
ayant obtenu une permission de huit jours, en avait profité

pour rapporter au chanoine son fusil et tout son attirail de chasse confisqués, qu'il avait repris lui-même sans plus de façon à l'arsenal. L'abbé les saisit en pleurant d'attendrissement, et Médor lui-même sembla les reconnaître et fit entendre un joyeux aboiement. Nous nous dispenserons de décrire le festin nuptial où le sergent La Rose but de nombreuses rasades à la santé des époux et de tous les convives ; il ne craignit même pas de se compromettre en répondant à celle du duc de Lorraine que de Germainvilliers porta à genoux, dans un grand hanap de vermeil, avec le vin le plus délicat que pussent produire les deux duchés, celui de la côte des Antoinistes de Bar. Les convives l'accueillirent avec des cris frénétiques de joie et d'enthousiasme, qui ne se calmèrent que quand le chanoine déclama l'épithalame en vers latins qu'il avait composé en l'honneur des époux. Il avait un peu suivi le procédé d'Ausone et emprunté des hémistiches à tous ses poètes favoris qui avaient traité le même sujet, depuis Tibulle jusqu'à Claudien. Cette pièce fit un peu bâiller, mais la fin fut d'autant plus applaudie que personne ne l'avait comprise.

Quelques jours après, un nouvel hôte parut au château : c'était M. du Boys de Riocour, il revenait de son pénible et inutile voyage à la cour de France, et raconta à ses amis ce qu'il a depuis consigné dans ses Mémoires, « qu'il avait d'abord » espéré que Marguerite de Lorraine, duchesse d'Orléans, » sœur de Charles IV, embrasserait généreusement l'occasion » que la reine-mère lui offrait, en venant la visiter à l'approche » de ses couches, pendant qu'il lui faisait ses remontran- » ces ; mais que cette princesse n'en ayant osé parler ni dire un » petit mot à la reine, il se vit obligé de se produire lui-même.

» Il s'adressa d'abord à M. Le Tellier, secrétaire d'Etat, et » lui fit voir l'article de la capitulation qu'on violait. Le Tellier » lui répondit que la reine serait bien malheureuse si, après » avoir employé les armes de S. M. pour réduire la ville à son

» obéissance, avec la perte de tant de braves officiers et soldats,
» elle n'en pouvait pas faire ce qu'elle trouverait le plus utile
» au service du roi, et au soulagement des peuples voisins qui
» avaient été ruinés par les incursions, et tant d'insultes que la
» garnison de La Mothe leur avait faites ; qu'enfin il perdait son
» temps, qu'il pouvait s'en retourner, et qu'il trouverait déjà les
» églises par terre, et la plus grande partie des maisons ruinées.

» Ce fut un de ses amis, le président Pinon, qui lui apprit
» que cette horrible résolution était surtout due aux derniers
» conseils de Richelieu.

» Après plusieurs plaintes écrites et de vive voix, il avait été
» contraint de se retirer, et de venir, avec ses pauvres conci-
» toyens, ensevelir leurs espérances dans les ruines de leurs
» maisons. »

Il fit à ses compatriotes un affreux tableau de la dévastation
de cette ville, dont l'histoire moderne n'offre aucun exemple.
Lallement ne put résister au désir de lui dire un dernier adieu :
il monta l'alezan et partit bien armé, accompagné d'Antoine ;
mais quand, arrivé à Outremécourt, il n'aperçut sur la montagne que couronnait, il y avait peu de jours, la gigantesque
forteresse, qu'un informe amas de débris fumants, il tourna
brusquement la bride à son cheval, et lui enfonçant les éperons dans les flancs, s'enfuit atterré, épouvanté à Germainvilliers. Sa blessure se rouvrit, une fièvre lente le minait, il
était insensible aux caresses d'Henriette, aux consolations de
Germainvilliers et d'Antoine, aux exhortations de Guite, aux
citations que le chanoine tirait tour à tour de *la Sagesse* et de
l'Ecclésiastique, de Senèque et de Boëtius. Enfin, Henriette lui
proposa de revenir dans ses montagnes ; dans le désordre de la
guerre le curé n'avait point encore été remplacé, le chanoine
déclara qu'il retournerait à son presbytère, et M. de Riocour se
chargea d'obtenir de l'évêque de Toul la nouvelle collation de
ce titre en lui laissant la disposition de son canonicat. Les

exilés abandonnèrent donc le toit hospitalier de Germainvilliers et arrivèrent à Beaumont, où leur présence fut accueillie
par les transports de joie de toute la population. Le magister
leur céda gracieusement la maison curiale qu'il habitait; le bon
curé se sentait rajeunir en revoyant ses ouailles chéries, sa
vieille église, sa manse presbytérale, et surtout son jardin'
placé au bord du ruisseau; c'est bien là, disait-il,

Quà pinus ingens albaque populus
Umbram hospitalem consociare amant
Ramis, et obliquo laborat
Lympha fugax trepidare rivo.

« où le pin immense et le peuplier argenté aiment à réunir
» l'ombre hospitalière de leurs rameaux, et où l'onde fugitive
» bouillonne en murmurant contre le rivage escarpé, » suivant
l'expression de mon cher Horace, dans son ode 3.e du 2.e livre.

Lallement retrouva le calme et le bonheur dans cette retraite :
avec le temps, et par l'intercession des amis de M. de Riocour, l'arrêt de confiscation du domaine de Beaumont fut rap-
porté, le fief fut rendu à l'héritière légitime, et l'or contenu
dans la cassette sauvée par Antoine servit à reconstruire le
château. Lallement ne reprit les armes que quand le duc de
Lorraine renvoya dans ses Etats l'armée de Ligniville et reprit quelques-unes de ses villes en 1650; mais il quitta tout à
fait le service quand ce prince se mit à la solde des partis qui
divisaient la France pendant la guerre de la Fronde.

De deux enfants qui naquirent de son union avec M.elle de
Beaumont, l'aîné, Henri, entra comme page dans la maison du
prince Charles, qui depuis succéda à son oncle Charles IV;
il partagea les périls de ce grand capitaine, et peut-être un
jour un épisode de sa vie aventureuse et guerrière nous four-
nira-t-il le sujet d'une nouvelle *Chronique lorraine*, si toutefois le public ne se fatigue pas de ces récits.

FIN.

www.ingramcontent.com/pod-product-compliance
Lightning Source LLC
Chambersburg PA
CBHW061434030726
47503CB00005B/1404